Kräuterinsel
und
NORDLANDE
Fagus
Farne
Ringwald / Arbor
Esche
und
Kastanie
Quercus
SILBERGRASSTEPPE
Tamerans Insel
rnen Wasser
NELUMBIYA
Der Alte Weg
DIE FERNEN BERGE

Margit Ruile

Nelumbiya

Im Zeichen des Weltenbaums

Ebenfalls im Arena Verlag erschienen:
Nelumbiya (1). Im Land der magischen Pflanzen

Margit Ruile
wurde 1967 in Augsburg geboren und studierte an der Hochschule für Fernsehen und Film in München, wo sie nach ihrem Abschluss auch unterrichtete. Zudem arbeitete sie als Regieassistentin, Drehbuchlektorin und Autorin fürs Fernsehen. 2012 wurde ihr erster Roman veröffentlicht, seitdem widmet sie sich ganz dem Schreiben. Margit Ruile lebt mit ihrer Familie in München. Sie liebt Bäume und geht gerne wandern, am liebsten entlang von Flüssen.

Helge Vogt,
Jahrgang 1976, arbeitet als Illustrator und Comiczeichner (»Alisik«) für zahlreiche Verlage. Er lebt in Berlin und ist Fan von magischen Figuren – vor allem in Buch und Film.

Margit Ruile

NELUMBIYA

Im Zeichen des Weltenbaums

Mit Illustrationen von Helge Vogt

Ein Verlag in der Westermann Gruppe

www.blauer-engel.de/uz195
- ressourcenschonend und umweltfreundlich hergestellt
- emissionsarm gedruckt
- hauptsächlich aus Altpapier MI6

Dieses Druckerzeugnis wurde mit dem Blauen Engel ausgezeichnet.

FSC www.fsc.org
RECYCLED
Papier aus Recyclingmaterial
FSC® C110508

1. Auflage 2024

Dieses Werk wurde durch die Literatur Agentur Hanauer vermittelt.
Lizenzgeber »Nelumbiya«: new!move films & buzzin bus media
Cover und Innenillustrationen: Helge Vogt
Umschlaggestaltung: Juliane Lindemann
Lektorat: Lisa-Marie Reuter

Gesamtherstellung: Westermann Druck Zwickau GmbH
Gedruckt in Deutschland

ISBN 978-3-401-60767-2

Besuche uns auf:
www.arena-verlag.de

@arena_verlag
@arena_verlag_kids

Für Christoph

Teil 1

Eine dunkle Wolke

1. Kapitel

Der Gehilfe

Als Tara heute erwachte, spürte sie, dass dieser Tag nicht wie die anderen werden würde. Vielleicht lag es an dem ungewöhnlich warmen Wind, der ihr entgegenblies, als sie das Fenster ihres Palastzimmers öffnete. Wie jeden Morgen blickte sie zuerst nach unten, wo ihr die Stadt zu Füßen lag. Und wie jeden Morgen schlug ihr Herz schneller, als sie sah, wie Ornata sich verändert hatte.

Die kahle Felsenstadt war grün geworden. Zwischen den Feldern, die sich früher wie makellose einfarbige Teppiche bis zum Horizont erstreckt hatten, blühten bunte Farbtupfer: der rote Mohn, die blauen Kornblumen, die weiße Schafgarbe und die silbern schimmernden Gräser. Die Stadtmauer, die immer einen bläulichen Schimmer gehabt hatte, war wieder ganz aus rotem Stein und von üppigen Schlingpflanzen überzogen. Zwischen den hohen Häusern wuchsen Bäume, die die Dächer meist schon überragten. Es war nun schattig und kühl in den Gassen und die Blätter der Bäume schillerten im Sonnenlicht.

Bäume! Etwas, das man in Ornata vorher nie gesehen hatte! Eichen, Buchen, Eschen, krumme Ulmen: Sie alle waren in nur einem einzigen Jahr so schnell gewachsen wie sonst in zwanzig. Viele der Häuser waren unter einem dichten grünen Blätterdach verschwunden. Schlanke Pappeln und Erlen, die noch nicht hoch waren, aber ihre künftige Höhe schon erahnen ließen, säumten die geraden Straßen, die aus der Stadt herausführten und die Felder sternförmig durchschnitten. Sie wisperten geschwätzig in dem Wind, der ihre großen Blätter bewegte.

Tara sah von den Bäumen hoch und blinzelte, als sie in den Himmel blickte. Ja, der Tag würde besonders werden. Der Wind war nicht nur seltsam feucht und warm. Er brachte auch etwas mit. Etwas sehr Eigenartiges. Weit im Osten, hinter den Feldern, dort wo sich die Ebene von Pau bis zum Schwarzwasserfluss hinzog, konnte sie eine große Wolke ausmachen. Sie war zwar noch weit weg, aber so dunkel und unheimlich, wie Tara noch nie eine gesehen hatte, und sie verfärbte den Himmel wie ausgeschüttete Tinte.

Tara spürte, wie sich etwas auf ihrer Schulter bewegte. Dandelions runder gelber Blütenkopf reckte sich im aufkommenden Wind.

»Es wird einen Sturm geben«, sagte der Löwenzahn mit heller Stimme.

Tara nickte. »Das spüre ich auch!« Seit sie sich mit Dandelion verbunden hatte, konnte sie den Wind und den Regen lesen. Sie wusste, ohne dass sie darüber nachdenken musste, wie das Wetter werden würde. Der Wind roch regenschwer und trieb ein Gewitter auf Ornata zu. Und obwohl der Himmel über dem Palast klar war, konnte Tara in der Ferne sehen, wie es abregnete. Einzelne Schlieren hatten sich von der blaugrauen Wolke gelöst und fuhren wie Finger über das flache Land. Tara hatte das unbehagliche Gefühl, dass dieses Wetter auch noch anderes Unheil ankündigte, und sie merkte, dass es Dandelion auf ihrer Schulter ähnlich erging. Schnell zog sie ihr Kleid über. Sie wollte sich mit Helena und Semur treffen und war spät dran. Sie eilte durch den Palast und überlegte, ob sie ihren Freunden von ihren Beobachtungen erzählen sollte. Aber wie sollte sie ihnen diesen seltsamen Wind beschreiben?

Als sie auf den Burghof trat, winkten ihr ein paar spielende Kinder zaghaft zu und liefen dann tuschelnd weiter. Tara winkte zurück. Die Kinder verschwanden kichernd hinter der Stadtmauer.

»Sie bewundern dich!«, bemerkte Dandelion auf ihrer Schulter.

Tara seufzte. Der Löwenzahn hatte recht. Sie war mittlerweile berühmt. Und obwohl jeder dachte, dass das etwas ganz Fabelhaftes wäre, war Tara gar nicht glücklich damit. Ihr wäre es lieber gewesen, wenn die Kinder *mit* ihr statt *über* sie geredet hätten oder, noch besser, wenn sie erst gar nicht erkannt würde. Aber mittlerweile wusste in Ornata fast jeder, wer sie war. Schließlich hatte sie zusammen mit Semur und Helena den finsteren Herrscher Askiel und sein Heer der Blaumäntel besiegt. Und sie hatten die magischen Pflanzen nach Ornata gebracht. Chiron, der Barde der Stadt, hatte ihre Abenteuer vertont und eine Ballade daraus gemacht. Anfangs hatten sich weder Tara noch ihre Freunde etwas dabei gedacht, doch dann merkten sie, dass sie durch Chirons Lied berühmt wurden und dass die Menschen in Ornata sie deswegen mieden oder bewunderten. Ach, alles wäre anders geworden, wenn Chiron dieses Lied nicht geschrieben hätte! Seit mindestens einem halben Jahr gab er es jeden Samstag auf dem Marktplatz zum Besten. Es war in der Stadt als *Das Große Lied* bekannt, aber der volle Name lautete:

Die Geschichte der heldenhaften Tara,
des außergewöhnlichen Semur und der schönen Helena

Es war eine lange Ballade voller Kampfszenen, Magie und Heldenmut. Jeden Samstag kamen mehr Menschen zu dem Spektakel und jeden Samstag dichtete Chiron etwas Neues hinzu und schlug mit dramatischen Gesten die Laute, die mit ihren hellen Tönen alle gefangen nahm. Chirons Assistent, ein pausbäckiger Junge, hielt dazu Zeichnungen hoch, die Semur, Helena und Tara zeigen sollten. Manchmal auch, mit einem furchtbaren Gesichtsausdruck, Askiel, den dunklen Magier, vor dem dann alle erschrocken zurückwichen. Jedes Mal, wenn Chiron zu der Stelle kam, an der Quercus, der Eichenbaum, gefällt wurde, liefen den Leuten die Tränen über die Wangen. Wenn Chiron berichtete, wie Semur angeblich nur mit dem Schnipsen seines Fingers die ganze Armee von Askiels Blaumänteln vernichtet hatte, klatschten alle begeistert. Dazu wurde immer das Bild eines kräftigen Helden in Rüstung und mit triumphierendem Gesicht gezeigt, der wohl Semur darstellen sollte, mit ihm aber nur seine verstrubbelten Haare gemein hatte.

Immer wenn Tara hörte, wie Chiron auf dem Marktplatz seine Ballade vortrug, lief sie schnell vorbei und versteckte ihre roten Haare unter der Kapuze ihres Mantels. Auf keinen Fall wollte sie erkannt werden. Vor allem, wenn ihre jüngere Freundin Merle dabei war und dann voller Bewunderung zu Tara aufsah, kam sie sich vor wie eine elende Schwindlerin. Nein, sie, Helena und Semur hatten nicht mühelos die Armee der Blaumäntel besiegt, sie hatten keine Zauberschwerter, sie konnten keine Dämonen beschwören und ihnen gehorchte auch keine entfesselte Baumarmee. Vor allem – und das war das eigentlich Schlimme – hatte sie gar nichts mit dieser heldenmütigen Tara gemein, über die Chiron sang. Die, die keine Angst kannte und furchtlos allen entgegentrat. Oh, sie hatte Angst gehabt. Und wie!

Auch Helena und Semur konnten es kaum ertragen, Chirons Lied zu hören. Helena war über und über rot geworden, als Chiron es ihr zum ersten Mal vorgespielt hatte, und Semur hatte sich drei Tage lang nicht mehr aus seiner Backstube herausgetraut, so peinlich war ihm das Ganze.

Nur Chiron schien vollkommen zufrieden mit seiner Ballade. Er zählte jeden Samstag glücklich die Kupfermünzen, die ihm am Ende der Vorstellung in seine Kappe geworfen wurden. Seine Kleidung wurde von Woche zu Woche bunter und prächtiger und man munkelte, dass er beschlossen hatte, den Turm, in dem er wohnte, von außen mit Gold zu überziehen.

Der Turm des Barden. Tara konnte ihn von hier aus sogar sehen. Seine Spitze ragte zwischen zwei Buchen hervor und sah aus wie eine abgebrannte Kerze.

An all diese Dinge dachte Tara, als sie den Palast verließ und sich zu der Eiche in der Mitte des Hofs begab. Sie setzte sich unter die weit ausgestreckten Äste und sah sich um. Außer ihr war noch niemand da. Sie hatte sich ganz umsonst beeilt! Aber nein, nicht umsonst. So konnte sie noch ein bisschen Zeit unter dem jungen Eichenbaum verbringen. Sie lehnte sich an den Stamm des Baumes und sah hoch zu den ausgebuchteten Blättern, die sich raschelnd im Wind bewegten. Die Eiche stammte von Quercus ab, dem ersten Baum, den Tara je gesehen hatte. Doch diese Blätter sprachen nicht zu ihr, wie sie das bei Quercus getan hatten. Das war nur in Nelumbiya möglich. Tara strich über Dandelion, der sich auf ihrer Schulter befand, und sie spürte, dass auch er an das magische Pflanzenland dachte, da er leise seufzte. Tara wusste, dass der Löwenzahn immer noch Heimweh hatte. Und wenn sie tief in sich hineinhorchte, dann sehnte auch sie sich nach Nelumbiya.

In diesem Moment fiel ein Schatten über sie. »Oh! Wen haben wir denn da? Was für ein Zufall!«

Überrascht sah Tara hoch. Vor ihr stand ein Mann mit einem breiten Gesicht. Er trug einen dunklen Bart, durch den sich weiße Haare zogen, und hatte dafür aber nur wenige Haare auf dem Kopf, die zu einem Seitenscheitel gekämmt waren. Seine Kleidung war grau und unauffällig und seine Augen wasserblau. Sie huschten unruhig hin und her, als er Tara musterte. Nach und nach erinnerte sie sich, wo sie ihn schon einmal gesehen hatte. Es war im Palast, wo er seit Neuestem als erster Berater des Fürsten Hadrian angestellt war. Jetzt erinnerte sie sich auch an seinen Namen: *Kajetan,* Helena hatte ihn Kajetan genannt.

Er hatte einen schmalen dunkelhaarigen Jungen im Schlepptau, von dem Tara schätzte, dass er genauso alt war wie sie. Der Junge hatte ein fein geschnittenes Gesicht und kluge dunkle Augen. Er warf Tara einen Blick zu, hinter dem Neugier, aber seltsamerweise auch Schmerz aufblitzte, bevor er wieder auf seine bloßen Füße starrte.

»Die *berühmte* Tara!«, sagte Kajetan. Tara bemerkte den ironischen Unterton und schämte sich. Wieder kam sie sich vor, als wäre sie nichts weiter als eine Schwindlerin. Dabei hatte sie selbst doch gar nicht mit ihren Taten angegeben! Der Junge blickte kurz hoch. Die Neugier war jetzt aus seinem Blick verschwunden. Er sah sie mit einem Anflug von Geringschätzung an, der sie verunsicherte.

»Ich wollte gerade den Vater deiner Freundin Helena aufsuchen«, erklärte Kajetan gewichtig.

»Aha«, sagte Tara.

»Ich bin zum ersten Berater des Fürsten ernannt worden«, erklärte er weiter und machte nach den Worten eine bedeutungsvolle Pause.

»Aha«, sagte Tara noch einmal und fragte sich, warum Kajetan nun enttäuscht aussah. Was wollte er nur von ihr?

Kajetan seufzte und sah zwischen ihr und dem fremden Jungen hin und her.

»Phillipus, du könntest hier auf mich warten. Leiste doch Tara Gesellschaft, während ich beim Fürsten bin.«

Der Junge murmelte etwas Unverständliches, aber es klang nicht sonderlich begeistert. Tara rutschte unruhig hin und her. Kajetan schien ihr Unbehagen zu bemerken und verbeugte sich vor ihr. »Entschuldige, ich habe ihn dir gar nicht vorgestellt: Das ist Phillipus, mein Gehilfe.«

Der Junge – Phillipus – zuckte bei dem Wort *Gehilfe* zusammen. Er starrte Kajetan wütend an und sah dann wieder zu Boden. Kajetan schien nichts von seinem Ärger zu bemerken und nickte ihm nur fröhlich zu. »Ich lasse euch dann mal allein«, erklärte er und drehte sich um, ohne dass noch jemand protestieren konnte.

Tara sah Kajetan nach, wie er mit schweren Schritten über den Burghof zum Palast eilte. Sein langer grauer Mantel bauschte sich im Wind. Sie hatte mit einem Mal den Verdacht, dass dieses Treffen nicht so zufällig war, wie es zunächst ausgesehen hatte. Auch Phillipus starrte ihm nach und vergrößerte verärgert mit seinen Zehen ein Loch in dem Mosaikpflaster.

Tara kratzte sich an der Stirn. »Möchtest du dich vielleicht mit unter den Baum setzen?«, fragte sie vorsichtig. Doch Phillipus blieb einfach auf dem Fleck stehen und ließ sich die Sonne ins Gesicht scheinen. Nach einer langen Weile schien er es sich anders überlegt zu haben und setzte sich mit großem Abstand zu ihr unter die Eiche. Er starrte für einen verstohlenen Moment neugierig auf ihren Arm, bemerkte dann, dass sie seinen Blick gesehen hatte, und wurde rot.

»Es muss toll sein, ein Pflanzenmagier zu sein«, entfuhr es ihm.

Tara strich über das Zeichen auf ihrem Arm. Früher war es ein Pfeil gewesen. Jetzt sah es aus wie ein Löwenzahnschirmchen. »Es ist anders«, sagte sie. »Also anders, als man es sich vielleicht vorstellt.«

Sie schwiegen eine Weile. Der Wind fuhr durch die Blätter der Eiche.

»Ich habe kein Zeichen«, sagte Phillipus plötzlich unvermittelt. »Und ich würde mir auch keines wünschen.« Er zog seine Augenbrauen wieder zusammen, was ihm einen finsteren Ausdruck verlieh. »Ich bin ehrlich gesagt auch sehr froh, nichts mit Magie zu tun zu haben.«

»Und womit hast du stattdessen etwas zu tun?«

»Mit Metallgießerei«, sagte er schnell.

Tara hatte davon noch nie gehört, beschloss aber zu nicken, um sich keine Blöße zu geben.

»Ich stelle Dinge aus Metallen her«, erklärte Phillipus und Tara bemerkte, dass Stolz in seiner Stimme mitschwang.

»Metalle?«

Phillipus nickte. »Ich schmelze Metalle. Mache Bronze aus Kupfer und Zinn. Du kannst damit Figuren erschaffen, Trinkgefäße oder Schwerter. Was auch immer du brauchst.«

Er sah nach oben, wo sich die Blätter der Eiche in einem Luftzug bewegten. Ein paar davon wehten herunter. Eines landete in Phillipus' Haaren. Er zog es heraus und betrachtete es lange auf seiner Handfläche. »Ich könnte zum Beispiel so ein Blatt erschaffen.«

»Und wozu soll das gut sein?«

Phillipus zuckte mit den Achseln. »Das echte Blatt hier wird einmal zu Staub zerfallen, aber das, was ich gießen würde, gäbe es ewig. Es würde nie sterben.«

»Weil es nicht lebendig ist«, gab Tara zu bedenken.

»Na und?« Phillipus zuckte mit den Schultern. »Warum muss denn immer alles lebendig sein?«

Tara bemerkte den Ärger in seiner Stimme und musterte ihn von der Seite. Ein Ausdruck von Schmerz huschte über sein Gesicht.

Dandelion hatte sich auf ihrer Schulter zusammengerollt und rührte sich nicht. Und doch spürte Tara, dass er leicht vibrierte, so als würde er sich vor dem Jungen fürchten. Sie selbst fürchtete ihn nicht. Sie hatte seltsamerweise sogar das Gefühl, ihn verstehen zu können.

In diesem Moment eilte Helena vorbei. Sie trug einen goldbestickten Umhang, ihre dunkelblonden Haare waren hochgesteckt und eine Efeuranke wand sich wie eine Krone um ihren Kopf. Neben ihr trabte Semur, der deutlich weniger selbstsicher aussah. Im Gegensatz zu Helena und auch Tara, die beide in dem Palast lebten, war er immer noch eingeschüchtert von der herrschaftlichen Pracht, die sich hier auf dem Burghof zeigte. Seine Haare waren seit ihrem Abenteuer sehr hell geworden, manche fast weiß, und sie sahen aus wie das Silbergras, mit dem er sich verbunden hatte. Phillipus starrte beide an, als wären sie Erscheinungen. Tara kannte den Blick. So sahen viele aus, wenn sie die Helden aus Chirons Lied persönlich kennenlernten. Oh, dieses schreckliche Lied!

»Verzeih mir! Semur wollte mich abholen und hat sich im Palast verirrt«, wandte sich Helena an Tara. »Wir sind spät dran. Hast du die Wolke gesehen? Nachmittags wird es ein Gewitter geben.« Jetzt erst bemerkte sie Phillipus, der die ganze Zeit im Schatten des Baumes gesessen hatte, und sah Tara fragend an.

»Das ist Phillipus«, erklärte Tara. »Ein … ein … Gehilfe von Kajetan.« Mist! Jetzt hatte sie genau Kajetans Worte wiederholt! Phillipus, der aufgestanden war, warf ihr einen wütenden Blick zu. »Er … er hat auch mit Gießerei zu tun«, sagte sie schnell. »Also … also … mit Metallen!«

»Ein Gehilfe von Kajetan?!« Helenas Lächeln erstarb augenblickblich. Sie musterte Phillipus und nickte ihm kurz angebunden zu. »Sehr erfreut«, sagte sie kühl.

Tara wechselte einen Blick mit Semur. Sie war immer wieder überrascht, wie schnell sich Helena von ihrer Freundin in eine hochnäsige Prinzessin verwandeln konnte.

Phillipus spürte die Zurückweisung sofort und das Blut schoss ihm in die Wangen. Er trat einen Schritt nach hinten und überkreuzte die Arme.

Semur räusperte sich. »Das mit diesen Metallen klingt wirklich interessant!«, sagte er schnell und lächelte Phillipus aufmunternd zu. »Ich wünschte, ich könnte das auch. Ich meine, ich kann nur Brot backen.«

»Brot! Wie interessant!«, sagte Phillipus ironisch.

»Brotbacken ist sicher wichtiger als alles, was mit diesen Metallen zu tun hat«, wies ihn Helena zurecht. Sie mochte es ganz und gar nicht, wenn jemand Semur geringschätzig behandelte. Semur dagegen schien Phillipus' Ironie gar nichts auszumachen. Er sah

Phillipus immer noch mit einem freundlichen und offenen Blick an.

»Ich denke, wir gehen jetzt«, sagte Helena und streifte ungeduldig ihren Mantel zurück. »Schließlich haben wir gleich eine wichtige Beratung. Eine Beratung zu *dritt!«,* fügte sie mit einem Blick auf Phillipus hinzu.

»Verstehe!«, murmelte Phillipus mit Bitterkeit in der Stimme. »Dann wünsche ich euch viel Spaß!«

Er drehte sich um und verließ mit schnellen Schritten den Burghof.

»Was für eine Beratung?«, fragte Semur verwirrt, nachdem Phillipus' schmale Gestalt hinter dem Torbogen verschwunden war. »Ich dachte, wir wollten zu deinem Versteck gehen.«

»Das tun wir auch«, sagte Helena. »Ich wollte nur sichergehen, dass er nicht auf die Idee kommt, uns zu begleiten.«

»Was hast du denn gegen ihn?«

Helena seufzte. »Ich habe nichts gegen ihn. Ich habe nur etwas gegen Kajetan.«

2. *Kapitel*

Das Versteck

Wenig später befanden sie sich in den geheimen Gängen, die unterhalb des Palasts verliefen. Tara staunte, dass es hier genau wie oben ein breit angelegtes System an Straßen, Wegen und Toren gab. Es war fast so, als wäre die oberirdische Stadt in der unterirdischen nachgebaut. Wie ein Baum, der im Tageslicht Äste und Zweige hatte, deren Wuchs den Wurzeln in der Erde glich. Helena kannte sich in den Gängen seit ihrer Kindheit bestens aus und führte Tara und Semur die dunklen Steintreppen hinauf und hinab. Immer wieder war ein Fenster oder eine Öffnung in den Felsen gehauen, durch die etwas Helligkeit drang. Trotzdem war es meist dunkel und sie konnten kaum die Umrisse von Helena vor sich erkennen. Die Prinzessin ging mit sicheren Schritten voran. Tara lief in der Mitte. Dandelion hatte sich auf Taras Schulter zusammengerollt. Wie die meisten Pflanzen mochte er keine Höhlen. Genau wie Semur, der als Letzter ging und ab und zu vor sich hin fluchte. Tara musste ein Lächeln unterdrücken. Semur hasste nichts so sehr, wie sich unter der Erde zu befinden.

Schließlich ging es eine gute Weile die Treppen hoch und Tara konnte den feuchten Wind, der ihr heute Morgen entgegengeweht war, wieder auf ihrem Gesicht spüren. Vor ihnen befand sich eine kreisrunde Öffnung, durch die sie grell das Sonnenlicht blendete. Helena führte die Freunde auf einen Platz, der weit oben in den Felsen gehauen war und der vor neugierigen Blicken durch ein Viereck aus eingestürzten Mauern geschützt war. Erst nach und nach begriff Tara, dass die eingefallenen Mauern einmal zu einem großen und sicher prächtigen Haus gehört haben mussten. Man konnte noch die Fensterlöcher sehen und ein hoch aufragendes Portal, über dem sich eine Sonne aus verwittertem Stein befand. Kletterte man darauf, so wie sie und Semur das jetzt taten, hatte man einen wunderbaren Blick über das Land und die Felder.

Helena stellte sich zwischen zwei Mauern, die früher sicher einmal die Begrenzungen eines Zimmers gewesen waren, und streckte ihren Arm aus.

Die Efeuranke ringelte sich um Helenas Kopf und wand sich dann ihren Arm hinunter. Helenas magische Pflanze war äußerst schwierig und nicht leicht zu beherrschen. Sie nannte sich Hedera, hatte immer einen spitzen, manchmal sogar gekränkten Tonfall und sprach stets in Reimen, auf die Helena antworten musste. So versuchte sie es auch jetzt. »Eine Decke auf die Mauer …«

Die Efeuranke rührte sich nicht. »Ohne Reim bin ich nicht dein!«, zischte sie.

Helena biss sich auf die Unterlippe. »Eine Decke auf die Mauer … nur für jetzt und nicht von Dauer.«

Alle starrten die Efeuranke erwartungsvoll an. Tara war im Stillen froh, dass sie mit Dandelion nicht in Reimen sprechen musste. Überhaupt war Dandelion viel weniger kompliziert als Hedera, mit der sich Helena auch manchmal stritt.

Da! Das Efeuzeichen, das Helena auf ihrem Hals trug, leuchtete grün auf. Die Efeuranke ringelte sich um Helenas Arm, wand sich hinunter zu ihrer Hand, die Helena nun hob. Der Efeu schoss hinauf in den Himmel und kam in einem hohen Bogen wieder herab, um auf die andere Mauer zu fallen. Dies geschah mehrere Male, bis die Mauern ein Dach aus verschlungenen Efeuranken hatten. »Lob und Dank! Schlicht und Rank!«, murmelte Helena eilig.

»Macht und Glück kommt zurück!«, rief die Ranke.

Eine Amsel hüpfte neugierig näher. So schnell wachsende Pflanzen hatte sie wohl noch nie gesehen.

Semur streckte sich auf dem Boden aus und blickte durch die Mauersteine auf das Land unter sich. »Ein toller Platz!«, sagte er anerkennend zu Helena.

Helena lächelte. »Ich bin außerordentlich froh, dass es euch gefällt. Als kleines Kind habe ich öfter hier gespielt. Leider habe ich das Haus nie gesehen, als es noch stand.« Ein Schatten zog sich über ihr Gesicht. »Es war das Haus meiner Großeltern. Den Eltern meiner Mutter.«

»Das Haus deiner Großeltern?« Tara blickte Helena überrascht an. »Aber warum steht hier nur noch eine Ruine?«

Helena sah plötzlich bekümmert aus. »Askiel hat eines Tages herausgefunden, dass meine Großmutter ein Pflanzenmensch war. Er wollte sie verhaften lassen, doch sie ist mit meinem Großvater geflohen. Danach hat Askiel das Haus niederbrennen lassen.«

»Was ist aus deinen Großeltern geworden?«, fragte Tara erschrocken.

»Meine Mutter hat sie in unserem Palast versteckt, aber dort sind sie vor Kummer gestorben. Askiel hatte nicht nur ihr Haus niedergebrannt, sondern auch ihren geliebten geheimen Garten.« Helena hielt die Hand vor ihr Gesicht und sah auf Hedera, die sich nun um ihr schmales Handgelenk ringelte. »Das war unser Familiengeheimnis. Meine Großmutter hatte das Efeuzeichen. Genau wie meine Mutter. Ich habe es von den beiden geerbt.«

Tara lehnte sich gegen die Mauer. Dandelion war wieder auf ihrer Schulter erschienen und reckte sich der Sonne entgegen, die zwischen den verschränkten Efeuranken hervorblitzte. »So viele Pflanzenmenschen haben ihr Zeichen verbergen müssen!«

»Das ist zum Glück jetzt vorbei«, erklärte Semur und fuhr sich über das Ährenzeichen an seinem Arm. »Manchmal kommen Kinder zu mir, die mir nun ganz stolz ihre Zeichen zeigen. Das hätten sie sich vorher nie getraut!«

Helena nickte. »Deshalb habe ich euch zu diesem Platz geführt. Es soll nicht nur der geheime Treffpunkt für uns werden. Wir müssen auch die anderen Pflanzenkinder hierherholen und ihnen helfen, eines Tages Pflanzenmagier zu werden. Gut, dass wir Tamerans Buch haben. Damit können wir jedem Zeichen eine Pflanze zuordnen.«

Tameran war der erste Pflanzenmensch gewesen, dem Tara, Helena und Semur begegnet waren. Sein Wissen über die magischen Pflanzen war unermesslich gewesen und er hatte vieles davon in seinem Buch festgehalten. Gemeinsam mit seinem uralten Eichenbaum Quercus hatte er an der Grenze zu Nelumbiya gelebt – bis Askiels Leute vor einem Jahr Quercus gefällt und damit auch Tamerans langes Leben beendet hatten. Die Erinnerung daran schmerzte Tara noch immer.

Semur sah zu den anderen. »Wo ist das Buch eigentlich?«

»Bei Merle«, erklärte Tara. »Sie gibt es nicht mehr her und liest jeden Tag darin. Sie legt es sogar unter ihr Kopfkissen!«

»Unter ihr Kopfkissen?« Helena lächelte.

»Die Kinder kommen mittlerweile zu ihr und lassen sich zeigen, welche Pflanze zu ihrem Zeichen gehört.«

»Stimmt es, dass sie auch ein Zeichen hat?«, fragte Semur.

Tara nickte. »Das Papyruszeichen an ihrem Handgelenk. Es ist mir vorher nie aufgefallen!«

»Vielleicht hat sie deswegen so schnell lesen gelernt.«

»Das kann gut sein.« Tara seufzte. Lesen und schreiben fiel ihr immer noch schwer. Es erging ihr da genau wie Semur. Und sie wusste, dass er alle bewunderte, die es konnten.

»Glaubst du, dass sich die Kinder in Ornata einmal mit ihrer Pflanze verbinden können?«, fragte Semur nachdenklich.

Dandelion, der die ganze Zeit über geschwiegen hatte, regte sich. »Verbinden können sie sich nur in Nelumbiya. Nur jenseits des Schwarzwasserflusses. Bis dahin reicht die Magie von Fagus, dem Weltenbaum«, sagte er und ließ dann seinen gelben Blütenkopf hängen. Tara sah ihn an. Wie wehmütig er den Namen des Weltenbaums ausgesprochen hatte! »Dann müssen wir alle Zeichenträger eines Tages nach Nelumbiya bringen, damit auch sie Pflanzenmagier werden können«, schlug sie vor.

»Ja, das werden wir eines Tages tun müssen!«, stimmte Helena ihr zu.

Semur strich sich über seine hellen Haare. »Vielleicht wollen ja auch Kinder mit, die kein Zeichen besitzen. Es gibt viele, die die neuen Pflanzen genauso lieben wie wir.«

Helena schüttelte den Kopf. »Wir können nicht alle mitnehmen. Außerdem kann ein Zeichenloser nie ein Pflanzenmagier werden. Es wäre also völlig sinnlos, wenn sie mit uns kämen.«

»Mhmm.« Semur starrte vor sich hin. »Das ist fast ein bisschen schade, oder?«

»Wir können daran nichts ändern!«, erklärte Helena und zuckte mit den Achseln.

Sie saßen in dem weichen Gras und hingen ihren Gedanken nach. Ohne dass die anderen beiden es erwähnten, wusste Tara, dass auch sie an Nelumbiya dachten.

Nach einer langen Weile stand Helena auf und blickte nach Osten, wo das Pflanzenland lag. Sie beschirmte ihre Augen. »Diese Wolke macht mir Sorgen«, murmelte sie und deutete auf das große unförmige Wolkengebilde, das sich langsam auf sie zubewegte. Seit den Morgenstunden war es größer geworden und hing nun wie ein dunkler Schatten über den Feldern.

Tara atmete auf. »So ging es mir heute Morgen auch. Diese Wolke bringt ein Gewitter und …« Tara schluckte. Sie wusste nicht, wie sie ihr vages Gefühl in Worte fassen sollte, ohne dass die anderen sie für seltsam hielten. »Da ist noch etwas anderes. Wie eine Bedrohung. Ich spüre das mit dem Wind, der von Osten zu uns weht. Ich habe das Gefühl, dass sich nicht nur die Wolken auf den Weg zu uns machen, sondern noch etwas. Ich kann euch aber nicht sagen, was es ist.«

Doch die anderen beiden lachten sie nicht aus, sondern blickten sie ernst an. Semur stand schließlich auf. »Der Wind weht in unsere Richtung. Vielleicht kann ich etwas hören ...« Er ging zu der verfallenen Mauer, suchte mit seinen Augen den Horizont ab. Dann berührte er die Mauer mit der rechten Hand und schloss die Augen.

Tara beobachtete ihn gespannt. Wenn Semur sich konzentrierte, konnte er Geräusche hören, die weit weg waren.

»Und?«, fragte sie nach einer Weile.

Semur schüttelte den Kopf. »Ich weiß nicht. Nichts Besonderes. Nur die Feldarbeiter. Ich höre Messer pfeifen ... ein paar Kinder jagen sich über die Felder ... mhmm ... die Vögel sind ziemlich unruhig.« Er fuhr sich über die weißen Haare. »Vielleicht sollte ich mal die Nephori ausschicken.«

»Gute Idee!« Tara nickte. Die Nephori oder Silbergräser waren ein Teil des großen Silbergraswesens, mit dem sich Semur in Nelumbiya verbunden hatte. Einige der Gräser waren mit ihm mitgegangen und sie wuchsen, wo und wann immer Semur das wollte. Allerdings nicht immer genau so, *wie* Semur das wollte ...

Jetzt jedenfalls berührte er mit beiden Handflächen die Mauer und schloss die Augen. Sein Zeichen, die Ähre, leuchtete silbern. Gräser wuchsen aus seinen Fingern hervor und verbreiteten sich rasch. Das alles ging so schnell, dass es aussah wie silbergrünes Wasser, das über die Steine rann. Es floss über die Burgzinnen, über die Stadtmauer und verband sich mit dem Gras, das rings um die großen Felder wuchs. Dann sah Tara, wie der Wind durch die Gräser fuhr, die sich leicht unter dem Hauch bogen. Semur beugte sich nach vorne und die Grashalme bewegten sich mit ihm mit, so als wäre er selbst der Wind. Dann lehnte er sich zurück und die Grashalme bewegten sich in die andere Richtung, gerade so als hätte der Wind sich schnell gedreht. Die Grashalme flüsterten und wisperten. »Semur Silbergras! Wir nehmen dich mit!« Semur sah mit entsetztem Blick zu Tara und Helena, dann war er plötzlich verschwunden.

»Semur?!« Tara konnte nur noch den Wind sehen, der eine Schneise in die Grashalme blies. Doch von Semur keine Spur. Die Sekunden verstrichen, dann hörten sie von unterhalb der Mauer einen Hilferuf. Tara und Helena rannten zu der Mauer, wo Semur sich an einen Felsvorsprung klammerte. »Könnt … könnt ihr mir wieder hochhelfen?«

Tara streckte ihm ihre Hand entgegen. Gemeinsam zogen sie ihn wieder nach oben.

»Alles in Ordnung?«, fragte Tara.

Semur nickte grimmig. »Ich will nicht mitgenommen werden«, rief er den Gräsern ärgerlich zu. »Ich will nur hören, versteht ihr?« Die Nephori raschelten und gaben etwas von sich, was wie ein Seufzen klang.

Jetzt streckte Semur wieder die Hände aus. Auch diesmal leuchtete das Ährenzeichen auf seinem Arm und das Gras bewegte sich unter seinen Fingern. »Nur hören«, flüsterte er. Und tatsächlich: Diesmal verschwand er nicht. Sondern blieb stehen und schloss seine Augen. Eine Sekunde verrann, eine halbe Minute, dann eine ganze.

»Was ist?«, fragte Tara. »Hörst du was?«

»Da ist die Stimme einer Frau … Sie reitet auf einem Pferd …«

»Was für eine Frau?«

»Ich weiß nicht …« Semur stutzte. »Die Stimme kommt mir aber irgendwie bekannt vor.«

»Du kennst sie?«, fragte Helena.

»Ja!« Über Semurs Gesicht zog sich plötzlich ein breites Lächeln. »Sie klingt wie *Chiara!*«

Chiara? Tara horchte auf. Könnte es sein, dass Chiara, die Chefin der Bootsleute, sie besuchen kommen würde? »Verstehst du, was sie sagt?«, fragte sie atemlos.

Semur schüttelte den Kopf »Nein, im Moment kann ich nur ihre Stimme hören. Ich würde sie immer wieder unter allen anderen erkennen.«

»Ich auch«, seufzte Helena. Sie war letzten Sommer von Chiara und den Bootsleuten gefangen genommen worden und hatte eine Nacht in einer finsteren Zelle unter Deck verbringen müssen. Am Ende hatte Chiara sie alle freigelassen, um sie vor Askiels Männern zu beschützen, aber Helena schien die Nacht im Gefängnis nicht vergessen zu haben.

»Sie hat noch jemanden dabei … jemand, der auf einem kleineren Pferd reitet, und mit ihm spricht sie jetzt. Beide Pferde müssten auf der Sternstraße sein und kommen näher«, murmelte Semur.

»Du hörst also noch jemanden?«

»Nein, ich höre keine zweite Stimme, nur das Hufgetrappel eines Ponys.«

»Vielleicht hat sie Cassian dabei. Das würde erklären, warum ihr niemand antwortet«, mutmaßte Helena.

Tara nickte. Das leuchtete ihr ein. Cassian war Chiaras kleiner Sohn. Er konnte zwar alles verstehen, sprach aber selbst kein Wort.

»Wo genau sind sie jetzt?«, fragte sie.

»Am Ende der Felder, dort, wo die südliche Pappelallee beginnt.«

»Dann müssten sie in einer Stunde am Großen Südtor sein«, überlegte Helena laut.

»Kannst du herausfinden, was sie hierherbringt?«, fragte Tara aufgeregt. Ihr Herz machte einen Sprung. Würde sie bald Chiara und Cassian wiedersehen? Aus irgendeinem Grund war es, wie wenn ihre Familie sie besuchen würde.

Semur schloss die Augen. Tara sah, wie der Wind durch die Grashalme fuhr und wie Semur sich konzentrierte. »Der Wind wird stärker … Jetzt kann ich auch hören, was sie sagt … ah … Sie muss den Fürsten sprechen! Irgendetwas ist geschehen …«

»Meinen Vater?«, fragte Helena überrascht.

»Scheint so! Moment … Sie sagt auch etwas über *Chiron!«*, Semur schüttelte verwirrt den Kopf. »Sie sagt, dass *Chiron ihnen sicher helfen wird.«*

»Chiron, wieso ausgerechnet Chiron?«, fragte Tara. »Was hat sie denn mit Chiron zu tun?«

»Keine Ahnung«, murmelte Semur. »Aber sie scheint in Schwierigkeiten zu sein. Sie klingt so besorgt.« Er horchte noch eine Weile, dann schüttelte er den Kopf. »Jetzt habe ich sie verloren.«

Tara steckte die Nase in die Luft. »Ja, der Wind hat sich gedreht«, bemerkte sie.

Semur zog seine Hand von der Mauer zurück und mit ihr verschwanden die Gräser. Das Rauschen und Rascheln erstarb. Semur öffnete die Augen und schüttelte den Kopf. »Was für ein seltsamer Vormittag. Erst sehen wir diese komische Wolke und dann erfahren wir, dass Chiara und Cassian auf dem Weg in die Stadt sind. Ich frage mich, ob diese beiden Dinge miteinander zu tun haben.«

Helena stand auf. »Lasst uns den beiden vor dem Südtor entgegengehen. Ich kann ihnen helfen, an den Wachen am Tor vorbei in die Stadt zu kommen.«

»Und wie willst du das machen?«, fragte Semur skeptisch.

Helena nahm den Mantel und warf ihn sich mit Schwung wieder um die Schultern. Die Goldfäden darauf schillerten in der stechenden Sonne. »Ganz einfach: Die Wachen werden mir gehorchen, weil ich die Prinzessin bin.«

»Wir sollten auch unbedingt Chiron Bescheid sagen!«, gab Tara zu bedenken.

»Äh … Ich gehe lieber mit Helena zum Südtor«, rief Semur schnell und sah dann mit einem Anflug von schlechtem Gewissen zu Tara.

»Alles klar!« Tara seufzte. »Dann werde ich eben Chiron allein besuchen.«

»Danke!«, sagte Semur und sah zu Boden. »Ich glaube, du … du verstehst dich viel besser mit ihm als ich. Ich meine … äh … ihr habt euch sicher viel mehr zu sagen.«

Tara sah ihn an und verdrehte die Augen. »Das wage ich zu bezweifeln.«

3. Kapitel

Zwei Fremde am Südtor

Während sich ihre Freunde zum Südtor begaben, lief Tara durch die verwinkelten Gassen zum Westteil der Stadt. Schon von Weitem sah sie Chirons Turm, der alle anderen Gebäude weit überragte. Er war zwar noch nicht mit Gold verkleidet, dafür bemerkte Tara aber, als sie schließlich vor dem Eingang stand, dass die Notenzeichen auf der großen runden Tür vergoldet waren. Sie sahen so aus, als ob sie ganz neu angebracht und dann stundenlang auf Hochglanz poliert worden waren. Neben den drei Noten war ein Schild, in das verschnörkelte Buchstaben eingraviert waren:

Chiron Lautenschläger
Erster Höfischer Barde

Auch dieses Türschild sah nigelnagelneu aus.

Tara klopfte vorsichtig dreimal an die Tür. Das erste Mal, als sie hier gestanden hatte, hatte sie noch nicht lesen können. Kurz zuvor hatte Askiel versucht, Dandelion zu vernichten, und ihn zu Asche verbrannt. Zum Glück war eines seiner Schirmchen unversehrt geblieben. Tara hatte damals noch nichts über die Zeichen gewusst. Erst nach und nach hatte sie herausgefunden, was das Pfeilzeichen bedeutete, das sie seit ihrer Geburt auf dem Arm getragen hatte. Genau wie Askiel, der einer ihrer Vorfahren war, hätte sie sich mit dem mächtigen Pilz Armillarion verbinden und unsterblich werden können. Doch dank des alten Pflanzenmagiers Tameran hatte sie ein neues Zeichen bekommen: Dandelions Schirmchen! Jetzt war sie Pflanzenmagierin, hatte sich mit dem Löwenzahn verbunden und damit Askiel besiegt. So viel war seitdem geschehen!

Sie wartete, doch als sich nach einer Weile immer noch nichts rührte, legte sie den Kopf an die Tür. Innen spielte jemand die Laute. Die Töne waren silbern, geheimnisvoll und wunderschön, was vermutlich daran lag, dass Chirons Laute aus dem Holz des Weltenbaums gemacht war. Jeder wurde durch diese Musik bezaubert. Kein Wunder, dass die Leute Chiron so gerne zuhörten. Tara war ganz in das Netz der Klänge gesponnen. Doch dann gelang es ihr, sich fortzureißen, und sie klopfte noch einmal, diesmal fester und deutlicher.

Die Töne verstummten.

»Wer stört?« Chirons Stimme klang dumpf durch die Tür.

»Ich bin es. Tara!«

Die Tür ging auf und dahinter erschien ein Mann mit dichten schwarzen Locken. Er trug ein schlichtes Hausgewand, eine Hose und eine Tunika und hatte sich eine Feder hinter sein linkes Ohr geklemmt. »Oh! Was … was für eine Überraschung!« Chiron musterte Tara. »Es ist ja eine Ewigkeit her, seit du das letzte Mal hier warst.«

»Ja, das stimmt«, murmelte Tara.

»Willst du reinkommen? Ich habe ausgezeichnete gebratene Maiskolben und zudem könnte ich dir einige meiner neuen Verse zeigen. Sie haben ein ungewöhnliches Reimschema. Ich habe mir sowieso schon gedacht, dich zu fragen, wie …«

»Eigentlich wollte ich nur eine Botschaft überbringen«, unterbrach ihn Tara und merkte selbst, wie kühl ihre Stimme klang.

Chiron seufzte und fuhr sich durch seine schwarzen Haare. »Verstehe! Ich dachte nur, du könntest dir ja trotzdem mal anhören, woran ich arbeite. Es geht unter anderem um dich!«

»Lieber nicht.« Tara spürte, wie ihr plötzlich ein geballter Klumpen Wut aus dem Magen hochstieg. »Ich will nämlich nicht noch mehr Lügen hören.«

Chiron zuckte zusammen und fasste dann unwillkürlich an die Schreibfeder hinter seinem Ohr. »Lügen! Oh! Was für ein schreckliches Wort.« Er sah sie betreten an. »Tara! Ich wusste nicht, dass das so bei dir ankommt. So ist es auch gar nicht gemeint. Sieh das, was ich mache, lieber als ... als ... *verdichtete* Wahrheit!«

»Verdichtete Wahrheit?«, fragte Tara entgeistert.

Chiron nickte eifrig. »Genau! Eben eine ... andere ... Wahrheit. Weißt du, meistens kommt es nicht so sehr auf die Tatsachen an als vielmehr, was die Leute dabei empfinden, wenn die Tatsachen vorgetragen werden.«

»Was soll das bedeuten?« Tara verschränkte die Arme.

Chiron seufzte. »Bei dem Großen Lied habe ich nur ein bisschen zu dem, was in Wirklichkeit passiert ist, hinzugefügt und dann an anderer Stelle ein bisschen weggenommen. Einfach um es interessanter zu machen! Die Menschen sollten wissen, dass ihr Askiel besiegt habt und dass die Pflanzen, die ihr mitgebracht habt, nicht böse sind. Die Details spielen dabei keine so große Rolle.«

Tara stemmte die Hände in die Hüften. »Aber nun glauben die Leute, dass wir gefährliche Hexenmeister sind!«

Chiron schüttelte den Kopf. »Oh nein! Sie bewundern euch, weil sie von eurer Zauberkraft gehört haben.«

»Ja, aber es ist alles falsch!«, rief Tara verzweifelt. »Wir sind keine Dämonenbändiger, keine Armeebefehlshaber oder was weiß ich, was du noch alles erfunden hast.«

»Du musst dich daran gewöhnen, dass du in den Köpfen der Menschen jemand anderes bist als die, für die du dich selbst hältst. Das ist übrigens fast immer so. Sogar wenn du nicht berühmt bist.«

»Aber …« Tara wollte noch etwas sagen, doch Chirons Worte waren mal wieder so geschickt gewählt, dass ihr nichts mehr einfiel. »Ich bin sowieso aus einem ganz anderen Grund hier«, sagte sie schließlich.

»Der da wäre?«, fragte Chiron lächelnd.

»Kennst du die Anführerin der Bootsleute? Chiara?«

Chirons Lächeln erstarb auf der Stelle. Er starrte sie mit großen Augen an, was Tara als ein Ja deutete.

»Sie ist auf dem Weg hierher und in einer Stunde am Großen Südtor.«

»Chiara!? Auf dem Weg hierher?« Chiron sah sich nach links und rechts um, zog dann Tara in sein Haus und schloss die Tür. Hier roch es tatsächlich nach gut gewürztem gebratenem Mais. Er befand sich in einer kleinen Pfanne auf dem Herd zwischen Bücherstapeln und Musikinstrumenten.

»Warum, um Himmels willen, will Chiara denn hierherkommen?! Ist sie völlig verrückt geworden?«, flüsterte Chiron.

»Das weiß ich nicht. Aber Semur hat gehört, dass sie unbedingt zum Fürsten will.«

Chiron lehnte sich gegen die Wand. Der Dudelsack hinter ihm stieß ein Pfeifgeräusch aus.

»Sie will zu Hadrian? Ich glaube nicht, dass das eine gute Idee ist!«

»Warum denn das?«, fragte Tara.

Chiron schnappte nach Luft. »Sie hat über viele Jahre die Bewohner Ornatas gefangen genommen, um Lösegeld zu erpressen – unter anderem Helena! Und jetzt glaubt sie, dass sie von Hadrian empfangen wird. Einfach so! Ohne dass sie etwas zu befürchten hat?«

»Aber es scheint dringend zu sein!«

»Hör zu! Ich weiß, dass Hadrians Soldaten schon lange nach den Bootsleuten suchen.«

Tara schluckte. Daran hatte sie gar nicht gedacht.

»Das ist einfach typisch«, brummte Chiron. »Chiara begibt sich in die Höhle des Löwen. Und weißt du, was das Schlimmste ist: Sie bringt nicht nur sich selbst in Gefahr, sondern auch mich!«

»Also willst du ihr nicht helfen?«

Chiron seufzte und schnappte sich einen verzierten Hut und einen Umhang, der neben dem Dudelsack hing. »Natürlich werde ich ihr wieder aus der Patsche helfen. Eigentlich mache ich das schon mein ganzes Leben.«

Tara blickte ihn neugierig an. »Dann kennst du Chiara schon lange?«

Chiron seufzte. »Kann man wohl sagen. Sie ist meine große Schwester.«

»Deine ... *Schwester?*«

Chiron brachte ein schwaches Lächeln zustande. »Wir waren schon immer sehr ... unterschiedlich, wenn du verstehst, was ich meine.«

Wenig später befanden sich Tara und Chiron auf der breiten gepflasterten Straße, die zum Großen Südtor führte. Die Sonne brannte auf sie herab und auf der Straße unter ihnen lagen spitze Steine. Tara ging wie immer barfuß. Sie bemerkte Chirons Schnallenschuhe mit Erstaunen und fragte sich, wie man darin laufen konnte.

»Himmel! Da sind sie!«, rief Chiron plötzlich aus und zeigte auf die beiden Reiter, die ihnen entgegenkamen.

Tara staunte. Auf dem Schiff war Chiara schon beeindruckend gewesen, aber hier in der Stadt sah sie noch ehrfurchtgebietender aus. Ihre lange dunkle Mähne bauschte sich im Wind und der mit Silber überzogene Zahn an ihrer Halskette blitzte in der Sonne. Sie trug leuchtend blaue Hosen und eine Tunika in derselben Farbe, die mit funkelnden Stickereien durchwirkt war.

Cassian trug ebenfalls Fischzähne um den Hals und hatte ein weites hellblaues Hemd an. Ihm schien Ornata zu gefallen und er winkte fröhlich den Leuten auf dem Marktplatz zu, die ihn wie eine Erscheinung anstarrten. Jetzt sah Tara auch Semur und Helena, die rechts und links neben den beiden herliefen. Ausnahmsweise waren sie nicht im Zentrum der Aufmerksamkeit, sondern die beiden Fremden.

Tara klopfte das Herz. Wie lange hatte sie Chiara und Cassian schon nicht mehr gesehen! Als sie sah, wie Chiara sie aus der Ferne erkannte und Cassian ihr dann fröhlich winkte, gab es für sie kein Halten mehr. Sie begann zu rennen. Es war so, als hätten sich ihre Beine selbstständig gemacht. Chiara stoppte ihr Pferd und stieg ab. Dann öffnete sie ihre Arme und Tara fiel hinein und wurde herumgewirbelt. »Tara! Was bin ich froh, dich zu sehen!« Chiaras Stimme war dunkel und angenehm und Tara fühlte sich in ihren Armen plötzlich wie zu Hause. Chiara ließ sie los, dann trabte Cassians Pony heran und Cassian stieg mit Schwung ab und lief auf sie zu. Er war in dem einen Jahr beachtlich gewachsen und sah sie mit ernsten Augen an, in die sich nun ein Lächeln mischte. Er legte die Hand an sein Herz und verneigte sich, woraufhin sie sich auch verneigte. Cassian entdeckte Chiron. Der Junge strahlte und lief auf den Barden zu und vergrub sein Gesicht in seinen Armen. Als sie sich kurz daraufhin anlächelten, erkannte Tara, wie ähnlich sie sich sahen. Sie hatten beide die gleichen dunklen Locken und hellen blauen Augen.

»Chiron!« Auch Chiara nahm Chiron in die Arme. »Du siehst gut aus«, fügte sie mit einem spöttischen Lächeln hinzu.

Chiron sah sich unbehaglich um. »Was zum Teufel machst du hier?«, flüsterte er. »Und wenn du schon kommst, warum dann nicht weniger … auffällig?!«

Chiara lachte einmal kurz auf und betrachtete seinen bunten, mit aufwendigen Stickereien verzierten Mantel. »Erzähl du mir nichts von auffällig! Ich habe gehört, dass du jeden Samstag hier auf dem Marktplatz Balladen zum Besten gibst!«

»Ja, das ist wahr. Mein Publikum verdoppelt sich von Woche zu Woche«, bemerkte Chiron geschmeichelt. Mit einer schnellen Bewegung nahm er Cassian auf seine Schultern, der hoch oben fröhlich mit den Beinen baumelte. Dann senkte er die Stimme. »Und bei dir? Was macht die Schifffahrt? Oder soll ich besser sagen: das Piratenleben?«

»Ich glaube kaum, dass wir das hier besprechen müssen, oder?«, flüsterte Chiara zurück. »Außerdem haben wir ganz andere Sorgen.«

»Was für Sorgen?«, schaltete sich Helena ein.

»Ich muss sofort zu Fürst Hadrian gebracht werden! Es ist dringend! Sehr dringend! Wir gehen unruhigen Zeiten entgegen.«

Die Kinder und Chiron sahen sich an. »Was ist passiert?«, fragte Tara.

Chiara blickte sich um. Die Marktleute standen in einigem Abstand und tuschelten miteinander. »Nicht hier! Bringt mich zum Fürsten! Am besten beruft gleich eine Versammlung ein. Dann könnt ihr auch hören, was geschehen ist.«

»Heute Nachmittag ist tatsächlich eine Versammlung. Aber ... Ich glaube kaum, dass wir dabei sein dürfen«, sagte Helena vorsichtig.

Chiara schüttelte ihre langen Locken und sah von Chiron zu den Kindern. »Ihr seid Pflanzenmagier und werdet nicht zu den Versammlungen eingeladen? Was soll das bedeuten?!«

»Nun«, Helena wurde rot. »Wir sind noch Kinder. Und Kinder sind dort nicht zugelassen.«

»Wer sagt das?«, fragte Chiara.

»Mein Vater.«

»Was für ein haarsträubender Unsinn. Ich werde mit deinem Vater sprechen«, erklärte Chiara. »Und jetzt bringt mich zu ihm!«

»Das wird nicht so einfach sein«, schaltete sich Chiron ein. »Die Audienzen während der großen Versammlungen werden von Kajetan, dem neuen Berater, geleitet. Man muss sich monatelang vorher anmelden.«

»Audienzen?« Chiara sah Helena verständnislos an. »Was für Audienzen? Sagt ihm einfach, es ist wichtig! Das Schicksal Ornatas wird davon abhängen!«

»Es geht nicht immer so, wie du dir das vorstellst. Es gibt ein gewisses Protokoll, das ...«, wand sich Chiron.

»Zum Teufel mit dem Protokoll! Bringt mich einfach da rein!«

»Kannst du da gar nichts machen?«, wandte sich Semur an Helena. »Kannst du nicht einfach mit ihm reden?«

»Seit einiger Zeit nicht mehr.« Helena seufzte bekümmert. »Kajetan hat so an Einfluss gewonnen, dass mein Vater sich nicht einmal mehr mit seiner eigenen Familie berät.«

Tara schüttelte ungeduldig den Kopf. »Wer ist eigentlich dieser Kajetan?«

»Ich bin ihm nämlich vorhin begegnet und er wirkte so ...« Tara dachte nach. »So hinterhältig.«

»Hinterhältig ist gar kein Ausdruck«, murmelte Helena.

»Gehörte er etwa zu Askiel?«

Helena schüttelte den Kopf. »Nein, er tauchte erst auf, nachdem Askiel verschwunden war. Man sagt, er betreibt eine Alchemistenküche in seinem Kellergewölbe.«

»Eine was?«, fragte Semur.

»Er gießt Metalle.«

»Ah, zusammen mit diesem ... diesem ...«

»... Phillipus«, ergänzte Tara. »Ja. Er ist wohl Kajetans Gehilfe.« Sie dachte kurz an den Jungen mit den dunklen Haaren und wie wenig er eigentlich zu Kajetan gepasst hatte.

»Mhmm.« Semur sah zu Helena. »Ich verstehe trotzdem nicht, wie dieser Kajetan wichtiger für Hadrian sein soll als du!«

Helenas hübsches Gesicht verdüsterte sich. »Glaub mir, das verstehe ich auch nicht!«

»Vielleicht …«, sagte Chiron und wandte sich dabei an Chiara. »Vielleicht kannst du aber mit mir kommen. Ich sollte heute dort singen. Man schätzt nämlich mittlerweile meinen Gesang so sehr, dass man mich immer dazuruft, wenn …«

Chiara rollte mit den Augen. »Schon gut. Was hast du vor?«

»Ich könnte dich reinbringen und auch vorstellen. Aber du kannst unmöglich als du selbst auftreten. Es wäre besser, wenn du …« Er musterte sie kurz. »… wenn du etwas anderes anziehst. Etwas … Unauffälligeres. Du musst so tun, als wärst du nur eine einfache Bäuerin zum Beispiel … von der Kräuterinsel.«

»Was ist falsch an meinem Aufzug?« Chiara strich sich über die weiten blau leuchtenden Flatterhosen.

Helena trat einen Schritt vor. »Chiron hat in diesem Fall recht. Ich fürchte, das wird die einzige Möglichkeit sein, Gehör zu finden.«

Chiara überlegte. Sie sah nach oben, wo sich die dunkle Wolke verdichtete. Ab und zu blitzte die Sonne noch hindurch und tauchte alles in ein fast unwirkliches Licht. »Es braut sich was zusammen«, murmelte sie. »Und ich werde jede Möglichkeit nutzen, die Gefahr abzuwehren.«

»Nun, ich glaube, dann hätte ich die entsprechenden Kleider«, sagte Helena. »Und ich könnte sie zu dir bringen, wenn du mir verrätst, wo ihr wohnen werdet.«

»Äh, genau, wo werdet ihr eigentlich wohnen?«, fragte Chiron vorsichtig.

Chiara sah ihn verständnislos an. »Na, bei dir natürlich. Was meinst du, warum ich dich brauche, kleiner Bruder!«

4. Kapitel

Vor dem Sturm

Die heranziehenden Gewitterwolken waren das Letzte, das Tara draußen sah, bevor sie mit den anderen durch einen Nebeneingang in das Treppenhaus der großen Versammlungshalle schlich. Cassian war bei ihnen. Er sah sich in den langen Gängen um, staunte über die Mosaike an den Wänden und die verzierten Säulen, über die großen Glasfenster und die bemalten Decken. Tara fragte ihn, ob er schon je zuvor einmal in einer Stadt, geschweige denn in einem so großen Palast gewesen war. Doch er schüttelte nur den Kopf und machte dann eine Geste, die sein Staunen zeigen sollte. Schließlich gelangten sie in den zweiten Stock, wo die Tür ein wenig offen stand.

»Die Wachen sind noch nicht hier«, flüsterte Helena und bedeutete ihnen, ihr in die Halle zu folgen. Tara sah sich erstaunt um. Sie lebte nun schon seit einem Jahr in dem Palast, hatte aber diesen Saal noch nie betreten. Er übertraf an Pracht bei Weitem alle anderen Räume. Zu beiden Seiten waren bunte spitz zulaufende Glasfenster angebracht. Die Sonne, die draußen noch ab und zu durch die Wolken brach, zeichnete ein seltsames Gemisch aus Farben auf den Boden.

Die Mosaike an den Wänden zeigten riesige Bäume und vor allem große Farne, deren Wedel an den Unterseiten mit goldenen Punkten gespickt waren. Kurz unter dem Deckengewölbe hörten die Pflanzenmosaike auf und gingen über in einen gemalten Himmel mit Wolken und Vögeln, die wiederum übergingen in einen Nachthimmel, an dem ein runder Mond, eingerahmt von silbernen Sternen, hell leuchtete. In der Mitte der Decke war eine Pflanze zu sehen, die auf einem See trieb und aus spitzen Blättern bestand, die sich nach oben hin auffächerten. Cassian sah lange darauf und stieß dann aufgeregt Tara in die Seite. Tara blickte erstaunt nach oben. Sie hatte die Pflanze noch nie gesehen und fragte sich, was Cassian an ihr so faszinierend fand.

Helena führte sie in eine versteckte Nische hinter einer Säule, die von einem hölzernen Paravent abgeschirmt war, sodass man sie hier nicht entdecken konnte. »Hier kann man alles gut hören«, flüsterte sie und deutete dann auf die gegenüberliegende Wand, an der ein großer Spiegel angebracht war. »Und über den Spiegel können wir alles sehen.«

»Dann warst du schon einmal hier?«, fragte Semur und zwängte sich neben Cassian und Tara hinter die Säule.

Helena nickte. »Oh ja, ich höre mir von hier aus immer die Versammlungen an. Schließlich ist es wichtig, gut informiert zu sein!«

Tara sah in den goldumrahmten Spiegel, der ihr die Halle zeigte. Sie war noch nicht belebt. Nur ab und zu wieselte jemand vorbei, um den Thron abzustauben und Getränke in geriffelten Karaffen auf ein rundes Tischchen zu stellen. Es war tatsächlich ein gutes Versteck. Keiner schien sie zu bemerken.

Da hörte sie ein Pochen an der Tür. Sie drückte sich mit den anderen noch enger hinter die Säule und sah, wie eine Gruppe von Menschen von einer der Wachen in den Saal geführt wurde.

»Das sind die Bittsteller«, flüsterte Helena. »Sie betreten als Erste den Saal. Danach kommt das Publikum.«

Cassian boxte Tara wieder aufgeregt in die Seite, als er Chiara in der ersten Gruppe entdeckte. Sie stand nun mit den anderen in einer Reihe unter den großen Glasfenstern. Helena hatte ihr ein einfaches Kleid besorgt und ihre Haare zu einem schlichten Zopf geflochten. Doch die Hoffnung, Chiara so unauffällig wie möglich aussehen zu lassen, war vergebens. Chiara überragte alle anderen in ihrer Gruppe. Sie schien es nicht gewohnt zu sein zu warten, wippte ungeduldig mit ihren Füßen auf und ab und sah alles andere als ängstlich aus. Außerdem hatte sie vergessen, den Fischzahn abzulegen. Man sah ihn ganz deutlich unter ihrem grauen Kleid hervorblitzen.

Dann klopfte es wieder dreimal an der Tür und die geflüsterten Gespräche verstummten.

Fürst Hadrian erschien. Er setzte sich auf einen Thron, zu dem ein langer roter Teppich führte. Neben ihm schritt Kajetan, der sich einen grauen Mantel umgeworfen hatte, der – wie Tara nun bemerkte – einen leicht silbernen Schimmer hatte. Er flüsterte Hadrian etwas zu, woraufhin dieser kurz auflachte. Die beiden sahen aus, als wären sie alte Freunde.

Das Licht fiel nun durch ein verziertes Glasfenster und schien direkt auf den Thron, sodass Hadrian wie golden erleuchtet aussah. Wahrscheinlich war das der Grund, warum die Audienzen immer am Nachmittag stattfanden, dachte Tara. Dann war das Licht für den Fürsten am besten.

Nachdem drei der Bittsteller angehört worden waren, sah Hadrian ermattet aus. Er winkte Kajetan zu, damit er das Pergament mit der Liste der Bittsteller wegsteckte, und forderte Chiron auf, ein Lied zu singen.

Der ließ sich nicht zweimal bitten und trat in die Mitte des Saals. Das Licht war interessanterweise diesmal in ein anderes Fenster gewechselt und erleuchtete nun Chiron statt Hadrian. Tara beugte sich vor. Wie er es nur schaffte, immer in der Sonne zu stehen?

Chiron hatte einen Hocker mitgenommen, auf den er sich nun setzte, und zog seine Laute auf die Knie. Nur wer den Barden genauer kannte, merkte, dass er nervöser war als sonst. Der erste Ton schwang unsicher in der großen Halle und klang schief. Dann räusperte er sich und schlug kräftiger die Saiten an. Die Töne verwoben sich zu einer zarten Musik, die hell zwischen den Mauern erklang. Sie war wunderschön und Tara sah, dass alle Anwesenden ergriffen lauschten. Tara schloss die Augen. Hoffentlich, oh hoffentlich würde er nicht wieder über sie singen. Doch diesmal tat er es nicht.

Er sang etwas anderes. Etwas, mit dem Tara nicht gerechnet hatte.

Kannst du ihn sehn
Dort wo die Winde wehn
Hoch im Himmel war sein Haupt
Bis man ihm das Laub geraubt
Und weitab von seinen Quellen
Liegt sein Stamm nun in den Wellen
Der mächt'ge Riese viel beweint
Hat uns in seinem Tod vereint
Und so bleibt das Band bestehn
Bis das Land wird untergehn

Taras Herz klopfte. Chiron sang über Quercus. Aber es war mehr als seine Stimme, es war die Laute. Ihr silberner Klang, der sie mitnahm nach Nelumbiya. Sie sah, wie Quercus am Boden lag, gefällt und tot. Sie wusste auch, dass Tameran, der alte Magier und ihr Freund, tot war, und das trieb ihr die Tränen in die Augen.

Als Chiron nach ein paar weiteren Strophen geendet hatte, war es totenstill im Saal. Schließlich klatschte Hadrian in die Hände. Nach einer kurzen Pause taten es Kajetan und alle anderen ihm nach.

»Chiron, ich danke dir«, rief Hadrian begeistert. »Deine Kunst ist wie immer unübertrefflich.«

Chiron verbeugte sich.

»Du kannst dir etwas wünschen«, erklärte Hadrian. »Etwas, das über deinen üblichen Lohn hinausgeht!«

»Oh, Euer Beifall ist mir Lohn genug«, sagte Chiron geschmeidig und wandte sich zum Gehen. Nach ein paar Schritten blieb er aber plötzlich stehen, drehte sich um und fasste sich an die Stirn. Es sah ein bisschen geschauspielert aus, fand Tara. Aber außer ihr schien das niemand zu bemerken.

»Verzeiht. Mir ... mir ist doch noch was eingefallen ...«, begann er.

Hadrian lehnte sich zurück und lächelte Chiron aufmunternd zu. »Als da wäre?«

Chiron verbeugte sich. »Es gibt da eine Frau, *Simone von der Kräuterinsel,* so, glaube ich, war ihr Name ... Sie hat ein Anliegen und möchte unbedingt zu Ihnen vorgelassen werden. Ich ... ich habe ihr versprochen, mich für sie einzusetzen.«

»Jemand von der Kräuterinsel?«, fragte Hadrian erstaunt.

Kajetan neben ihm kniff die Augen zusammen und sah auf seine Pergamentrolle. »Sie steht aber nicht hier auf der Liste!«

»Das kann sie auch nicht«, erklärte Chiron schnell. »Sie bat mich am Eingang, wenn möglich ein gutes Wort für sie einzulegen, und dann gelang es mir, sie mit in den Saal zu nehmen. Verzeiht meine Kühnheit!« Er machte vor dem Fürsten eine weitere kleine Verbeugung. »Aber sie sagte mir, es sei eine ... eine Angelegenheit von allergrößter Wichtigkeit!«

Hadrian schwieg und sah Chiron mit zusammengezogenen Brauen an. Dann entspannten sich seine Gesichtszüge und er lächelte.

»Lasst uns einmal eine Ausnahme machen. Es ist selten, dass jemand von der Kräuterinsel vorbeikommt! Oder, was meinst du, Kajetan?«

»Nun, ich ...« Kajetan drehte unruhig die Pergamentrolle in der Hand.

»So sehe ich das auch!«, schnitt ihm Hadrian das Wort ab. »Also, sie möge vortreten!«

Es entstand eine gespannte Stille. Chiara deutete überrascht auf sich, dann winkte sie Chiron zu, der sich daraufhin eilig in den Schatten zurückzog. Ein Diener trat vor und führte sie zum Thron. Sie lief mit großen Schritten neben ihm her und stolperte dabei fast über den Saum ihres gerüschten Kleides, was sie zu einem Fluch veranlasste, den sie aber schnell wieder hinunterschluckte. Schließlich stand sie vor Kajetan und Hadrian. Als sie bemerkte, dass sie alle anstarrten, machte sie widerwillig einen kleinen Knicks.

Hadrian lächelte ihr gnädig zu. »Ich weiß, dass die Leute von der Kräuterinsel sehr einfach und geradlinig sind. Das Hofleben ist ihnen fremd. Aber sprich! Was hast du uns von der Kräuterinsel zu berichten? Ich selbst war seit vielen Jahren nicht mehr dort. Ich kenne sie nur aus meiner Jugend.«

Chiara räusperte sich.

»Du musst dich nicht fürchten«, sagte Hadrian aufmunternd.

»Fürchten!?«, rief Chiara und lachte kurz laut auf.

Kajetan zuckte zusammen und rutschte unruhig auf seinem Stuhl hin und her. Hadrian aber sah sie immer noch neugierig und wohlwollend an und beugte sich nach vorne.

»Berichte mir von deinem Anliegen!«

Chiara holte tief Luft. Als sie zu sprechen begann, ging ein Raunen durch die Halle. Ihre Stimme war tief und schwer. »Gefahr droht Ornata aus dem Norden. Ich habe Schiffe gesehen. Schiffe der Nordländer. Es sind viele.«

Hadrian erstarrte. »Die Nordländer?«

»Zwei ihrer Schiffe sind schon an der Mündung des Schwarzwassers vor Anker gegangen. Dort, wo einst der Hafen von Kros war, und ich fürchte, das ist erst der Anfang. Hakoon, der Herrscher der Nordlande, hat angeblich eine Armee aufgestellt.«

»Aber was haben sie vor?« Hadrian sah zu Kajetan, der mit aufgerissenen Augen Chiara betrachtete.

»Sie haben von den geflohenen Blaumänteln gehört, dass Askiel geschlagen ist. Vor ihm und seiner Magie hatten sie jahrhundertelang Angst. Jetzt wissen sie, dass sie ihn nicht mehr fürchten müssen.«

Hadrian sah sie mit zusammengekniffenen Augen an. »Und weiter?«, fragte er ungeduldig.

»Sie wollen gegen Ornata ziehen und es erobern.«

Nachdem Chiara das ausgesprochen hatte, war es totenstill, und wie um ihre Worte zu unterstreichen, zuckte draußen vor den bunten Glasfenstern ein Blitz. Ein tiefes Donnergrollen folgte wenige Sekunden später.

»Und es gibt noch etwas«, fuhr Chiara fort. »Männer aus den beiden Schiffen ziehen schon am Westufer der Silbernen Wasser entlang. Sie haben dort Türme aufgestellt. Und auf jedem dieser Türme ist eine runde Scheibe, die das Sonnenlicht einfängt.«

Hadrian starrte Chiara an. »Und was soll das bedeuten? Irgendein Hexenwerk?«

Chiara schüttelte ihre langen Locken, die sich aus ihrem Zopf gelöst hatten. »Ich weiß nicht, was sie damit vorhaben, aber es verheißt nichts Gutes.«

»Scheiben …«, murmelte Hadrian nachdenklich. Aller Augen waren auf ihn gerichtet. Tara hielt den Atem an. Was der Fürst wohl nun sagen würde? Sie ließ den Blick über die Anwesenden wandern und blieb bei Kajetan hängen. Merkwürdig! Er war völlig bleich. Sogar seine Hand zitterte. Dann krallte er sich am Thron fest und als Hadrian sich zu ihm umdrehte, brachte er ein Lächeln zustande. Er beugte seinen Kopf zu Hadrian und flüsterte ihm etwas ins Ohr.

»Gut, dann sprich du mit ihr«, sagte Hadrian laut.

Kajetan lächelte unterwürfig und wandte sich dann Chiara zu und musterte sie abschätzig.

»Wo willst du das alles gesehen haben?«

Chiara zuckte kaum merklich zusammen. »Also ... die Schiffe zogen an der Kräuterinsel vorbei.«

»Und diese Scheiben? Von wem willst du das alles erfahren haben?«

»Ich habe sie gesehen, als ich hierhergereist bin.«

»Und die Gerüchte über Askiel?«

Chiara zuckte mit den Schultern. »Man hat es mir zugetragen.«

»Zugetragen! Dir! Einer einfachen Frau der Kräuterinsel! Woher willst du überhaupt wissen, dass es Schiffe der Nordländer sind?«

Chiara seufzte. »Ich kenne sie, weil sie einen Schlangenkopf am Bug haben.«

»Aha! Für eine einfache Bäuerin weißt du aber recht viel!« Kajetan ging nun näher an Chiara heran. Plötzlich bemerkte Tara, wie sich ein schlaues Lächeln über sein Gesicht zog.

»Was hast du da eigentlich um den Hals? Diese Kette. Kannst du sie mir zeigen?«

»Wieso soll ich ...?«, begann Chiara. Da beugte sich Kajetan blitzschnell vor und riss ihr die Kette vom Hals. Alle hielten die Luft an. Kleine Perlen hüpften auf den Boden und Kajetan hielt den großen Fischzahn in der Hand!

»Interessant!«, rief Kajetan in die Stille hinein und hob den Fischzahn über seinen Kopf, sodass alle ihn sehen konnten.

»Was soll das bedeuten?«, fragte der Fürst.

Über Kajetans Gesicht zog sich ein zufriedenes Lächeln. »Diese Frau heißt nicht Simone und sie kommt nicht von der Kräuterinsel. Nein, sie kommt von ganz woanders her!«

Er drehte sich zu Chiara. »Du bist Chiara, die Piratin!«

Unter den Zuschauern erhob sich erregtes Gemurmel.

Chiara baute sich vor Kajetan auf und stemmte die Hände in die

Hüften. »Und selbst wenn ich Chiara sein sollte, was tut das zur Sache? Ich bin nicht diejenige, die ihr fürchten solltet!«

Kajetan flüchtete zurück zu seinem Platz neben dem Thron. Sein teigiges Gesicht war gerötet und in seinen Augen glitzerte es wütend. Er zeigte mit dem Finger auf Chiara. »Da haben wir's! Chiara, die Piratin! Chefin der Bootsleute, die unzählige Kutschen überfallen haben. Geiseln genommen und sie für viel Geld wieder ausgelöst haben. Dir sollen wir also glauben?« Tara sah, wie er kurz Luft holte, wohl um zu überlegen. »Was hast du dir ausgedacht?«, fuhr er fort. »Willst du, dass wir unsere Aufmerksamkeit auf die Mündung des Schwarzwassers richten und die Stadt damit ungeschützt ist? Ist es das, was du vorhast? Du und deine Kumpane, ihr seid es, die in Wirklichkeit Ornata überfallen wollen, richtig?«

Chiara schüttelte wütend den Kopf. »Du weißt, dass das nicht wahr ist. Ich bin hier, um euch zu warnen. Die Nordländer werden kommen, ob es euch passt oder nicht!«

Aber Kajetan hörte ihr schon nicht mehr zu und wandte sich nun dem Fürsten zu. »Wir müssen sie dingfest machen und ein für alle Mal dieses Piratenwesen beenden!«

Der Fürst hatte sein Kinn auf die Hände gestützt und schwieg.

»Du kommst also einfach hierher in meine Halle?«, fragte er schließlich Chiara leise. »Warum tust du das?«

»Manchmal gibt es eine Gefahr, die über jede Feindschaft hinausgeht«, erwiderte Chiara.

»Da magst du recht haben.« Hadrian sah von Chiara zu Kajetan und schien zu überlegen. Tara atmete schneller. Wie würde sich der Fürst entscheiden?

Endlich stand Hadrian auf und blickte zu seinen Wachen.

»Werft sie in das Gefängnis am Nordtor! Ihr soll schnell der Prozess gemacht werden. Und du, Kajetan, schickst ein paar Männer zur Mündung des Schwarzwassers, um zu sehen, was an der Sache dran ist.«

»Ich fürchte, wenig, mein Fürst.«

»Schick trotzdem jemanden los!« Hadrian winkte die Wachen heran und deutete dann auf Chiara. »Los! Nehmt sie fest!« Zwei Wachen mit schwarzen Mänteln erschienen und drehten Chiaras Arme auf ihren Rücken.

Da drang ein gellender Schrei durch die Halle. Helena hatte ihr Versteck aufgegeben und war in die Mitte der Halle vor ihren Vater getreten. Sie zitterte vor Wut.

Hadrian starrte sie an, als wäre sie ein Geist. »Helena! Was fällt dir ein, dich hier in die Versammlung einzuschleichen? Du hast hier nichts zu suchen!«

»Und ob ich hier etwas zu suchen habe! Du kannst Chiara nicht ins Gefängnis werfen. Sie wollte uns nur warnen und wir müssen das ernst nehmen. Wir müssen uns mit ihr und den Bootsleuten gegen die Nordländer verbünden!«

Hadrian schwieg und es war so still, dass man eine Stecknadel hätte fallen hören können.

»Da sind noch andere Kinder!«, rief jemand in die Stille hinein. Tara zuckte zusammen. Doch da wurde sie schon gepackt und zusammen mit Semur und Cassian vor Hadrians Thron gezerrt. Sie stand neben Helena, die immer noch zitterte.

»Vater! Wir alle protestieren dagegen, dass du Chiara in das Gefängnis wirfst! Du solltest unseren Protest ernst nehmen! Wir sind Pflanzenmagier und wir haben mehr gesehen als die meisten hier!«

»Du glaubst also, du kannst die Lage besser einschätzen als alle anderen?«, fragte Hadrian.

»Es gibt eine Gefahr, die uns droht, und du kannst nicht einfach wegsehen!«

»Erteilst du mir etwa gerade Lektionen?«

»Nein, aber ich frage mich, ob du wirklich immer auf die richtigen Menschen hörst«, antwortete Helena verzweifelt.

Die Zornesader auf Hadrians Stirn schwoll an. »Es reicht! Werft sie raus! Alle! Sofort!«

Helena blickte wütend zu Tara und Semur, die entsetzt zurückstarrten. Dann wurden sie alle abgeführt. Das Vorletzte, das Tara sah, war die gefesselte Chiara. Doch das Letzte war etwas, das ihr ein kleines Rätsel aufgab: Kajetan sah nicht etwa zufrieden oder triumphierend aus. Nein. Auf seinem Gesicht spiegelte sich pure Erleichterung.

5. Kapitel

Der bronzene Spiegel

Phillipus hatte es gerade noch geschafft, vor dem großen Sturm wieder zu Hause zu sein. Sein Herz schlug heftig, als er die Treppen zum Eingang von Kajetans Villa nahm. Es hämmerte nicht nur in seiner Brust, weil er so schnell durch die Straßen Ornatas gerannt war. Nein, es klopfte auch, weil er wütend war. Außer Atem bückte er sich, um durch den Nebeneingang ins Innere zu gelangen. Phillipus war es verboten, den großen Eingang mit der reich verzierten Tür zu benutzen. Durch den durften nur Kajetans Familie und deren Gäste das Haus betreten. Alle anderen, die Boten, die Diener und die Gehilfen, mussten den kleinen Eingang daneben nehmen. Der Nebeneingang war so niedrig, dass selbst Phillipus sich ducken musste, um hindurchzukommen.

Gehilfe! Er spürte einen Schmerz im Magen, wenn er an das Wort dachte. Er war nicht nur der Gehilfe, er war derjenige, der für Kajetan die ganze schwere Arbeit verrichtete. Kajetan holte meistens nur die fertig gegossenen Formen ab, während er, Phillipus, Tag für Tag in der Gießerei stand und die Formen ganz allein herstellte. Gehilfe! Das Wort schmeckte bitter und nach Ungerechtigkeit.

Er hängte seinen Mantel an einen Haken und lief an der Küche vorbei, wo Segura, die Köchin, gerade die Töpfe spülte. »Magst du noch was von den gefüllten Maisfladen?«, fragte sie und sah ihn aufmerksam an. Phillipus blieb stehen. Normalerweise hätte er sofort Ja gesagt, Seguras Fladen gehörten zu seinem Lieblingsessen, aber heute schüttelte er nur stumm den Kopf. Er wollte allein sein und vor allem wollte er sich nicht unterhalten. »Ich habe keinen Hunger.«

Segura seufzte. Dann wickelte sie den Fladen in ein Tuch und drückte es Phillipus in die Hand. »Nimm ihn trotzdem mit«, sagte sie. »Vielleicht kommt der Hunger ja später.« Sie lächelte ihm zu und strich ihm die dunklen Haare aus der Stirn. Phillipus nahm das Essenspaket und spürte plötzlich, wie sich durch Seguras Berührung der Knoten in seinem Magen löste und ihm die Tränen in die Augen schossen. Er blinzelte sie weg. »Ich muss noch in die Gießerei«, murmelte er und drehte sich schnell um, um die Stufen in den Keller zu nehmen. Dabei wischte er sich mit dem Ärmel seiner Tunika über die Augen. Wie albern! Er würde jetzt ganz sicher nicht heulen. Nein, er war nicht traurig. Er war wütend. Und mehr als das ... Es war ein Gefühl, das ihm wie ein Kloß in der Kehle steckte. Er musste die ganze Zeit an Tara, Semur und Helena denken. Die großen Pflanzenmagier, über die sogar gesungen wurde. Wie sie ihn heute angesehen hatten! Dieser verächtliche Blick von Helena! Semur und Tara mit ihrer falschen Freundlichkeit. *»Wir haben eine Besprechung zu dritt!«* Ja, zu dritt! Er spürte einen Stich im Herzen. Wie klar es war, dass sie ihn nicht dabeihaben wollten. Aber es konnte ihm egal sein! Er würde sich nicht weiter darüber ärgern. Sollten sie doch machen, was sie wollten!

Und doch, tief in seinem Inneren wusste er, dass es ihm alles andere als egal war. Semur, Tara und Helena hatten letztes Jahr die Pflanzen mitgebracht. Und mit diesen Pflanzen hatte sich alles für ihn verändert. Er hatte keine Ahnung gehabt, wie schön die Blumen waren, wie vielfältig die Schlingpflanzen, wie zart und doch kräftig die Gräser. Doch das, was ihn am meisten berührt hatte, waren die Bäume gewesen. Zunächst hatte sich Phillipus nicht getraut, in die Nähe eines dieser schnell gewachsenen Wesen zu gehen. Doch dann hatte er sich vorsichtig unter einen Baum mit breiten Blättern gesetzt, den sie Pappel nannten. Erst in weiter Entfernung von ihrem Stamm, dann immer näher, bis sein Rücken den Stamm berührte. Und plötzlich war alles anders. Er hatte eine Verbundenheit mit dem Baum gespürt, die er noch nie irgendwo gespürt hatte. Er hatte sich an den Baum gelehnt und in das Blätterdach geschaut und sich plötzlich und zum ersten Mal zu Hause gefühlt.

Vielleicht hing das mit seinen Eltern zusammen.

Phillipus wusste, dass seine beiden Eltern ein Pflanzenzeichen gehabt hatten und deshalb fliehen mussten. Sein Vater war Kajetans Cousin gewesen. Ihn, das Kind, das kein Pflanzenzeichen hatte, hatten sie bei Kajetan zurückgelassen, um ihn nachzuholen. Doch sie waren nicht wiedergekommen. Er konnte sich kaum an sie erinnern. Er hatte nur zwei Bilder von ihnen, die seine Mutter gezeichnet hatte. Darauf waren sie zu sehen. Er sah seinem Vater ähnlich, hatte von ihm die schmale Statur und die grauen Augen geerbt. Die dunkelbraunen Haare hatte er von seiner Mutter. Sie waren beide Pflanzenmenschen, aber er wusste nicht, welches Zeichen sie hatten.

Seit er denken konnte, hatte er seine Arme genau untersucht, ob nicht doch vielleicht ein Pflanzenzeichen auf ihnen zu entdecken war. Aber es gab keines. Warum hatte er keines dieser Zeichen geerbt? Ja, er wäre in Gefahr gewesen, aber heute hätte er zu den Kindern gehören können, die aufgeregt in den Palast liefen, um sich von Taras Freundin Merle in dem Buch die Bedeutung seines Zeichens zeigen zu lassen. Er wäre ein Pflanzenmensch gewesen, jemand, der sich vielleicht mit einer Pflanze hätte verbinden können. Es würde zu seiner seltsamen Sehnsucht nach den Pflanzen passen. So aber hatte er weder Eltern noch ein Zeichen. Er war auf eine bestimmte Weise doppelt bestraft.

Er nahm sich eine Öllampe aus einer Nische und lief die Stufen hinunter, öffnete die erste Tür und schloss sie wieder hinter sich zu, dann gab es noch drei Stufen, die zu einer weiteren Tür führten.

Als er in dem dunklen Kellergeschoss war, atmete er auf. Hier war er mehr zu Hause als in den oberen Räumen. Er stellte die Öllampe auf einen Tisch. Ihr flackerndes Licht beschien das Innere der Gießerei.

Wenig später hatte er ein Kohlenfeuer im Schmelzofen angeschürt und schüttete die Kohlen nach. Sie waren schwarz und rund und loderten nun wie Katzenaugen im Dunkeln. Phillipus liebte das Glühen. Er mochte es, wenn seine Wangen heiß wurden. Der Schmelzofen war im Boden eingelassen und in ihm befand sich der Schmelztiegel, in den er nun Kupfer und Erz warf. Er schob den Deckel auf den Tiegel und als er nach geraumer Zeit wieder hineinblickte, leuchtete es ihm glühend hell wie die Sonne entgegen. Die Metalle waren miteinander verschmolzen und ergaben ein drittes Metall: Bronze.

Mit einer in der Mitte angebrachten Stange hob er den Tiegel aus dem Schmelzofen. Es war eine Arbeit, die man normalerweise zu zweit machen musste, aber Phillipus hatte eine Konstruktion erfunden, mit der er es allein schaffte. Er befestigte den Tiegel zwischen zwei Eisenstäben und kippte dann das gleißende Metall in die Form unter ihm.

Was er jetzt machte, war eine Scheibe. Sie hatte den Durchmesser von einer Elle, der Weite von seinem Ellbogen bis zum kleinen Finger. Kajetan hatte ihm aufgetragen, diese Scheiben zu gießen. Warum er das tun sollte, wusste er nicht. Kajetan gab ihm immer Aufträge, deren Sinn er nie erklärte.

Er hatte in den letzten Wochen viele davon gegossen. Manchmal bis zu fünf an einem Tag. Sie kühlten dann in den Regalen an

der Wand aus. Am nächsten Tag, immer wenn Phillipus den Keller wieder betrat, waren sie weg. Jemand musste sie nachts heimlich abtransportiert haben.

Heute waren noch zwei Scheiben übrig. Er hatte sie gestern Nacht gemacht, sie mit einem Lappen poliert und nun glichen sie einem perfekten Spiegel. In den Rand der Form hatte Phillipus noch ein kleines Zeichen geritzt. Ein einfacher Kreis. Es würde fortan sein Erkennungszeichen sein. Er hoffte, dass Kajetan nichts davon bemerken würde. Es war so klein, winziger als sein Daumennagel.

Zum ersten Mal an diesem Tag lächelte er zufrieden. Nein, er würde nie ein Pflanzenmagier werden, so wie Semur, Helena oder Tara. Er sah auf die Scheiben mit dem Sonnenzeichen, die er selbst geschaffen hatte. Aber er würde etwas Eigenes haben. Kein Efeu, keinen Löwenzahn oder eine Grasähre. Nein, er hatte eine Sonne!

In diesem Moment flog die Tür auf. Phillipus zuckte zusammen, als er sah, wie Kajetan hereinkam. Die Tür hinter ihm fiel krachend ins Schloss. Er war wütend, das konnte Phillipus spüren. Seine Augen wanderten nervös durch den Raum und blieben bei der Gussform hängen.

»Was machst du da?« Kajetans Stimme war lauernd. Phillipus schluckte. Würde Kajetan das kleine Zeichen in der Scheibe bemerken? War er deshalb so wütend?

»Ich mache eine Scheibe, so wie du es mir aufgetragen hast«, antwortete er langsam.

Kajetan atmete einmal kurz durch. Selbst in dem dämmrigen Licht konnte Phillipus sehen, dass er blass und aufgeregt war. Sein teigiges Gesicht glänzte und er wischte sich den Schweiß von der Stirn.

»Hast du je jemandem von diesen Scheiben erzählt? Dem Bäcker, den anderen Bediensteten, irgendwas? Ein Sterbenswörtchen?«

Phillipus sah ihn ratlos an und zuckte mit den Schultern. »Nein, ich glaube nicht.«

»Was heißt hier, du *glaubst* nicht?«, herrschte Kajetan ihn an. Schweißperlen standen auf seiner Stirn. Für einen Moment hatte Phillipus Angst, dass er ihn ins Gesicht schlagen würde, wie er es früher schon getan hatte, wenn er wütend war. Obwohl er sich das in letzter Zeit nicht mehr getraut hatte, da Phillipus größer und kräftiger geworden war.

»Es geht um Leben und Tod! Also, sprich! Sag mir die Wahrheit!« Kajetan trat ganz nah an Phillipus heran und der konnte spüren, dass er zitterte.

Phillipus schluckte. »Nein, ich habe niemandem davon erzählt. Wem sollte ich denn etwas erzählen?!«

Kajetan atmete einmal geräuschvoll aus. »Gut!«, murmelte er. »Gut!«

»Ist etwas passiert?«, fragte Phillipus und er spürte, wie sein Herz laut klopfte.

Kajetan schüttelte den Kopf. »Nur … nur ein kleiner Zwischenfall, den ich aber schnell gelöst habe. Etwas, was du nicht wissen musst.« Er starrte auf die Scheibe und ließ dann seine flinken kleinen Augen über Phillipus huschen. »Es kann aber sein, dass ich dich brauche.«

»Soll ich noch mehr Scheiben machen?«

Kajetan schüttelte den Kopf. »Nein, nein. Für etwas anderes. Diese Kinder, die *Pflanzenmagier* …« Er sprach das Wort voller Spott aus. »Magst du sie?«

»Nein«, sagte Phillipus rasch und blickte zu Boden. Für einen Moment fühlte er sich ertappt und fragte sich, ob es Kajetan irgendwie gelungen war, seine Gedanken zu lesen.

»Gut. Sehr gut. Glaubst du, dass du so tun kannst, als würdest du sie mögen?«

»Ich weiß nicht«, antwortete Phillipus. Was hatte Kajetan nur vor?

»Ich möchte, dass du dich mit ihnen anfreundest. Beobachte jeden ihrer Schritte und sag mir, was sie vorhaben!«

Phillipus starrte auf die Scheibe. Sie strahlte nicht mehr so hell. Eigentlich sah sie so aus, als ob sie eingetrübt war. »Ich soll so tun, als würde ich sie mögen?«

Kajetan starrte ihn an. »Es gibt doch einen Grund, warum du sie *nicht* magst, oder?«

»Sie sind elende überhebliche Angeber!«, entfuhr es Phillipus.

Kajetan lächelte. »Weißt du, letztendlich sind es nichts als Kinder. Nicht besonders schlaue Kinder. Schau dich dagegen an! Du bist schlauer als sie alle!«

Er trat näher an Phillipus heran. »Ich habe auch eine Belohnung für dich.«

Phillipus sah Kajetan misstrauisch an. »Eine Belohnung?«

Kajetan machte eine ausladende Bewegung durch den Raum: »Wenn du mir wichtige Informationen lieferst, dann kann alles, was hier ist, dir gehören. Ich schenke es dir.«

»Du kannst es mir nicht schenken, denn es gehört meinen Eltern«, stellte Phillipus fest.

Kajetan seufzte, so als müsste er jemand Begriffsstutzigem eine oft diskutierte Tatsache immer wieder erklären. »Ich musste es beschlagnahmen und für mich selbst nutzen, um die Kosten für dein Aufwachsen aufzubringen. Und lass mich dir sagen, die waren nicht gering! Aber wenn du jetzt mit mir zusammenarbeitest, dann wirst du kein Gehilfe mehr sein. Dann gebe ich dir die Gießerei zurück!«

Phillipus schluckte und sah sich verstohlen um. Es könnte wieder alles ihm gehören! Das wäre sicher das, was seine Eltern sich gewünscht hätten!

Er wollte niemanden hintergehen und bespitzeln. Aber dann dachte er an Helenas Blick und wie er sich dabei gefühlt hatte. War der Verrat an diesen hochmütigen Kindern nicht ein kleiner Preis dafür, dass er endlich den Besitz seiner Eltern zurückbekommen sollte?

»Und?«, fragte Kajetan ungeduldig.

Phillipus zögerte, dann sah er hoch. »Ich bekomme wirklich die Gießerei zurück?«

Kajetan nickte. »Sie wird wieder dir gehören.«

Phillipus überlegte lange, dann gab er sich einen Ruck. »Gut«, murmelte er. »Ich mache es.« Hatte er das wirklich gerade gesagt? Er spürte ein flaues Gefühl im Magen.

Kajetan schlug ihm erfreut auf die Schulter. »Siehst du, genau das wollte ich hören! Freunde dich mit ihnen an und dann berichte mir alles, was sie tun!«

»Was glaubst du denn, was sie vorhaben?«

»Nun, sie könnten versuchen, jemanden zu befreien, oder sie könnten versuchen, die Stadt zu verlassen. Folge ihnen. Beobachte jeden ihrer Schritte und gib mir Nachricht.«

»Und wenn sie wirklich die Stadt verlassen?«

»Dann gehst du mit ihnen mit!«

Phillipus kratzte sich am Kopf. »Aber wie soll ich dann Nachricht geben?«

Kajetan öffnete einen Schrank und holte etwas heraus. Es war eine Scheibe, nicht unähnlich den Scheiben, die Phillipus gegossen hatte. Nur war sie viel kleiner. Sie umfasste die Spanne seiner Hand. Und sie glänzte wie ein Spiegel.

»Weißt du noch, als ich dir beigebracht habe, wie man Signale gibt?«

Phillipus nickte. Ja, Kajetan hatte ihm gezeigt, wie man Buchstaben in Signale umwandelt. Man konnte Wörter schicken. Und ganze Sätze. Er besaß sogar eine kleine Papierrolle, auf der die Buchstaben und die Lichtzeichen aufgeschrieben waren.

»Sollten sie wirklich die Stadt verlassen, dann muss ich immer wissen, wo sie genau sind. Wenn sie dorthin gehen, wohin ich vermute, wirst du Türme mit Bronzescheiben sehen. Warte, bis die Sonne im Osten aufgeht, und fang mit dieser Scheibe ihre ersten

Strahlen ein. Gib den Türmen damit ein Zeichen. Dann wissen wir, wo sie sich befinden.«

Phillipus schluckte. Dazu wurden also die Bronzescheiben gebraucht!

Er wollte Kajetan noch etwas fragen, unterließ es aber, denn Kajetan sah ihn mit zusammengekniffenen Augen an.

»Vergiss nicht, woher du kommst!«, sagte er noch. Dann verließ er den Raum.

Phillipus blickte ihm lange nach. War es richtig gewesen, sich darauf einzulassen? Er nahm die kleine Scheibe in die Hand und starrte auf die spiegelnde Oberfläche. Sein Gesicht blickte ihm entgegen. Seine Augen leuchteten vor Aufregung. Und da war noch etwas. Ein Gesichtszug, der ihm nicht an sich selbst gefiel, weil er ihn so sehr an Kajetan erinnerte.

Er sah fast heimtückisch aus.

6. Kapitel

Chiaras Geständnis

Es regnete schon seit Stunden und der Himmel war so dunkel wie in der Nacht. Fensterläden klapperten. Wasser sprudelte aus den Regenrinnen und klatschte auf den Boden, wo es sich zu kleinen Bächen zusammenfand, die den abschüssigen Weg von der Stadtmauer zu den Häusern hinabflossen. Das Donnergrollen riss nicht ab und Blitze zuckten über den Himmel. Für einen Moment erleuchteten sie die kleine Gruppe, die unterhalb der Stadtmauer in der Nähe des Nordturms stand. Tara, Semur und Helena hatten zusammen mit Chiron unter einem Mauervorsprung vor dem Regen Schutz gesucht und berieten sich. Chiron hatte Cassian an der Hand, der bei dem Gespräch aufmerksam von einem zum anderen blickte. Er sah nicht so aus, als würde er sich fürchten, dachte Tara. Obwohl er vor ein paar Stunden in der Halle hatte zusehen müssen, wie man seine Mutter abgeführt hatte. Und das alles hatten sie diesem schrecklichen Kajetan zu verdanken! Tara ballte die Fäuste und ihre Augen wanderten die hohe Mauer nach oben. Dort, im schwer zugänglichen oberen Teil der Stadtmauer, war das berüchtigte Gefängnis von Ornata. Von hier – so erzählte man sich – war noch niemand entkommen, denn die Mauern waren hoch und glatt und es war angeblich unmöglich, hinauf- und vor allem hinunterzuklettern. Hoch oben schien Licht durch kleine quadratische Fenster mit Gitterstäben und Tara vermutete, dass sich hinter einem dieser Fenster Chiara befand.

»Chiara dürfte eigentlich nicht im Gefängnis sein«, flüsterte Helena mit kaum unterdrücktem Zorn. »Eigentlich sollte sie einen Orden bekommen, weil sie uns vor den Nordländern gewarnt hat.«

»Ich bin mir da nicht so sicher«, wagte Chiron einzuwenden.

Helena drehte sich zu ihm um. »Wieso?«

»Nun ja, sie übertreibt auch gerne.«

Helena blieb der Mund offen stehen. »Sie *übertreibt?!*«

Chiron zuckte mit den Schultern. »Ich bin mir nicht sicher, wie viele dieser Schiffe sie tatsächlich gesehen hat, und vielleicht gibt es ja auch eine andere Erklärung für diese komischen Scheiben … au!«

Cassian hatte Chiron heftig am Ärmel gezogen. Er sah ihn empört an und wandte sich dann heftig gestikulierend an Tara. Die ging in die Hocke, sodass sie sich mit ihm auf Augenhöhe befand. Cassian machte eine Wellenbewegung mit der Hand, dann zeigte er ihr Schiffe, die auf diesen Wellen fuhren. Er formte mit den Händen Kreise, deutete auf Taras Haare und dann den goldenen Ring, der an Helenas linker Hand steckte. Sie sah ihm eine Weile zu, fragte ihn hin und wieder etwas und stand dann auf. Die anderen sahen sie gespannt an. Wie immer war sie die Einzige, die Cassian verstehen konnte.

»Cassian meint, dass es viele Schiffe waren. Er hat sie auch gesehen, als er auf einen Baum geklettert ist. Und es gibt auch die Scheiben. Sie sind aus einem glänzenden Material, das so ähnlich ist wie Gold, nur rötlicher.« Sie sah zu Cassian und der nickte heftig.

»Wie Gold, nur rötlicher …«, murmelte Helena und blickte Cassian an. »Bronze?« Wieder nickte Cassian.

Tara sah nachdenklich zu Boden, wo die Regentropfen große Kreise in den Pfützen verursachten. Bronze! Wo hatte sie das Wort nur das letzte Mal gehört?

Semur strich sich über die nassen Haare. »Also: Ich glaube Chiara. Warum sollte sie denn sonst nach Ornata gekommen sein? Immerhin war das ganz schön gefährlich für sie und Cassian, oder?«

»Sie wollte uns warnen und zum Dank hat man sie eingesperrt«, fasste Tara zusammen. »Und deshalb werden wir sie jetzt befreien. Kommt jemand mit?«

»Klar!« Semur berührte die Mauer mit seinen Händen. Ein Schwall Wasser kam nach unten und traf ihn im Gesicht. Helena schob ihn zur Seite und sah die glatte Mauer hoch. »Ich lasse Hedera wachsen«, sagte sie entschlossen. »Damit kommen wir jede Mauer hoch!«

»Wartet!« Chiron hob die Hand. »Jetzt bringt *ihr* euch in Gefahr. Glaubt ihr nicht, dass es besser ist, noch abzuwarten? Prinzessin! Vielleicht geht Ihr noch einmal zu Eurem Vater und versucht, ihn umzustimmen. Denn wenn es stimmt, was Chiara gesagt hat, dann steht uns ein Krieg mit den Nordländern bevor. Und wenn dem so ist, dann solltet ihr die Sache den Erwachsenen überlassen!«

Helena baute sich vor Chiron auf und stemmte die Hände in die Hüften.

»Und wenn die Erwachsenen einfach die falschen Entscheidungen treffen? Ich habe es satt, mich wie ein kleines Kind behandeln zu lassen!«

Chiron schluckte. »Das habe ich nicht vor, Prinzessin, ich wollte nur ...«

»Chiara hat recht«, unterbrach ihn Helena heftig. »Wir sind Pflanzenmagier und werden nicht mal zu einer Versammlung eingeladen! Immerhin haben wir die Pflanzen nach Ornata gebracht und Tara hat Askiel besiegt.«

»Und was schlägst du vor?«, fragte Semur.

»Zunächst befreien wir Chiara und dann organisieren wir die Abwehr von Ornata.«

Chiron schüttelte den Kopf. »Hört zu! Selbst wenn ihr euer aller Magie zusammennehmt, dann kommen wir nicht gegen die Palastwache und die Nordländer zugleich an.«

»Dann willst du also deine Schwester einfach im Gefängnis lassen?«, fragte Tara.

Chiron schüttelte den Kopf. »Natürlich nicht! Aber vielleicht müssen wir das Ganze etwas … nun … etwas strategischer angehen.«

»So wie heute Nachmittag«, bemerkte Helena sarkastisch.

Chiron musste niesen. Er holte sein gepunktetes Taschentuch aus der Jacke und schnäuzte sich umständlich. »Es wäre einfach vernünftig, einmal kurz nachzudenken, bevor ihr euch in das nächste Abenteuer stürzt! Außerdem – und das lasst euch gesagt sein – gehen die meisten Dinge schief, die mit meiner Schwester zu tun haben! Und sie würde sicher nicht wollen, dass ihr euch ihretwegen in Gefahr begebt!«

Helena schüttelte den Kopf. »Warum fragen wir sie dann nicht einfach selbst?« Sie schlug ihren Mantel zurück, der sich mittlerweile vollständig mit Wasser vollgesogen hatte. Sie trat unter dem Mauervorsprung hervor, streckte ihre Arme aus und berührte die hohe Mauer. Regen lief ihr in den Nacken und ihre Haare klebten an ihrem Gesicht und am Hals, wo nun wieder ihr Zeichen, die Efeuranke, hell aufleuchtete. »Hoch du kletterst wie die Seile …« Helena machte eine kurze Pause.

»Was ist?«, fragte Chiron verwirrt.

»Sie braucht einen Reim«, flüsterte Tara ihm zu.

»Ah! Ich kann zwar euer Vorhaben nicht gutheißen, aber … nun … wie wäre es mit: ›Und mach schnell, wir sind in Eile!‹«, schlug Chiron vor. Helena nickte ihm erleichtert zu und wiederholte seine Worte. Nach kurzer Zeit ringelte sich Hedera über ihren

Arm, wand sich um ihre Hände, verließ sie daraufhin, um sich an der Mauer festzukrallen und diese in Windeseile hochzukriechen. Bald erreichte die Ranke die vergitterten Fenster und schlang sich um die Stäbe. Helena zog einmal fest daran. Die Ranke war wie ein stabiles Seil.

»Ihr könnt jetzt hochklettern«, sagte sie. »Ich bleibe hier unten und passe auf, dass ihr nicht abstürzt.«

»Tut, was ihr nicht lassen könnt!«, murmelte Chiron. »Aber wir müssen nicht alle gehen! Ich glaube nämlich, dass ich besser hier unten bleibe. Einer muss schließlich auf die Prinzessin aufpassen, während ihr hier herumklettert.«

»Keine Angst. Ich gehe zusammen mit Tara hoch«, erklärte Semur.

Cassian boxte ihn in die Seite, deutete auf die Mauer, dann auf sich selbst.

»Gut! Cassian kommt auch mit!«, verkündete Tara. Helena ließ in der Mitte noch eine dritte Ranke hochwachsen. »Dann nehmt ihn zwischen euch!«

Und so kletterten sie die glitschige Mauer hoch. Die Ranken schlangen sich ihnen um die Hüften, um sie abzusichern, und zugleich zogen sie sich an ihnen hoch. Früher hätte sich Tara vor der Höhe zu Tode gefürchtet, aber seit sie sich mit Dandelion verbunden hatte, hatte sie keine Angst mehr. Der Regen peitschte gegen die Steine. Taras Arme waren fast taub, als sie unterhalb der vergitterten Fenster eine schmale Schießscharte sah.

»Da kommen wir durch!«, murmelte Semur. Sie zwängten sich nacheinander durch den Spalt in das Innere des Turms. Dort stiegen sie ein paar Stufen nach oben, wo sie auf einen langen Korridor trafen, an dessen Ende ein Zimmer war. Sie konnten Stimmen und das Klackern der Würfel in einem Becher vernehmen.

Sie schlichen weiter, das Geräusch ihrer Schritte wurde geschluckt von Donnergrollen. Nach einer Weile fanden sie Chiaras

Zelle, die sich fernab von den anderen befand. Chiara lag dort auf einem Haufen Stroh. »Wer ist da?«, flüsterte sie, stand auf und ging an das Gitter. Ihr Gesicht wurde beschienen vom flackernden Feuer der Fackeln, die in den Wandhalterungen steckten.

»Wir sind's!«, flüsterte Tara und schlug ihre Kapuze zurück. Jetzt tauchten auch Semur und Cassian neben ihr auf.

»Cassian!« Chiara unterdrückte einen Aufschrei.

Cassian streckte seinen Arm durch die Gitterstäbe und die beiden umarmten sich durch das Gitter.

»Wie seid ihr hierhergekommen?«

»Helena hat das Efeu die Mauer hochwachsen lassen!«

Chiara lächelte. »Ich vergaß ganz, dass ihr Pflanzenmagier geworden seid.«

Cassian machte eine schnelle Geste, doch Chiara schüttelte den Kopf.

»Ihr könnt mich nicht befreien. Diese Stäbe sind aus Kupfer und auch mit Pflanzenmagie nicht zu biegen oder zu brechen.«

»Aber wir können dich unmöglich hierlassen!«, flüsterte Tara.

Chiara schüttelte den Kopf. »Das müsst ihr aber. Vertraut auf Chiron! Mein kleiner Bruder wird eine Möglichkeit finden, mich hier herauszuholen.«

Semur und Tara blickten sich zweifelnd an.

»Verschwendet eure Zeit und Kraft nicht mit mir«, flehte Chiara. »Helft lieber Cassian! Ich dachte, ich könnte ihn hier in Ornata in Sicherheit bringen, aber ich traue diesem Kajetan nicht. Begleitet Cassian zurück zu den Bootsleuten! Sie werden sich um ihn kümmern, bis ich wieder frei bin. Macht das so schnell wie möglich! Er darf auf keinen Fall zurück zu Chiron. Sie werden sein Haus schon überwachen.«

Tara schaute Chiara an. Im Schein des Feuers sah sie älter aus. Anders als die mächtige Chefin der Bootsleute, als die sie sie in Erinnerung hatte. »Versprecht es mir! Und jetzt geht! Schnell!«

Semur nickte. »Wir versprechen es.«

Chiara nahm Cassians Hand in die ihre. Tara konnte sehen, wie sie sich die Tränen wegwischte. »Gut! Ich komme nach, sobald ich kann.«

»Aber wie …?«, begann Semur.

Chiara lächelte. »Mein Bruder ist vielleicht nicht gerade der Mutigste, aber er ist immer für ein paar Ideen gut. Macht euch keine Sorgen!«

Sie drückte Cassian noch ein letztes Mal. Dann ging er zu Semur und Tara.

»Geht!«, flüsterte Chiara Cassian und Semur zu. Zu Tara aber sagte sie: »Und du: Bleib noch kurz! Ich muss noch mit dir sprechen.«

Tara blickte sie verwundert an.

»Ich klettere schon mal runter und nehme Cassian mit«, flüsterte Semur.

»Tu das!« Chiara sah mit einem Ausdruck voller Schmerz auf Cassian, der ihr noch ein letztes Mal zuwinkte, dann legte Semur den Arm um ihn und sie verließen zusammen den Korridor.

Chiara seufzte auf und wandte sich an Tara. »Ich wollte es dir schon beim letzten Mal sagen, aber ich habe es nicht getan, weil ich nicht wusste … nun ich hatte keine Ahnung, wie du es aufnehmen würdest«, begann sie stockend.

»Was ist los? Geht es um Cassian?«

Chiara schüttelte den Kopf. »Nein, es geht um *dich.*«

Tara spürte, wie ihr Herz anfing, laut zu klopfen.

Chiara schluckte. »Als ich vor einem Jahr auf dem Boot sah, dass du dieses Pfeilzeichen hast, wusste ich sofort, wer du bist. Es war nämlich nicht das erste Mal, dass wir uns begegnet sind.«

Tara sah sie verwirrt an. »Wir haben uns vorher schon mal gesehen? Aber … ich kann mich nicht erinnern, dass …«

»Nein«, unterbrach sie Chiara lächelnd. »Natürlich kannst du das nicht, du warst damals noch ein Säugling auf dem Rücken deiner Mutter. Das Zeichen auf deinem Arm aber hat man damals schon genau erkannt.«

Tara holte tief Luft. »Du kanntest meine Eltern?«

Chiara nickte. »Ich habe ihnen geholfen, aus Ornata zu fliehen.«

Tara spürte, wie plötzlich Tränen in ihre Augen traten.

»Ich habe sie damals bis zur Alten Steinbrücke gebracht. Die Brücke war zu der Zeit noch begehbar und führte zu dem großen Sumpfgebiet zwischen dem Schwarzwasser und den Silbernen Wassern. Deine Eltern wollten über die Sümpfe Nelumbiya erreichen. Und sie hatten dich dabei. Deine Mutter hatte dich in einem Tragetuch auf den Rücken gebunden. Ich habe sie vor den Sümpfen gewarnt. Aber deine Eltern waren entschlossen, diesen Weg zu wählen. Sie hatten zu viel Angst, flussabwärts den Häschern Askiels in die Hände zu fallen.« Chiara senkte den Blick. »Vielleicht wäre das aber besser gewesen, als in die Sümpfe zu gehen.«

»Und … dann?«

»Es war ein nebliger Morgen, als deine Eltern mit dir aufbrachen. Ich sah ihnen lange nach, bis der Nebel sie verschluckte, und bange Ahnungen beschlichen mich. Am Abend desselben Tages stand ich in der Kajüte und hörte aus der Ferne ein Weinen. Klopfenden Herzens bin ich über die Steinbrücke in die feuchte Dunkelheit der Sümpfe, um dem Weinen nachzugehen. Es grenzt an ein Wunder, dass ich dich gefunden habe. Du lagst in einer Kuhle neben einem Weidenbaum und warst in das Tuch gewickelt, in dem dich deine Mutter getragen hatte.«

»Und meine Eltern? Was ist mit ihnen geschehen?«, fragte Tara. Ihr Herz klopfte zum Zerspringen.

»Von ihnen gab es keine Spur.«

»Dann sind sie verschwunden?«

»Sie hätten dich nie zurückgelassen, wenn ihnen nicht etwas zugestoßen wäre.«

»Aber was ist mit ihnen passiert?«

Chiara sah zu Boden. »Ich weiß es nicht, Tara. Die Sümpfe sind unheimlich und gefährlich. Und …« Sie zögerte lange, dann seufzte sie. »Ich habe von keinem gehört, der je lebend aus ihnen herausgekommen ist.«

Es war ganz still. Aus der Ferne hörte Tara noch ein Donnergrollen und der Regen rauschte. »Das bedeutet nicht, dass sie es nicht geschafft haben«, murmelte sie. Es war wie ein letzter Strohhalm Hoffnung.

Chiara lächelte traurig. »Nein. Das heißt es nicht. Ich konnte deine Eltern nicht in den Sümpfen suchen gehen. Das hätte mich selbst in tödliche Gefahr gebracht. Deshalb habe ich lange auf sie gewartet. Ich hoffte, dass sie zurückkehren würden, Tag für Tag. Doch als sie auch nach zwei Wochen nicht mehr auftauchten, musste ich etwas tun. Ich habe dich heimlich nach Ornata gebracht und dich Auriga übergeben. Ich habe ihr viele Goldstücke bezahlt. Und ich habe ihr die Kiste gegeben, die mir deine Eltern zur Aufbewahrung anvertraut hatten. Ich habe deinen Namen auf dem Deckel eingraviert.«

»Du warst das? Die Buchstaben sind von dir?«

Chiara nickte. »TARA. Ja, das ist von mir.«

Tara wischte sich mit dem Handrücken die Tränen aus den Augen. »Aber warum hast du mich ausgerechnet zu Auriga gegeben?«, fragte sie leise.

»Auriga war die Einzige, der ich damals in Ornata traute. Sie verkaufte Schmuggelware für mich und ich gab ihr Geld, damit sie für dich sorgte.«

Tara blickte zu Boden. Ihr Mund war plötzlich ganz trocken. Sie schloss die Augen und ihr wurde schwindelig. Alles, was ihr passiert war, ihr Leben … Wäre alles anders geworden, wenn Chiara sie woanders hingegeben hätte? Vielleicht sogar besser? Nein. Sie hätte Merle nie getroffen. Vielleicht wäre ihr Dandelion nicht begegnet. Und mit ihm Semur und Helena. Vielleicht wäre sie nie nach Nelumbiya gekommen …

»Es ist gut so«, sagte sie. »Wir wären nicht hier, wenn es anders gewesen wäre, oder?«

Chiara nickte. »Nein, das wären wir nicht!« Sie senkte den Kopf. »Es tut mir leid«, sagte sie leise.

»Was?«

»Ich habe mir lange Zeit überlegt, ob ich dich behalten soll. Aber ich hatte Angst. Ein Kind, allein auf dem Boot … Damals hatte ich zu viel Angst davor.«

Chiara nahm sie kurz durch die Gitterstäbe hindurch in den Arm. Tara spürte, wie ihr die Tränen über die Wangen liefen. »Pass mir gut auf Cassian auf, ja?«, sagte sie.

Tara sah sie an und nickte. »Das werde ich! Verlass dich drauf!«

7. Kapitel

Ein Schatten in der Dunkelheit

Schweigsam kletterte Tara an den glitschigen Efeuranken nach unten. Sie hatte keinen Blick für die schwindelerregende Höhe, in der sie sich befand, und sie war noch ganz überwältigt von dem, was sie eben gehört hatte. Ihre Eltern! In den Sümpfen! War es so, wie Chiara gesagt hatte? Waren sie wirklich dort verschollen und schon lange tot? Oder gab es einen Funken Hoffnung, dass sie noch lebten? Und Chiara? Tara hätte bei ihr auf dem Schiff leben können … Aber daran wollte sie nicht denken. Sie verbot sich, daran zu denken. Es waren alles Dinge, die nicht ungeschehen gemacht werden konnten.

Mit Schwung sprang sie schließlich die letzten Meter nach unten und landete neben Cassian und Semur, die dort auf sie gewartet hatten. Kurz danach holte Helena die Efeuranke mit beiden Händen zu sich. Es gab einen kleinen Ruck und sie wich einen Schritt zurück, als hätte sie jemand nach hinten geschubst. Dann glühte ihr Zeichen noch einmal grün, bevor es nur noch ein Muttermal war. »Was hat Chiara gesagt?«, fragte sie, während sich Hedera wieder wie eine Krone um ihre Haare schlang.

»Wir sollen Cassian zurück zu den Bootsleuten bringen. Und zwar so schnell wie möglich«, berichtete Semur.

Helena blickte ihn erstaunt an. »Dann will sie also nicht, dass wir sie befreien?«

Semur zog eine Grimasse. »Sie meinte, das würde ihr Bruder übernehmen.«

Alle Köpfe flogen zu Chiron. Der starrte zurück. »Was schaut ihr so? Natürlich werde ich das tun. Schließlich ist es nicht das erste Mal, dass ich Chiara aus Schwierigkeiten heraushole.« Er sah in misstrauische Gesichter. »Ihr glaubt mir etwa nicht?!«

»Nun, wir sind uns nur nicht ganz sicher, ob …«, begann Helena.

In diesem Moment trat Cassian zwischen sie. Er schüttelte energisch den Kopf. Dann ging er zu Chiron und drückte ihn.

»Wenigstens Cassian ist sich sicher«, murmelte Chiron und drückte Cassian zurück. Dann blickte er die anderen an. »Und ihr müsst euch sofort auf den Weg machen!«

»Ich gehe nicht ohne meinen Rucksack und ich muss noch ein paar Dinge packen«, erklärte Semur. »Es könnte ja eine längere Reise werden.«

»Dann sehen wir uns in einer Stunde am Osttor!«, sagte Tara. »Der Weg über die Pappelallee bringt uns am schnellsten zur Ebene von Pau.« Sie wandte sich zu Chiron. »Und ich glaube, es wäre besser, wenn du Cassian bis dahin beim Tor versteckst! Geh auf keinen Fall mit ihm nach Hause!«

»Warum sollte ich nicht mit ihm nach Hause gehen? Seine Sachen sind doch noch dort.«

»Besser nicht! Chiara schien große Angst um ihn zu haben. Sie meinte, dass vielleicht das Haus schon ausgespäht wird!«

Chiron schüttelte verwirrt den Kopf. »Ich verstehe zwar nicht warum, aber ich mache das, was sie sich wünscht. Wir gehen von hier unverzüglich zum Osttor und warten dort an einem trockenen Platz auf euch.« Er sah in den Himmel, von dem es immer noch in Strömen herabregnete. »Aber beeilt euch!«

»Das werden wir«, flüsterte Tara.

Sie machten sich auf den Weg. Semur ging zum Haus seiner Eltern, der Backstube in der Nordstadt, Tara und Helena zum Palast. Die Straßen waren menschenleer. Der Regen platschte auf das Pflaster, doch die Blitze hatten sich verzogen. Nur noch in der Ferne war ein Wetterleuchten zu sehen. Tara war froh, dass Helena schwieg, als sie nebeneinander hergingen. So konnte sie ihren eigenen Gedanken nachhängen. Sie dachte an Chiara und ihre Eltern und vor allem daran, wie sie es gleich Merle beibringen würde, dass sie sich wieder in ein Abenteuer stürzte. Nur ab und zu bemerkte sie, dass ein Schatten neben ihr herhuschte, den sie aber für ein streunendes Tier hielt.

Wenig später fand sie Merle schlafend in ihrem Zimmer vor. Wie immer, wenn Tara sie sah, wunderte sie sich, wie sehr sie sich in einem Jahr verändert hatte. Ihr flaumiges Haar war länger geworden und legte sich wie ein Kranz um ihren Kopf. Sie war nun vielleicht acht Jahre alt und immer noch nicht besonders groß, dafür hatte sie sich aber als erstaunlich klug erwiesen. Sie hatte wesentlich schneller schreiben und lesen gelernt als Tara und Semur, die ein paar Jahre älter waren. Vor allem konnte sie wundervoll zeichnen.

Auf ihrem Schreibtisch lag eine Zeichnung, die den Weltenbaum zeigte. Er war dem echten Weltenbaum verblüffend ähnlich und Tara fragte sich, wie Merle das geschafft hatte, obwohl sie ihn noch nie gesehen hatte. Sie musste auch daran denken, wie sie sich das letzte Mal von Merle verabschiedet hatte, damals in Aurigas armseliger Hütte. Jetzt hatte Merle ein ganzes Zimmer für sich. Sie schlief in einem Bett mit großen bequemen Kissen, sie hatte eine Truhe voller Kleider und vor allem Stifte und Papier, die auf dem Schreibtisch verteilt waren. Ein flackerndes Öllämpchen beschien

Tamerans Buch, das auf dem Boden lag und der schlafenden Merle aus den Händen gefallen sein musste. Zeichnungen ähnlich der auf dem Schreibtisch steckten zwischen den Seiten.

Tara hob das Buch vorsichtig auf und legte es auf den Schreibtisch.

»Tara!«

Sie zuckte zusammen und drehte sich um. Merle saß aufrecht in ihrem Bett.

»Was machst du hier?«

»Ich … ich …« Tara räusperte sich. »Ich wollte dir nur sagen, dass ich … äh …«

»Du willst wieder weggehen, nicht wahr?«

»Ja.« Tara wurde rot. »Aber diesmal nicht für lange.«

»Hat es etwas mit dieser Chiara zu tun?«

Tara nickte. »Wir bringen Cassian zurück zu den Bootsleuten. Chiara hat Angst, dass er hier nicht mehr sicher ist.«

»Und dann kommst du gleich wieder?«

»Nun, ich …« Tara schluckte. »Ich weiß es noch nicht.« Nein, sie wusste es tatsächlich noch nicht. Das schoss ihr mit einem Mal durch den Kopf.

Merle sah sie lange an. »Was hast du vor?«

Tara nahm ihre Hände und hielt sie fest. »Chiara hat mir heute Nacht erzählt, dass meine Eltern in den Sümpfen zwischen den Silbernen Wassern und dem Schwarzwasserfluss verschwunden sind. Ich habe mir gedacht, dass ich den anderen helfe, Cassian sicher zurückzubringen, und dann in den Sümpfen nach meinen Eltern suchen gehe.« Ja, dachte sie, genau das würde sie tun. Es war ihr bisher nur noch nicht klar gewesen.

Merle riss die Augen auf. »Ganz allein?!«

Tara nickte. »Ich wüsste nicht, warum mich jemand begleiten sollte. Es ist ziemlich gefährlich.«

»Und du meinst, deine Eltern leben noch?«

Tara schluckte. »Ich weiß es nicht. Aber ich muss herausfinden, was mit ihnen geschehen ist.« Sie sah zu Merle, die sie nachdenklich musterte. »Du musst dir keine Sorgen machen«, sagte sie leise.

Merle nickte ernst. »Das mache ich auch nicht«, erklärte sie. »Du bist ja jetzt nicht mehr allein!« Sie deutete auf das Zeichen des Löwenzahnschirmchens, das sich auf Taras Oberarm befand. Tara lächelte. Ja, Merle hatte recht. Sie musste sich keine Sorgen mehr machen. Dandelion war bei ihr, wo auch immer sie sich befand.

»Sei nicht traurig, dass ich weg bin!«

»Das werde ich nicht. Ich verspreche es dir.«

»Dann ist gut!« Tara kratzte sich am Kopf. Es war ja sehr erleichternd, dass Merle nicht traurig war. Aber was sie verwirrte, war, dass es ihr scheinbar gar nichts auszumachen schien.

»Tja, dann ...« Tara atmete einmal tief durch. »Dann: Schlaf weiter! Und bitte: Erzähle niemandem davon! Wir müssen alles tun, damit wir nicht entdeckt werden.«

»Ich weiß!«, flüsterte Merle. »Ich sage einfach, ich habe die ganze Nacht geschlafen und nichts bemerkt.«

»Danke!« Tara nahm sie in den Arm. Merle war immer noch federleicht! Dann ging sie leise aus dem Zimmer. Als sie die Tür schloss, sah Merle bereits wieder so aus, als ob sie tief und fest schlafen würde.

Dandelion erschien auf ihrer Schulter. Obwohl er nicht zu sehen gewesen war, hatte er alles mitgehört.

»Es war diesmal so leicht, mich von ihr zu verabschieden«, sagte Tara verwundert.

»Fast zu leicht«, bemerkte der kleine Löwenzahn.

»Was meinst du damit?«

»Das Wasser findet immer einen Weg«, sagte Dandelion. »Genau wie der Wind. Oder die Sehnsucht.«

Tara seufzte. Dandelion sprach manchmal in Rätseln. Sie wartete noch ein bisschen, ob er sich weiter erklärte. Aber er schwieg.

»Dandelion, was soll ich mitnehmen?«, fragte sie dann.

»Nimm die Karte mit!«

Tara nickte. Die Landkarte ihrer Eltern! Dandelion hatte recht. Sie hatte ihr beim letzten Mal schon gute Dienste erwiesen. Sie lief in ihr Zimmer und zog die Blechkiste unter dem Bett hervor. Dann nahm sie die Karte heraus und entrollte sie auf dem Fußboden.

Diesmal konnte sie die vielen Anmerkungen an den Symbolen auch lesen. Sie fuhr mit dem Finger über Ornata, die fünfeckige Stadt, weiter über die Felder und die Ebene von Pau bis zum Schwarzwasserfluss. An der Brücke würden sie Cassian wieder bei den Bootsleuten abliefern. Und dort zwischen dem Schwarzwasserfluss und den Silbernen Wassern war das Sumpfgebiet. *Gorgonensümpfe* entzifferte Tara die verschnörkelte Schrift. Sie dachte an Chiaras Warnung, keiner sei bisher den Sümpfen entronnen. Was wohl so gefährlich an ihnen war? Sie hatte ein flaues Gefühl im Magen, als sie die Karte wieder in die Lederhülle steckte und sie unter ihrem Gürtel verstaute. Was sie noch brauchte? Eigentlich nichts. Ihr Umhang würde ihr als Schlafdecke dienen. Es klopfte leise und Helena steckte den Kopf herein.

»Bist du fertig?«

»Ja!« Tara ging zur Tür. Helena hatte diesmal nur einen kleinen Rucksack dabei und Tara fragte sich, ob sie wie beim letzten Mal auch ihr Kissen mitgenommen hatte. Wahrscheinlich eher nicht, denn der Rucksack sah nicht so aus, als würde ein riesiges Damastkissen hineinpassen.

Sie huschten schweigend durch die schwach erleuchteten Korridore und trafen keinen Menschen. Auch am Ausgang stand zum Glück keine Wache und Tara sah, wie Helena aufatmete. Selbst Helena als Fürstentochter würde sich schwertun zu erklären, warum sie mitten in der Nacht den Palast verlassen wollte. Sie blickten sich noch einmal an und gingen dann zusammen die gewundene Straße zur Altstadt hinunter.

8. Kapitel

Ertappt!

Draußen auf der Straße war es ruhig. Der Sturm war vorbei. Es hatte aufgehört zu regnen, nur ab und zu tropfte es von den Blättern der Bäume auf das Pflaster. Dandelion saß auf Taras Schulter und genoss die feuchte Luft. Helena war schweigsam und voller Kummer. Sie war im Streit von zu Hause weggegangen und Tara sah, wie schwer das auf ihrer Seele lag. Auch sie war froh, sich nicht unterhalten zu müssen, denn auch sie dachte die ganze Zeit an ihre Eltern, wenn auch anders, als Helena das tat.

Es war ein paar Tage nach Neumond, die Mondsichel stand schmal am Himmel und beleuchtete spärlich die regenglänzende Straße vor ihnen. Sie gingen schnell und hatten in kurzer Zeit schon über die Hälfte des Wegs zum Osttor zurückgelegt. Die Straße verengte sich und führte an hohen dunklen Häusern vorbei. Plötzlich blieb Helena stehen. »Hörst du das auch?«

»Nein. Was meinst du?«

Helena senkte ihre Stimme zu einem kaum hörbaren Flüstern. »Mir ist, als hätte ich Schritte gehört. Nicht unsere, sondern noch von jemand anderem.«

Sie warteten eine Weile.

»Ich höre nichts«, sagte Tara.

Helena schüttelte den Kopf. »Kann sein, dass ich mir das nur einbilde, aber ich habe mir schon auf dem Hinweg gedacht, dass wir verfolgt werden.«

»Mir ging es genauso.« Tara spürte, wie ihr Herz schneller klopfte. Vielleicht war der Schatten von vorhin doch kein Tier gewesen?

»Was machen wir jetzt?«

»Wir gehen einfach weiter. Und hören noch genauer hin!«

Sie liefen am Marktplatz vorbei und waren dabei so leise, dass sie kaum ihre eigenen Schritte vernehmen konnten.

Da packte Helena Tara am Arm und beide kamen plötzlich zum Stehen. Ja, es war ganz deutlich. Sie hörten, wie auch jemand anders rechts von ihnen stoppte. Tara atmete tief ein. Sie wurden tatsächlich verfolgt! Sie blickte Helena an. »Lass uns langsam weitergehen«, flüsterte sie. Sie taten so, als hätten sie nichts bemerkt. »Wir sind gleich da«, wisperte Helena. »Und da vorne gabelt sich die Straße. Du gehst rechts und ich gehe links und wir verstecken uns gleich darauf. Wenn uns jemand verfolgt, dann muss er sich für eine Richtung entscheiden.«

»Und was hast du dann vor?«

»Wir überraschen ihn, fesseln ihn und bringen ihn an einen Platz, an dem er erst morgen entdeckt wird. So kann er zumindest heute Nacht kein Unheil mehr anstellen.«

Sie liefen jetzt schneller und als sie am Ende der gewundenen Straße angelangt waren, ging Tara nach rechts und Helena nach links. Tara drängte sich in eine Nische zwischen zwei Häusern und hielt gespannt die Luft an. Da! Tatsächlich. Jemand lief an ihr vorbei! Die dunkle Gestalt blieb mitten auf der Straße stehen und sah sich um. Aber seltsam: Wer auch immer es war, er war nicht viel größer als sie selbst. Hoffentlich würde Helena ihr gleich zu Hilfe kommen! Taras Herz klopfte wie wild. Sie trat aus der Nische auf die Straße und stellte sich dem Verfolger entgegen. »Halt! Was machst du hier? Warum gehst du uns hinterher?«

Die Gestalt trat einen Schritt zurück. Tara erkannte, dass es ein Junge war. Und … sie kannte ihn!

»Phillipus?!«

Phillipus starrte sie an.

Sie sah, dass er für einen Moment überlegte wegzurennen. Aber dann blieb er doch stehen. Er sah beschämt aus. Aber auch irgendwie verzweifelt.

Mit wehendem Mantel eilte nun Helena herbei. »Du hast ihn«, rief sie Tara atemlos zu. Dann fiel ihr Blick auf Phillipus. »Dich kenne ich doch! Von heute Morgen!«

Phillipus sah zu Boden. Seine Schultern waren hochgezogen und ein paar lange Sekunden verstrichen. Da hörten sie weitere Schritte und sie zuckten zusammen. Doch es war nur Semur, der ihnen über den Marktplatz entgegenlief. »Warum seid ihr *hier?*«, fragte er. »Ich dachte, wir treffen uns direkt am Osttor!« Er stutzte, als er Phillipus entdeckte, der im Schatten einer Mauer stand. »Was machst du denn hier?«

»Gute Frage, Semur!«, sagte Helena. »Er hat uns die ganze Zeit über verfolgt!« Sie drehte sich zu Phillipus. »Und ich würde gerne wissen, warum!«

»Ich habe euch nicht verfolgt. Ich … ich war spazieren …«, entgegnete Phillipus.

»Dann spazierst du uns also ganz zufällig hinterher?«, fragte Helena wütend.

Phillipus sah hoch. Ein gequälter Ausdruck zog sich über sein Gesicht. »Gut! Ich gebe es zu. Es stimmt. Ich verfolge euch.«

»Seit wann?« Tara merkte, wie Helenas Stimme zitterte.

»Seit … seit heute Nachmittag.«

»Seit heute Nachmittag?!«, fragte Tara erstaunt.

»Ja, ich war schon dabei, als ihr unter dem Gefängnis wart.«

»Dann hast du alles mitgehört, was wir besprochen haben?«, fragte Semur verblüfft.

Phillipus nickte nur. Tara tat er in dem Moment fast leid. »Aber wieso machst du das?«, flüsterte sie.

»Weil … weil ich …«, stotterte Phillipus. Er überlegte, dann leuchtete plötzlich etwas in seinem Gesicht auf. Ein kleiner Funke, der ihm einen schlauen Ausdruck verlieh und dann aber schnell wieder vorüberzog. »Ich habe heute Nachmittag mitbekommen, wie Chiara die Piratin verhaftet wurde. Die ganze Stadt spricht darüber. Alle wissen, was auf der Versammlung geschehen ist. Chiara wollte nichts anderes als uns warnen und sie wurde verhaftet. Ich war empört!« Tara sah trotz der Dunkelheit, wie ihm das Blut in den Kopf stieg. »Dann habe ich mich mit Kajetan darüber gestritten. So wie du es mit deinem Vater auf der Versammlung getan hast.« Er blickte kurz zu Helena.

»Kajetan hat mich deswegen auf die Straße gesetzt und jetzt weiß ich nicht, wo ich hinsoll.«

»Warum gehst du nicht zu deinen Eltern?«, fragte Helena scharf.

»Ich habe keine Eltern«, erklärte Phillipus. Tara musste schlucken. Phillipus war elternlos! Genau wie sie!

»Und … es stimmt, ich habe euch belauscht … und ich habe gehört, wie ihr darüber gesprochen habt, Cassian zu den Bootsleuten zu bringen. Und da dachte ich mir …« Phillipus holte tief Luft und sah die Freunde an. »… dass ich vielleicht mit euch kommen könnte. Ich dachte, dass vielleicht die Bootsleute für mich Verwendung hätten.« Auf einmal sah er viel sicherer aus. Fast zufrieden.

Helena blickte zu Semur und Tara. »Das … nun kommt etwas überraschend. Ich glaube, wir sollten uns kurz zurückziehen und beraten.«

Semur kratzte sich am Kopf. »Wenn du meinst«, sagte er. »Wir sind gleich zurück!«, flüsterte er Phillipus zu.

Die Freunde gingen zu einem verlassenen Marktstand, wo sie außer Hörweite waren.

»Wir sollten ihn mitnehmen«, sagte Tara leise. »Er hat keinen

Platz, an den er gehen kann, und das alles nur, weil er gegen die Verhaftung von Chiara protestiert hat!«

Helena schüttelte den Kopf. »Das ist zu gefährlich! Keiner von uns kennt ihn wirklich. Woher sollen wir wissen, ob wir ihm vertrauen können?«

»Was meinst du, Semur?«, fragte Tara und sah zu Semur, der in Gedanken versunken neben ihnen stand.

»Ich muss die ganze Zeit daran denken, wie Tara und ich das letzte Mal Ornata verlassen haben. Wir hatten auch keinen sicheren Platz, zu dem wir gehen konnten, und wir waren genauso verzweifelt wie jetzt Phillipus. Wieso war das bei uns gut und ist nun bei Phillipus schlecht?«

Tara nickte, doch Helena zog die Stirn in Falten. Sie seufzte und sah zu Phillipus, der gegen Stadtmauer lehnte und ab und zu verstohlen zu ihnen hinüberlinste.

9. Kapitel

Entscheidung am Osttor

Phillipus' Herz klopfte heftig. Die Mauer hinter seinem Rücken war feucht und er sah, wie die drei Freunde verhandelten. Über ihn verhandelten. Seine Kleidung war völlig durchnässt und er musste niesen. Hinten im Rucksack drückte die Bronzescheibe unbequem gegen seinen Rücken. Er überlegte einen bangen Moment, ob die anderen die runde Form durch den Rucksack hindurch sehen konnten. Aber nein. Er hatte die Scheibe vorsichtshalber in seine Decke eingewickelt. Sollte sein Plan funktionieren und sie ihn wirklich mitnehmen, dann würde er höllisch aufpassen müssen, dass sie ihn nie dabei beobachteten, wie er mit ihr Signale sendete. Denn dann würde er sich nicht so leicht herausreden können wie dieses Mal.

Er blickte vorsichtig zur Seite und sah, wie Tara und Semur auf Helena einredeten. Die Prinzessin schüttelte ab und zu den Kopf, dann gestikulierte Semur mit beiden Händen. Phillipus seufzte leise. Wie viel hätte er darum gegeben, zu hören, was sie besprachen! Wahrscheinlich wäre alles viel einfacher, wenn er auch ein Pflanzenmensch wäre. Sie wollten sicher nur andere Pflanzenmenschen in ihrer Nähe haben. Menschen, die genauso waren wie sie selbst, und nicht jemanden, der gar kein Zeichen hatte.

Jetzt sah Semur zu ihm hinüber und lächelte. Warum tat er das? Phillipus ertappte sich bei dem Gedanken, dass er tatsächlich gerne mit ihm befreundet wäre. Aber das ging natürlich nicht. Sie würden immer auf verschiedenen Seiten stehen. Das, was sie trennte, war, dass Semur ein Zeichen hatte und er nicht.

Wie konnte Kajetan nur glauben, dass sich die Pflanzenmagier mit Phillipus anfreunden würden? Der Plan konnte gar nicht aufgehen und deshalb hatte er etwas anderes vorgehabt. Er hatte ihnen heimlich folgen wollen. Wie ein unsichtbarer Schatten, der ihre Gespräche belauscht und ihre Absichten erkundet hätte. Ihm war die Vorstellung zutiefst zuwider gewesen, den anderen etwas vorspielen zu müssen. Er konnte sie zwar nicht leiden, aber er wollte sie trotzdem nicht anlügen.

Nun musste er also doch versuchen, ihr Vertrauen zu gewinnen. Würde er seinen Auftrag erfolgreich ausführen, würde er die Gießerei zurückbekommen. Niemals würde er wieder Kajetans Gehilfe sein. Es gab kein Zurück mehr. Er spürte ein nagendes Gefühl, das sich in seinem Magen breitmachte: Scham. Ihm wäre es lieber gewesen, Semur hätte ihn nicht so bewundernd angesehen, als er die Lüge mit Chiara auftischte. Aber nun musste er seine Rolle weiterspielen. Wenn sie ihn denn ließen …

Schließlich blickte Tara zu ihm und musterte ihn eingehend. Das war sicher ein schlechtes Zeichen?! Sie würden ihn nicht mitnehmen! Zu seiner Verwunderung war er fast erleichtert. Er würde zurück zu Kajetan gehen und zugeben, dass er gescheitert war. Keine Ahnung, was ihn da erwartete. Zumindest aber würde er nicht eine Lüge auf die andere türmen müssen.

Semur, Tara und Helena verließen ihren Platz unter dem Marktstand und kamen auf ihn zu. Ihre Mienen waren ernst.

»Verzeih, dass wir uns so lange beraten haben«, begann Helena.

»Wir mussten uns erst genau besprechen, denn das, was vor uns liegt, ist ein waghalsiges Unternehmen, das ...«

»Sie meint: Du kannst mitkommen!«, brach es aus Semur heraus. Er strahlte Phillipus an.

»Ich kann ... was?«, stammelte Phillipus. Er hatte sich bestimmt verhört!

»Komm mit uns!«, sagte Tara, »Und wir reden mit Cassian. Du findest sicher bei den Bootsleuten eine Anstellung.«

Semur schlug ihm freundlich auf die Schulter. »Du hattest den Mut, dich gegen Kajetan zu stellen, und so jemanden können wir immer gebrauchen.«

Phillipus schluckte. »Ihr nehmt mich mit, obwohl ihr wisst, dass ich kein Pflanzenzeichen habe?«

»Das ist uns egal!«, erklärte Semur.

Tara nickte bekräftigend. »Wir beurteilen die Menschen nach ihrem Charakter und nicht, ob sie irgendein Zeichen geerbt haben. Niemand weiß das besser als ich.«

Es entstand eine lange Pause, in der Phillipus die Nachricht erst verdauen musste. Sie nahmen ihn mit! »Danke« sagte er leise und sah zu Boden. Er spürte, wie ihm das Blut in den Kopf stieg. Semurs Begeisterung war echt. Und auch Tara lächelte ihm jetzt ermutigend zu und er schämte sich deswegen noch mehr.

**

Sie machten sich im Schutz der Dunkelheit auf den Weg zum Osttor. Es war nicht mehr weit und sie begegneten niemandem auf den regenglänzenden Straßen. Tara war froh, dass Phillipus mitkam. Und doch ... etwas war eben merkwürdig gewesen. Tara dachte die ganze Zeit darüber nach, als sie hinter Phillipus durch die Straßen schlich. Er hatte eigentlich nur für einen Moment so ausgesehen, als würde er sich freuen.

Dann trat plötzlich ein anderer Ausdruck in sein Gesicht. Etwas, das sie sich nicht erklären konnte. Es sah fast so aus, als wäre ihm etwas furchtbar peinlich. Was auch immer es war, es war seltsam. Wie ein Rätsel, das es noch zu entschlüsseln galt.

Während sie noch tief in diese Gedanken versunken war, sah sie, wie sich hinter einer Hausmauer zwei Gestalten aus der Dunkelheit schälten. Eine große und eine kleine. Es waren Chiron und Cassian.

»Da seid ihr ja endlich«, flüsterte Chiron. »Wir warten hier schon eine Ewigkeit auf euch. Moment mal!« Er stutzte, als er Phillipus sah. »Wer ist denn das?« Er trat nah an Phillipus heran und schaute ihm ins Gesicht.

»Ich kenne dich! Du bist doch …«

»Das ist Phillipus. Er hat im Haus von Kajetan gelebt. Aber der hat ihn rausgeworfen, weil er gegen die Verhaftung von Chiara protestiert hat. Und nun wird er uns begleiten«, erklärte Tara schnell.

»Oh! Ein weiterer Held also!«, sagte Chiron und musterte Phillipus neugierig. Tara hatte den finsteren Verdacht, dass Chiron gerade im Kopf eine neue Strophe seiner Ballade plante. Auch Phillipus schien es nicht zu gefallen, dass Chiron ihn als Held bezeichnete. »Also, nun … ich …«, stotterte er.

Chiron winkte lächelnd ab. »Deine Bescheidenheit macht dich sehr sympathisch! Jedenfalls: gut gemacht, Phillipus! Ich persönlich konnte diesen Kajetan noch nie leiden. Er hat etwas Verschlagenes und ich habe immer das Gefühl, dass er in finstere Geschäfte verstrickt ist.« Er starrte Phillipus an. »Wie auch immer. Du wirst wahrscheinlich nichts davon wissen.«

Phillipus antwortete nicht, aber machte eine ungeschickte Bewegung mit der Schulter, durch die sein Rucksack mit einem Mal zu Boden fiel. Etwas darin klang blechern.

»Himmel, seid leise«, flüsterte Chiron. »Wir wollen die Wachen da oben nicht aufwecken.«

Tara sah, wie Phillipus seinen Rucksack wieder aufhob und eilig auf seinen Rücken setzte. »Entschuldigt!«, murmelte er hastig.

Sie drückten sich in den Schatten der Mauer und blickten nach oben, aber die Männer am Osttor schienen nichts bemerkt zu haben.

»Warum sind das auf einmal *zwei* Männer?«, flüsterte Semur erstaunt. »Normalerweise steht da immer nur einer.«

»Hadrian hat überall die Wachen verstärken lassen«, flüsterte Chiron. »Damit Ornata gewappnet ist.« Er seufzte ironisch. »Falls die *bösen Piraten* angreifen.«

Tara sah auf die beiden Silhouetten der Wachen, die auf dem oberen Mauerweg patrouillierten.

»Ich könnte sie mit meinen Efeuranken fesseln«, schlug Helena vor.

»Aber dann lenkst du die ganze Aufmerksamkeit auf euch und dein Vater weiß schon heute Nacht, dass ihr verschwunden seid«, widersprach Chiron.

»Die Wachen dürfen euch nicht bemerken. So wird euer Verschwinden erst morgen früh entdeckt werden und ihr habt eine ganze Nacht Vorsprung.«

Helena zuckte mit den Schultern. »Dann habe ich auch keine Idee, wie wir an den Wachleuten vorbeikommen sollen.«

»Nun!« Chiron sah die Freunde mit einem schlauen Lächeln an. »Bevor ihr ganz aus Ornata verschwindet, habe ich mir gedacht, dass ich vielleicht noch ein kleines Lied singen werde. Zum Abschied!«

»Du willst *was* machen?«, fragte Semur.

Chiron blinzelte. »Ich finde, die Wachen brauchen auch ein wenig Unterhaltung, wenn sie schon die ganze Nacht wach bleiben sollen. Meint ihr nicht?«

»Ja, aber ...?«

Chiron sah Semur an, als könnte der nicht bis drei zählen.

»Ich lenke sie ab und ihr schlüpft ungesehen durch das Tor. Verstanden?«

»Glaubst du denn, die Wachen wollen das Lied auch hören?«

Chirons Mund wurde zu einem schmalen Strich. »Semur! Es liegt unter meiner Würde, dir auf diese Frage eine Antwort zu geben. *Natürlich* wollen sie es hören! Die Wachen gehören zu meinen größten Bewunderern.«

Helena konnte ein Grinsen kaum unterdrücken. »Dann singe, Chiron! Mich erfreuen deine Lieder fast immer.«

Chiron nickte. »Seht es auch als Abschiedslied für euch!«, flüsterte er und drückte noch einmal Cassian. »Und passt gut auf meinen Neffen auf!«

»Das werden wir, Chiron!«, erklärte Tara und nahm Cassian an die Hand.

Sie schlichen sich bis nah an das Tor heran und beobachteten, wie Chiron die Wachen begrüßte. Sie konnten nicht hören, was er mit ihnen sprach, aber nach einer Weile sahen sie, wie die beiden Männer verschwanden, und kurz darauf hörten sie, wie Chiron auf der Laute spielte.

Die silbernen Töne des Instruments nahmen Tara sofort gefangen. Chirons zugegebenermaßen schöne Stimme klang durch die Dunkelheit. »Los jetzt«, murmelte Tara und winkte den anderen. »Jetzt oder nie!«

Sie nahmen die letzten steilen Treppen zum Tor, hörten noch den Applaus der Wachleute und dann die zweite Strophe von Chirons Lied.

»Phillipus, kommst du?« Tara zupfte Phillipus am Ärmel, der sich nicht gerührt hatte und verzaubert dem Lied lauschte.

Er erwachte wie aus einem Traum und ging neben ihr her. Sie liefen unerkannt durch das hohe Stadttor und beeilten sich, den langen Weg über die Brücke, die zu den Feldern führte, so schnell wie möglich zurückzulegen. Während der ganzen Strecke hörten sie Chirons Gesang, den der Wind ihnen zutrug. Der Gesang hörte auf, als sie unten beim Getreidefeld waren. Die Ähren schimmerten silbern und die Kinder begaben sich unter das raschelnde Schutzdach einer Pappelallee. Einmal drehte Tara sich um. Ornata lag nun schon weit hinter ihnen. Von hier sah die Stadt aus wie ein großer dunkler Wald, der sich auf einem Felsen befand. Die Hausdächer und Türme, die Fassaden und selbst die Mauern waren zwischen den Pflanzen kaum zu sehen. Es erinnerte fast an Arbor, die versunkene Stadt unterhalb des Weltenbaums. Tara bemerkte, dass Phillipus ihrem Blick folgte.

»Ich war noch nie so weit außerhalb der Stadt«, gestand er.

Tara nickte. »Das ging mir auch so, als ich das erste Mal Ornata verlassen habe.«

»Wie ist es draußen?«, fragte er leise.

»Anders«, antwortete ihm Tara. »Aber sieh selbst!«

Vor ihnen lag ein gewundener schimmernder Weg. Die große dunkle Wolke, die den Tag beschattet hatte, hatte sich in der Nacht verzogen und die Sterne waren wieder sichtbar. Es waren unzählige, die am Firmament schimmerten.

Tara atmete einmal tief durch. Sie brach in ein weiteres Abenteuer auf.

Wie anders es war als das letzte! Sie strich über Dandelion, der es sich auf ihrer Schulter bequem gemacht hatte. Überall hingen noch Regentropfen, die herunterfielen, wenn der kühle Nachtwind die Pappelblätter zum Rascheln brachte, und auf dem Weg vor ihnen schimmerte die Mondsichel in großen Pfützen.

Mit einem Mal fühlte sich Tara glücklich. Sie war draußen, der Weg wand sich vor ihr wie eine silberne Schlange und sie war mit ihren Freunden unterwegs. Sie fühlte sich frei.

Nur Phillipus neben ihr schien nicht so froh wie die anderen zu sein. Er sah eher so aus, als würde er eine Last mit sich herumschleppen. Und das lag sicher nicht an seinem Rucksack, der mindestens genauso voll war wie der von Semur. Es war, als würde ihn etwas Dunkles umgeben, das nicht von ihm weichen wollte. Tara hätte ihn gerne gefragt, was es war, aber er wirkte so schweigsam und undurchdringlich, dass sie sich das nicht traute.

Teil 2

Alles geht mit dem Wasser

10. Kapitel

Treibgut

Sie wanderten die ganze Nacht. Cassian wurde nach ein paar Stunden müde und Phillipus bot sich an, ihn auf seinen Rücken zu nehmen. Sie durchquerten Weizenfelder, hohe Maisstauden und endlose Felder mit Kartoffeln, deren Stängel braun und fleckig aus der Erde ragten. Der Herbst stand bevor und die Knollen waren nun reif und üppig unter der Erde. Semur grub ein paar davon aus und steckte sie in seinen Rucksack. Der Weg führte sie an schnell gewachsenen Büschen vorbei sowie an Pappeln und Erlen, die innerhalb eines Jahres aus der fruchtbaren Erde geschossen waren. Schließlich folgten sie einem Wasserlauf Richtung Osten. Dandelion hatte seine Blüte geschlossen und auch Tara merkte, dass sie mit jedem Schritt müder wurde.

»Wir müssen die Felder hinter uns lassen und uns in der Ebene von Pau einen Schlafplatz suchen. Von dort aus ist es nur noch ein Tagesmarsch bis zum Schwarzwasser«, erklärte Semur.

»Wie weit ist das noch bis zur Ebene?«, fragte Helena und unterdrückte ein Gähnen.

Tara zog im Gehen die Karte heraus. Sie fuhr mit dem Finger den Weg entlang. »Hier, wir sind am kleinen Schwarzwasser des Nordens. Wenn wir zur Ebene von Pau kommen wollen, dann haben wir noch ein gutes Drittel des Wegs vor uns.«

Alle bis auf Phillipus seufzten. Auch Tara spürte ihre müden Beine, als sie die Karte wieder zusammenrollte und unter ihren Gürtel steckte.

»Wisst ihr, was?«, fragte Semur. »Ich sage es ungern, aber ich mache es jetzt wie Chiron.«

Die anderen blickten ihn überrascht an.

»Na ja«, Semur kratzte sich am Kopf. »Ich dachte, ich spiele euch etwas vor.« Er holte seine Flöte aus einer der vielen Taschen seines Rucksacks.

»Eine wunderbare Idee!«, erklärte Helena. »Du könntest das Lied von Fagus spielen!«

»Genau das habe ich mir gedacht!« Semur nickte ihr zu, setzte die Flöte an seine Lippen und begann. Die Töne waren hell und schön, sie verflochten sich mit der Nacht. Tara spürte, wie ihr Herz weit wurde. Sie atmete einmal tief durch. Sie waren nicht mehr fünf Kinder, die durch die Nacht liefen. Durch die Musik gehörten sie zu etwas Großem. Dem Räderwerk des Himmels und der Pflanzen. Sie gehörten zu dem Land. Die Töne stiegen hoch in den Nachthimmel und verbanden sie mit den Sternen. Helena lächelte Semur an und sang dann mit ihrer dunklen Altstimme.

Wind in den Zweigen goldumweht
Steht er in voller Pracht
Ein Zauber der so nie vergeht
Er über allen wacht

Ein Land so wie kein andres ist
Es nur sich selbst gehört
Der blauen Höhle heller Riss
So manchen hat betört

Tief in der Erde webt und wirkt
Er unter Wurzeln lang
Der Zauber, den die Höhle birgt
So manchen schon verschlang

Manch Mensch, der ging in Blättern auf
Von keinem mehr erkannt
Doch nach vieler Sonnen Lauf
Sich dann löste das Band

Der Zauber, er kann nur vergehn
Wenn Fagus wird gefällt
Und mit ihm wird dann untergehn
Die ganze Pflanzenwelt

Doch vier sind's, die dagegen stehn
Mit Mut und Pflanzenmacht
Und so wird Fagus nichts geschehn
Denn sie bannen die Nacht

Nichts ist ewig, alles fließt
Und wandelt sich darum
Und nach dem Winter alles sprießt
Was alt ist, wird wieder jung

»Worum geht es in dem Lied?«, fragte Phillipus. »Wer ist dieser Fagus?« Obwohl er Cassian auf dem Rücken trug, sah er als Einziger noch gar nicht müde aus. Seine Augen leuchteten. Er stand noch ganz unter dem Bann der Musik.

»Fagus ist der Weltenbaum. Und unter ihm ist Armillarion, das ist der Pilz, mit dem sich Askiel verbunden hat. Das ist wohl mit der blauen Höhle gemeint.«

»Aber wieso ging ein Mensch in Blättern auf? Wieso hast du das gedichtet?«, fragte Phillipus.

»Oh!« Helena wurde rot und schüttelte den Kopf. »Ich habe diese Verse nicht geschrieben. Ich habe sie nur gefunden. Sie stehen so in Tamerans Buch. Ich habe diese Verse Semur gezeigt und er hat die Melodie dazu erfunden. Und ich muss zugeben, manches davon habe ich auch nicht verstanden.«

»Ich auch nicht!«, sagte Semur.

»Es ist trotzdem wunderschön!« Tara sah ihn bewundernd an, woraufhin er verlegen mit den Achseln zuckte. »Na ja«, sagte er. »Eigentlich ist es die Flöte, die wie von selbst spielt.«

»Aber sie würde nicht bei jedem solche Töne hervorbringen«, sagte Helena lachend.

»Ich habe noch nie etwas so Schönes gehört«, sagte Phillipus leise.

»Die Flöte hat mir Tameran, ein alter Magier, geschenkt und sie ist aus dem Holz des Weltenbaums«, erklärte Semur. »Alle Instrumente, die aus diesem Holz sind, haben diesen besonderen Klang.«

Cassian machte eine Geste, die aussah, als würde jemand Laute spielen.

Tara nickte. »Ja, auch Chirons Laute ist aus diesem Holz!«

»Und wenn dieser Baum vergeht, dann ist die Macht von Nelumbiya dahin?«, fragte Phillipus leise. »Was geschieht, wenn jemand versucht, ihn zu fällen?«

»Mach dir keine Sorgen«, sagte Semur. »Es ist ganz unmöglich, Fagus zu fällen.«

»Warum bist du dir da so sicher?«, fragte Phillipus.

»Weil er so groß ist. Stell dir etwas vor, das größer ist als alles, was du je gesehen hast.«

»Größer als Ornata?«, fragte Phillipus.

Semur nickte. »Viel größer. Sein Stamm ist so dick wie die ganze Stadt. Wie sollte man so einen Baum fällen?«

Phillipus sah von einem zum anderen. »Ich würde diesen Weltenbaum gern einmal sehen«, sagte er leise.

»Das verstehe ich«, sagte Tara. »Mir ging es genauso. Ich habe ihn auf der Karte meiner Eltern als Zeichnung gesehen und seitdem hatte ich Sehnsucht nach ihm.«

»Ich glaube, jeder Pflanzenmensch hat Sehnsucht nach dem Weltenbaum«, sagte Semur und strich sich über seinen Arm. »Es gehört einfach zu dem Zeichen dazu.«

Tara sah, wie das Leuchten in Phillipus' Augen plötzlich erlosch.

»Ich bin kein Pflanzenmensch«, sagte er steif.

»Oh, entschuldige!« Semur sah ihn betreten an. »Das habe ich ganz vergessen.«

»Ist nicht so schlimm!«, sagte Phillipus leichthin. Tara merkte aber, dass seine Stimme seltsam klang. Sie blickte ihn eine Weile an, aber er sprach nichts mehr, sondern lief schweigend weiter.

Die Musik hatte tatsächlich ihre Müdigkeit vertrieben und nach einer Weile erreichten sie das Ende der Felder.

»Seht mal! Die Ebene von Pau!«, rief Helena.

Semur und Tara hielten die Luft an. Die Landschaft vor ihnen war ganz anders, als sie sie das letzte Mal gesehen hatten. Die Macht von Armillarion, dem Pilz, der alle wilden Pflanzen vernichtet hatte, war auch hier gebrochen. Überall wuchsen Pflanzen. Es roch würzig nach Rosmarin und Oregano, der üppig blühte. Der Geruch von Lavendel stieg ihnen in die Nase. Sanddorn- und Rosenbüsche bedeckten die Ebene und ab und zu standen schlanke Birken in kleinen Gruppen.

»Was meinst du, wann sie in Ornata bemerken, dass wir fehlen?«, fragte Tara.

»Am Vormittag, schätze ich«, sagte Helena. »Sie werden uns erst in der Stadt suchen. Wenn sie dann Reiter aussenden, werden die nicht vor dem Nachmittag hier sein.«

Tara sah zu den silbern schimmernden Birkenstämmen. »Irgendwann müssen wir auch ein wenig schlafen.«

»Genau meine Meinung«, sagte Semur. »Warum bleiben wir nicht einfach hier?« Er gähnte ausgiebig. »Helena, wie wäre es mit einer Hängematte?«

Helena sah ihn an und lächelte. Sie kniete sich auf den Boden und starrte nachdenklich auf Hedera, die sich von ihren Haaren herabgelassen hatte und sich um ihre Hand ringelte.

»Hmm. Was reimt sich auf Matte?«

Semur fuhr sich über die hellen Haare. »Nun ... Platte, satte ...«

Helena zog die Augenbrauen zusammen. »Ich weiß nicht ...«

»Zwischen Birken eine Matte ...«

»Schaff mir ...«

»Was ich noch nie hatte!«, schlug Tara vor.

Helena lachte und wiederholte Taras Worte. Hedera seufzte und wuchs dann aus Helenas Händen. Sie ringelte sich um die Birkenstämme und verband sie miteinander. Eine Ranke schlang sich um die andere und als Hedera fertig war, schaukelten vier große und eine kleine Hängematte im Wind.

Phillipus starrte Helena an und Cassian klatschte begeistert in die Hände, sodass sich Helena verbeugte.

Sie teilten noch etwas von dem Brot, das Semur mitgebacht hatte, dann legte sich Tara so wie die anderen in eine Hängematte hinein und breitete ihren Mantel als Decke über sich. Dandelion hatte sich zusammengerollt und lag auf ihrer Schulter.

Das Efeu war warm und der Wind schaukelte die Hängematte. Er brachte den süß-herben Duft der Lavendelblüten mit sich und wiegte sie in den Schlaf.

Taras Gedanken wanderten noch eine Weile hin und her. Dann flog ihr etwas ins Gesicht. Tara wedelte es schnell weg, doch es war kein Insekt. Es war ... ein Blatt! Sie sah ihm nach, wie es über die Ebene trudelte, dann wurden es plötzlich mehr. Ein ganzer

Schwarm Blätter, der vor ihr in der Luft stand. Ein Wirbel, der sich schnell drehte. Tara setzte sich auf. Die anderen schliefen tief und fest. Warum nur bemerkten sie nichts von dem geheimnisvollen Blätterwirbel?

Schließlich bildete sich aus dem Blätterwirbel ein Gesicht, dann eine ganze Gestalt und schließlich sah sie, dass ein alter Mann vor ihr stand. Seine Augen blitzten und der schwache Mondschein ließ seinen langen Bart silbern leuchten.

»Tameran!«, rief Tara. »Woher kommst du?«

»Von einem Ort, sehr weit weg!«

Sie starrte ihn an. »Und du bist wieder lebendig?«

»Nicht so wie du oder die anderen.«

»Aber dann bist du gar nicht echt?«

Der alte Mann lächelte. »So echt, wie ein Traum sein kann!«

»Ich träume?«

»Ja, das tust du.«

»Ich habe dich vermisst!«, sagte Tara. »Wir alle haben dich vermisst.«

Tameran lächelte. »Vergiss nicht, dass ihr für immer ein Stück von mir in euch tragt. Deshalb kannst du auch von mir träumen! Ihr könnt es nicht wissen, aber Gefahr droht euch allen!«

»Die Nordländer?«

»Die Gefahr, Tara, kommt nicht nur von außen. Sie kommt auch von innen!«

»Was meinst du damit?«

»Achte auf die Zeichen. Die Lösung kommt immer von den Zeichen. Und manchmal ist das, was die Gefahr bedeutet, auch die Lösung.« Ein kurzer Windstoß kam auf und nahm die Blätter mit.

Tara erwachte. Es war es noch früh und sie fröstelte. Was für ein merkwürdiger Traum! Tameran war darin vorgekommen! Sie erinnerte sich, dass er versucht hatte, ihr etwas Wichtiges zu sagen, aber sie konnte sich nicht recht daran erinnern, was es gewesen war. Der Traum entschwand ihr schnell und ließ ein verwirrtes Gefühl in ihr zurück. Sie sah, dass Phillipus aufgestanden war. Er hatte ihr den Rücken zugewandt und schien etwas in seinem großen Rucksack zu suchen. Sie schwang sich aus der Hängematte und tippte ihm von hinten auf die Schulter. Phillipus zuckte zusammen und drehte sich um.

»Hast du mich erschreckt«, murmelte er.

»Schon auf?«, fragte sie leichthin.

»Äh ... ja, ich ... bin früh aufgewacht«, stammelte Phillipus.

»Ich koche uns Tee«, sagte Semur, der inzwischen hinter ihnen aus seiner Hängematte kletterte. Er machte mit seinem Feuerstein ein kleines Feuer, holte einen Topf aus seinem riesigen Rucksack, füllte ihn mit Wasser aus seinem Wasserbeutel und brachte es zum Kochen. Wenig später tranken sie Tee aus unförmigen Tassen, die aus Tamerans Kiste stammten und die Semur auch noch mitgenommen hatte.

Tara sah in den Himmel. Die Luft war diesig. Ein sanfter Wind schob Wolken aus dem Norden heran. »Wir sollten uns Zeit nehmen mit dem Aufbruch, denn das Wetter wird schlecht. Die Wolken werden sinken und man wird uns nicht mehr sehen.«

»Woher weißt du das?«, fragte Phillipus erstaunt.

»Tara weiß, wie das Wetter wird. Sie kann den Wind lesen«, erklärte Helena.

Sie warteten noch eine Weile und tatsächlich. Nach einer Stunde war Nebel aufgekommen und hüllte sie schützend ein. Ab und zu konnten sie noch die Sonne als milchige Scheibe zwischen den Nebelfetzen entdecken, doch auch sie verschwand am Mittag und es wurde deutlich kälter. Es gab keinen Weg, auf den sie sich verlassen konnten, und sie liefen an wildem Thymian und Lavendel vorbei. Sie konnten hören, wie die Pflanzen miteinander flüsterten, und Tara fühlte, dass der Wind anders war. Voll mit Geräuschen und Tönen. Dandelion hatte sich in seine Schirmchen verwandelt, die als fröhlich tanzende Lichtpunkte vor ihnen her flogen.

»Wir kommen Nelumbiya immer näher«, sagte Dandelion, als er wieder als gelbe Blüte bei Tara auf der Schulter saß. Ja. Tara nickte und strich mit der Hand über seinen Blütenkopf. »Ich spüre es auch, Dandelion!«, flüsterte sie. »Es ist wie ein Ziehen.«

Am späteren Nachmittag hörten sie das Rauschen von Wasser. Cassian zupfte aufgeregt an Taras Ärmel. Das war *sein* Fluss. Und noch bevor sie ihn sehen konnte, konnte Tara ihn riechen. Es war ein großer Strom, der eine feuchte Kühle mit sich brachte. Das Schwarzwasser. Wie lange sie nicht mehr hier gewesen war!

»Gleich haben wir es geschafft, Cassian!«, erklärte Semur. »Dein Boot ist nicht mehr weit entfernt.«

Tara zog die Karte aus ihrem Gürtel und studierte sie. »Ich glaube nicht«, murmelte sie. Die Hügelkette, die sie eben überquert hatten, war viel weiter im Norden zu sehen. »Durch den Nebel sind wir zu weit nach Norden abgekommen und müssen flussaufwärts zurück«, sagte sie.

»Wie gut, dass wir am Fluss sind«, sagte Semur. »Das ist der sicherste Weg, den es gibt! Hier können wir uns nicht mehr verirren.«

»Ja, wir gehen stromaufwärts.« Helena nickte.

»Was bedeutet stromaufwärts?«, fragte Phillipus.

»Zur Quelle hin!« erklärte Helena.

Cassian bedeutete Semur, ihn abzusetzen, und lief zum Wasser. Schließlich winkte er den anderen aufgeregt zu und zeigte auf etwas, das zwischen den grünen Wellen schwamm.

»Was ist das?«, fragte Helena. »Baumstämme?«

Tara beugte sich zum Wasser und schüttelte den Kopf. »Das sind Fässer!«

Helena sah besorgt auf das eilig fließende Wasser. »Kommt, lasst uns schnell weitergehen. Je eher wir zu der Brücke kommen, desto besser.«

Sie liefen den ganzen Nachmittag auf dem Treidelpfad am Flussufer entlang. Nebel stieg aus den Wiesen hoch. Alles um sie herum war von einem weißlichen Schimmer umgeben. Nach einer Weile fiel feiner Nieselregen und benetzte ihre Haare und ihre Kleidung.

Schließlich kamen sie zu einer Biegung des Flusses. Hier standen zwei riesige Findlinge, wie zwei Türme, die schwarz in den Nebel ragten. Cassian zog Tara am Ärmel und machte eine Geste. »Cassian sagt, es ist nicht mehr weit bis zur Halben Steinbrücke«, erklärte Tara.

»Und ich hoffe, dass die Bootsleute nicht alle Fässer verloren haben und dass noch etwas Anständiges zu essen für uns da ist«, erklärte Semur. »Diesmal habe ich nicht so viel mitgenommen wie beim letzten Mal und ich muss sagen, ich hab ziemlichen Hunger.«

Cassian nickte und reckte einen Daumen nach oben.

Auch Taras Magen knurrte und sie freute sich auf eine Nacht auf dem schaukelnden Boot. Diesmal würden sie keine Gefangenen sein wie beim letzten Mal. Sie würden einen ordentlichen Schlafplatz bekommen. Danach würde Tara weitersehen. Phillipus würde bei den Bootsleuten bleiben, Semur und Helena würden zurückgehen und versuchen, Chiara zu befreien. Und sie? Sie selbst würde sich in die Sümpfe aufmachen. Ganz allein. Aber nicht nur deshalb hatte sie ein mulmiges Gefühl. Aus den Augenwinkeln hatte sie zwei weitere kleinere Fässer beobachtet, die an ihnen vorbeigetrieben waren. Dann konnte sie sogar ein Stück Netz sehen.

Nach einer Weile tauchte aus dem Nebel eine schwarze Brücke auf, die allerdings nur bis zur Hälfte des Flusses reichte. Dort brach sie plötzlich ab.

»Die Alte Steinbrücke!«, rief Tara erleichtert. »Wir haben es geschafft!«

Cassian machte einen Freudensprung. Die anderen lächelten sich an. Gleich waren sie am Ziel. Die Steinbrücke war mit jedem

ihrer Schritte klarer zu sehen. Doch da war noch etwas. Etwas, das sie überhaupt nicht erwartet hatten. Der Platz unter der Steinbrücke war leer.

»Wo ist das Boot?« fragte Semur. »Es müsste doch hier sein, oder?«

Tara schluckte. Auf dem Wasser war tatsächlich kein Boot. Aber am Ufer war etwas. Ein Mensch! Ein einzelner Mann, dessen massige Gestalt sich dunkel aus dem Nebel abzeichnete.

11. Kapitel

Der Bericht des Bootsmanns

Der Mann war breit und kahlköpfig, hatte den Kopf in die Hände gestützt und warf hin und wieder einen Stein in den Fluss. Die Kinder kamen leise näher, doch er schien so in seine Grübeleien versunken zu sein, dass er sie nicht bemerkte. Ab und zu murmelte er etwas, dann versenkte er wieder mit einem Platschen einen Stein in dem gemächlich ziehenden Wasser.

Cassian lächelte, machte den anderen ein Zeichen, schlich sich von hinten an ihn heran und tippte ihm auf die Schultern. Der Mann fuhr zusammen, als hätte man ihn aus einem Wachtraum aufgeschreckt. Er blickte Cassian mit großen Augen an. »*Du* bist es!«, rief er mit erstickter Stimme. »Cassian, komm her, mein Junge!« Er nahm Cassian in seine Riesenarme und brach zur Überraschung aller in Tränen aus.

Jetzt, da sie sein Gesicht sehen konnte, fiel Tara auch wieder ein, woher sie den Mann kannte. Er hatte Helena während ihrer Gefangenschaft auf dem Boot bewacht und hätte auch Tara und Semur in die Kajüte gesperrt, wenn nicht Cassian damals dazwischengegangen wäre. Auch Helena schien ihn wiedererkannt zu haben. Sie warf ihm einen langen Blick zu, bis der Riese den Kopf hob und die Kinder verwirrt anstarrte. »Was macht *ihr* denn hier?«

»Dasselbe könnten wir dich fragen«, erwiderte Helena.

»Prinzessin! Du bist es tatsächlich! Ich … ich habe nie gedacht, dass ich dich noch mal zu Gesicht bekomme!« Er schniefte auf. »Und wenn, dann schon gar nicht in diesem Unglück.«

»Was für ein Unglück?«, fragte Tara.

Der Mann wandte sich zu ihr um. »Na, dich kenn ich auch! Die Pfeilträgerin! Und da drüben …«, er deutete auf Semur, »… da ist ja der Bengel, der das Schiff anzünden wollte.«

Semur zuckte zusammen. »Ich wollte gar nicht …« Doch der Riese unterbrach ihn. »Den da kenn ich noch nicht!«, murmelte er und zeigte auf Phillipus.

»Das ist Phillipus! Er ist mitgekommen, weil er Arbeit auf dem Boot sucht!«, erklärte Tara schnell.

»Auf dem Boot!« Dem Riesen entfuhr ein Schnauben, das irgendwo zwischen Lachen und Weinen lag. »Ach!« Er starrte an den Kindern vorbei, so als ob er jemanden suchen würde. »Wo ist eigentlich die Chefin?«

»Chiara ist noch in Ornata«, antwortete Helena.

»Und sie schickt euch so ganz allein los?« Der Mann sah sie kopfschüttelnd an. »Aber jetzt kommt ja bald Hilfe aus der Stadt! Deshalb seid ihr doch hier, oder? Fürst Hadrian wird seine Leute schicken!«

Helena wurde rot. »Nun … äh …«

»Ach! Es sind schreckliche Zeiten! Warum ist nur die Chefin nicht hiergeblieben? Vielleicht hätte sie es verhindern können, aber nein, sie musste ja weg!«

»Was hätte sie verhindern können?«, drängte ihn Tara. »Wo ist das Boot?«

»Das Boot! Oh, unser schönes Boot! Der Chefin wär sicher was eingefallen gegen diese Schlangen! Ganz sicher! Aber erst die Sonnen, dann die Schlangen. Ich hab gesagt: ›Das nimmt kein gutes

Ende.‹ Ein ganz böses Omen ist das, das hab ich schon gemerkt. Aber auf mich hört ja keiner!«

Der Mann stieß einen tiefen traurigen Seufzer aus. »Es gibt nur noch mich, wisst ihr. Alle anderen sind weg. Hinter den Fernen Bergen, dort haben viele Familie. Aber ich? Was soll *ich* tun? Ich hab ja keinen ... War immer nur hier. Bei euch!« Er sah Cassian traurig an und wischte sich dann mit dem Ärmel über sein tränennasses Gesicht.

Tara blickte die anderen an, die genauso verwirrt und erschrocken aussahen wie sie selbst. Dann setzte sie sich neben den Riesen. »Kannst du vielleicht alles erzählen, was passiert ist? Eins nach dem anderen, meine ich, damit wir es auch verstehen.«

So etwas wie ein Hoffnungsschimmer blitzte im verquollenen Gesicht des Mannes auf. »Wir könnten ja vorher ein kleines Feuerchen machen und dann was essen, meint ihr nich'?«

»Ja, das können wir!«, sagte Semur und setzte seinen riesigen Rucksack ab.

Wenig später saßen sie um ein Lagerfeuer, das Semur aus den abgefallenen Ästen und Zweigen der Birken gemacht hatte. Tara und Phillipus hatten es inzwischen geschafft, zwei kleine Fässchen aus dem Fluss zu retten, die sich ein wenig oberhalb der Brücke im Schilf verfangen hatten.

In einem waren eingelegte Honigkuchen, die nun zu ihrer aller Enttäuschung ganz unbrauchbar waren. Aber im anderen war Butter und Semur steckte die Kartoffeln und Maiskolben, die sie bei den Feldern mitgenommen hatten, an kleine Spieße. Obwohl das Essen gut roch und schmeckte, war die Stimmung bedrückt. Die Kinder erfuhren, dass der Bootsmann Niv hieß, und nachdem er alle Kartoffeln und fast ihren gesamten Vorrat an Käse aufgegessen hatte, begann er stockend zu erzählen. »Wisst ihr, es ging alles mit diesen Sonnen los. Vor vielleicht einer Woche.«

»Sonnen?« Semur sah ihn verständnislos an.

»Na ja, ich bin eines Tages auf dem Boot aufgewacht und als ich auf Deck ging, schau ich in den Himmel und denk mir, wieso sind da vier Sonnen und nich' eine, so wie sonst.«

»*Vier* Sonnen?«, fragte Tara verwirrt.

»So sah es aus. Da waren auf einmal diese leuchtenden Dinger am Himmel.«

Helena sah die anderen an. »Das sind sicher die Scheiben, von denen Chiara gesprochen hat. Wahrscheinlich spiegeln sie das Sonnenlicht.«

»Ja«, brummte Niv. »Scheiben … richtig. Das hat die Chefin auch gesagt. Jedenfalls waren sie oben, auf so kleinen Türmen. Na ja, keine echten Türme, mehr so drei Stangen mit 'ner Leiter. Die können eigentlich nicht so lange halten, so schnell, wie sie die aufgestellt haben.«

»Und wo waren diese Scheiben?«, fragte Helena.

»Erst rund um das Felsenauge. Jetzt stehen sie da, den ganzen Fluss entlang bis zum Meer. Die Chefin hat sie gesehen und wurde nervös. Sie hat sich eines unserer Treidelpferde geschnappt und ist zur Mündung geritten. Und dort …« Sein Blick verfinsterte sich. »Dort hat sie sie gesehen. Dort, wo mal der Hafen war.«

»*Wen* hat Chiara dort gesehen?«, fragte Helena.

»Nordländer. Schlangenmenschen. Wir nennen sie so, weil sie diese Schlangen auf ihren Mänteln haben. Und diese Schiffe mit 'nem Schlangenkopf vorne. Die Chefin ist in Windeseile zurückgeritten. Hat uns gesagt, dass wir das Boot unter der Brücke verstecken sollen, und hat sich Cassian geschnappt. Sie sagte, sie muss ihn in Sicherheit bringen. Bei ihrem Bruder. In der Stadt.«

Helena schluckte. »Und dann?«, fragte sie. »Was ist passiert, nachdem Chiara und Cassian weg waren?

Niv stocherte im Feuer herum, aus dem ein paar Funken in die Abendluft stoben. »Wir haben das Boot unter die Brücke gezogen und alles vertäut. So wie immer. Es war ganz ruhig und wir wollten gerade was essen, da hör ich draußen Schritte. Ich bin ganz leise raus. Und ... na klar. Da standen sie. Die Schlangenleute. Sie kamen rein und keiner von uns hatte 'ne Chance. Es waren einfach zu viele. Und sie hatten Waffen, so was hab ich noch nie gesehen. Dann hat mich der Anführer, so'n Großer, gefragt, wo Cassian is'. Gregorian, einer von Askiels Leuten, hat ihnen wohl von ihm erzählt.«

Niv schüttelte sich. Tara blickte zu Cassian, der kerzengerade saß und genau zuhörte. Er sah nicht ängstlich aus. Eher sehr, sehr aufmerksam.

»Aber was wollten sie von Cassian?«, fragte Tara.

Niv zuckte mit den Achseln. »Keine Ahnung. Ehrlich nich. Aber jetzt war ich froh, verdammt froh, dass er nich' hier war. Und ich hab blitzschnell geschaltet.« Er tippte sich an die Stirn. »Ich hab ihnen gesagt, die Chefin hat ihn jenseits der Fernen Berge gebracht.«

»Das war eine gute Idee, Niv!«, sagte Helena erleichtert.

Ein Aufblitzen von Stolz war in Nivs breitem Gesicht zu sehen.

»Und das Boot?«, fragte Tara. »Wo ist das Boot?«

Niv seufzte so tief, als würde ihm das ganze Ausmaß des Unglücks gerade wieder einfallen. »Oh, das Boot, unser schönes Boot! Futsch, weg, hinüber! Nie wieder werden wir mit ihm fahren können.«

»Sie haben es mitgenommen?«, fragte Helena.

»Ja, es is weg. Wir haben noch versucht, ein paar der Fässer zu retten. Und unten in der Kajüte ...« Niv seufzte.

»Was war in der Kajüte?«, drängte Tara.

»Na ja. Unser Schatz! Alles, was wir so erbeutet haben. Und das war nicht wenig. Aber das haben sie gekriegt. Alles! Es ist vorbei mit uns!«

»Das heißt, es gibt kein Boot mehr?«, fragte Semur leise.

»Genau das heißt es! Kein Boot und keine Bootsleute!« Niv schniefte geräuschvoll.

Es herrschte lange Zeit Stille unter der Brücke. Die Sonne war untergegangen und das Wasser des Flusses schimmerte dunkelgrün. Tara hörte ab und zu einen Fisch von unterhalb des Wassers an die Oberfläche stupsen, was Kreise auf der Oberfläche verursachte. Tara blickte zu Cassian, dem die Tränen über die Wangen liefen. Sie nahm ihn in den Arm und ihr war selbst zum Heulen zumute. Sie fing einen Blick von Phillipus auf, der vor sich hin starrte. Auch er tat ihr leid. Hatte er nicht auf eine Zukunft auf dem Schiff gehofft? Wo sollte er jetzt hin? Phillipus sah kurz hoch und Tara zuckte zurück. Sein Blick war mehr als verzweifelt. Er sah völlig niedergeschlagen aus und da war noch etwas anderes, das Tara aber nicht deuten konnte.

Es war Niv, der als Erster wieder etwas sagte. »Wisst ihr, ich hab sogar noch versucht, mit ihnen zu reden. Ich bin zu dem Großen, dem Anführer, und hab gesagt: ›Warum braucht ihr denn unser Boot, wenn ihr nach Ornata wollt? Ihr könnt doch gar nix damit anfangen!‹

Da lachte der Große. ›Was wollen wir in Ornata?‹, sagt er. ›Wir gehen ins Verbotene Land.‹

›Und was wollt ihr da?‹, frag ich. ›Da gibt's doch nur Grünzeugs. Schätze werdet ihr da nich' finden.‹

Er hat mich angesehen und seine Augen! Die hättet ihr sehen sollen. Die sahen ganz gierig aus. ›Es gibt da einen Schatz, der größer ist als alles, Dummkopf! Größer als alles, was wir in Ornata je finden werden.‹

›Ha!‹, sag ich. ›Und wo bitte soll der sein?‹

Er hat gelacht und mich wieder so seltsam angesehen. ›Du hast keine Ahnung von so was! Vielleicht ein Glück für dich. Aber es gibt etwas, was uns unsterblich machen kann.‹«

Niv starrte wütend vor sich hin. »Wisst ihr, ich mag es nicht, wenn man so tut, als wär ich dumm! Also hab ich gefragt, woher er denn das wissen will.

›Von den Blaumänteln, die geflohen sind‹, sagte er. ›Sie haben erzählt, dass der Schatz unter der großen Buche liegt.‹«

Tara schluckte und merkte, wie ihr Herz klopfte. Die große Buche! Sie meinten sicher den Weltenbaum! Niv zog geräuschvoll den Rotz in der Nase hoch. Die Kinder sahen sich an. Tara wurde schwindelig. Dandelion auf ihrer Schulter war noch wach und sie spürte, wie er sich plötzlich ganz entfaltete. »Das sind keine guten Nachrichten«, sagte er leise.

Tara schüttelte den Kopf.

»Welchen Schatz wollen sie denn nun heben?«, fragte Phillipus und sah von einem zum anderen.

»Sie wollen den Pilz!«, entfuhr es Semur. »Sie wollen Armillarion!«

12. Kapitel

Mondauge

Tara und die anderen saßen eine lange Weile stumm da und starrten in das knisternde Feuer. Jeder hing seinen Gedanken nach. Tara sah in die sorgenvollen Gesichter ihrer Freunde. Das Boot war weg. Gekapert von den Nordländern. Der einzige Zufluchtsort, den sie außerhalb Ornatas hatten. Und dann war es nicht allein Ornata, das in Gefahr war. Armillarion! Nie hätte sie gedacht, dass sie diesen Namen so bald wieder hören musste. Ihre Gedanken wanderten zu der Höhle, in der sie Askiel gegenübergestanden hatte. Askiel war mit dem Stein, der das Pilzgeflecht enthielt, im Brunnen verschwunden. Der Stein war verschüttet und tief unter der Erde. Wie sollte man ihn je wieder heben?

Ein Funke stieg hoch in die dämmrige Abendluft über dem Wasser. Von hier aus gesehen machte der Fluss eine leichte Biegung und verschwand in der Ferne hinter dem Hügel. Hatten dort die Nordländer diese geheimnisvollen Scheiben aufgestellt? War das eine Zauberei, die sie nicht kannte? Und vor allem: Wo sollten sie nun hin?

Es gab kein Ziel mehr, das sie verfolgen konnten. Aus irgendeinem Grund war Cassian in Ornata nicht sicher und hier noch viel weniger. Er konnte nicht zurück, genauso wenig wie Phillipus.

Und auch sie konnte nicht mehr nach ihren Eltern suchen. Es gab im Moment Wichtigeres. »Wenn die Nordleute Armillarion haben wollen, dann werden sie versuchen, in Nelumbiya einzufallen«, dachte sie laut.

»Aber wie wollen sie ihn finden?« sagte Semur. »Armillarion ist tief unter den Wurzeln des Weltenbaums verschüttet. Wie soll jemand dorthin kommen?«

»Sie werden versuchen, Stollen zu graben.« Helena starrte düster vor sich hin. »So wie sie es in ihrem Land machen. Es ist eine triste und öde Gegend. So wie Ornata es war, bevor es grün wurde.«

»Woher weißt du das?«, fragte Semur.

»In einem meiner Lehrbücher waren Zeichnungen der Nordlande«, erklärte Helena. »Ich glaube, unser Kupfer stammt von dort.«

Tara wandte sich an Phillipus. »Kennst du dich nicht mit Metallen aus?«

Der wurde plötzlich rot. »Das … das stimmt nicht ganz. Das Kupfer, das wir benutzen, stammt von den Höhlen südlich von Ornata. Aber … aber sie haben das Erz. Und Helena hat recht. Man sagt, dass sie sich gut auf den Bergbau verstehen.«

»Dann werden sie tief unter dem Weltenbaum graben, um Armillarion zu finden.« Tara spürte, wie Dandelion auf ihrer Schulter zitterte. »Es würde seine Wurzeln zerstören.«

»Aber was ist so besonders an Armillarion?«, fragte Phillipus.

»Armillarion liegt eingeschlossen in den Höhlen unter den Wurzeln des Weltenbaums«, antwortete ihm Helena. »Dort geht von ihm keine Gefahr aus. Aber wenn man ihn wieder an die Oberfläche bringt, dann wird er sich ausbreiten. Er wird immer größer werden und keiner kann ihn aufhalten und er wird die Pflanzen um sich herum vergiften und töten.«

»Und er wird die Menschen töten, die ihn ausgraben«, fügte Tara hinzu. »In ihrer Gier haben die Nordleute nicht begriffen, dass es jemanden mit dem Pfeilzeichen braucht, um Armillarion zu bändigen.«

»Ich weiß nicht …« Helena starrte in das Feuer. »Glaubt ihr wirklich, dass die Nordleute so dumm sind? Die Blaumäntel, die dorthin geflohen sind, haben ihnen ja Askiels Geschichte erzählt.«

»Kannst *du* denn nichts mehr machen, Tara?«, fragte Semur. »Immerhin warst du die Pfeilträgerin.«

Tara lächelte schwach. »Ja, aber das bin ich nicht mehr.« Sie fuhr sich über den Arm, wo die Pigmente ganz deutlich ein Löwenzahnschirmchen formten. »Ich bin genauso eine Pflanzenmagierin wie ihr.«

»Was würde eigentlich passieren, wenn es einen anderen Pfeilträger geben würde?«, fragte Phillipus.

»Er konnte sich mit Armillarion verbinden und er würde mächtiger werden als alle anderen. Er wäre unsterblich«, murmelte Tara.

»Aber …« Phillipus dachte angestrengt nach. »… könnte dieser Pfeilträger seine Macht nicht auch zum Guten einsetzen? Er wäre der Einzige, der Armillarion beherrschen könnte. Wenn er auf eurer …« Er verbesserte sich rasch. »… auf *unserer* Seite steht, dann könnte er uns helfen. Mit seiner Hilfe könnten wir alles durchsetzen, was wir wollen. Wir könnten in Ornata herrschen. Kajetan und Hadrian wären damit Geschichte.«

Helena wollte etwas erwidern, aber dann besann sie sich anders und sah zu Boden.

Tara aber schüttelte den Kopf. »Selbst als Pfeilträger kannst du den Pilz nicht in Schach halten. Armillarion ist mächtiger, als du es bist. Er wird deine Gedanken vernebeln, du wirst dir Dinge wünschen, an die du vorher nicht im Traum gedacht hast. Es ist so, als ob er alles Schlechte in dir erweckt. Er ernährt sich von deiner Gier, deinem Neid und deinen geheimen Wünschen. Du bist nichts anderes als ein Werkzeug für ihn. Er will dich nur benutzen, um sich auszubreiten. Glaub mir, ich habe es selbst erlebt.«

Die anderen sahen Tara mit großen Augen an und Tara wurde plötzlich klar, dass sie ihnen diesen Teil der Geschichte nie erzählt hatte.

»Das ... na ja ... das klingt irgendwie nicht gut«, sagte Semur schließlich. »Wir sollten also lieber darauf hoffen, dass es gar keinen Pfeilträger gibt.«

»Das glaube ich auch«, sagte Tara. Sie merkte, dass Cassian neben ihr nicht mehr weinte. Er sah nur auf das Wasser. Sie legte behutsam ihren Mantel um seine Schultern.

»Wir müssen also unbedingt verhindern, dass die Nordländer Armillarion finden.«

»Und wie wollt ihr das tun?«, fragte Phillipus.

»Sie dürfen das Land nicht betreten. Wir fangen sie an der Mündung der Silbernen Wasser ab!«

»Wir haben keine Ahnung, wie viele es sind«, warf Semur ein.

»Wir sind Pflanzenmagier und haben es das letzte Mal auch mit einer ganzen Armee von Blaumänteln aufgenommen! Wir müssen zurück nach Nelumbiya!«, erklärte Helena.

Sie strich über ihr Zeichen, das nun grünlich in der Dunkelheit leuchtete. Hedera rankte um ihren Kopf und schmiegte sich an ihre Wange.

Zurück nach Nelumbiya!, dachte Tara. Wie lange hatte sie sich das gewünscht. Es klang fast wie zurück nach Hause!

»Kinder, das ist ja schön und gut«, warf Niv ein. »Aber wie zum Teufel wollt ihr eigentlich in das Verbotene Land kommen?« Er benutzte – wie viele Leute – immer noch den alten Namen für Nelumbiya. Das *Verbotene Land* stammte aus einer Zeit, als sich alle noch vor Bäumen und wilden Pflanzen gefürchtet hatten.

Semur zuckte mit den Achseln. »So wie wir das letzte Mal wieder zurückgekommen sind. Wir überqueren das Schwarzwasser, gehen zu Tamerans Insel und klettern über Quercus ans andere Ufer.« Er schluckte, als er das gesagt hatte. Obwohl er im Dunkeln saß, konnte Tara sehen, dass er plötzlich traurig aussah, als er Quercus' Namen aussprach.

Nivs Stirn zog sich in Falten. »Das is keine gute Idee, mein Junge! An dem ganzen Ufer wimmelt es nur so von Schlangenmenschen. Sie haben überall ihre Posten aufgestellt. Da kommt ihr nicht durch.«

»Das ganze Ufer entlang?«, fragte Phillipus.

»Wohl bis zum Meer. Das hat die Chefin erzählt.«

Die anderen sahen sich betreten an.

»Vielleicht gibt es ja noch einen anderen Weg.« Tara zog ihre Karte aus dem Gürtel und rollte sie auf. Sie fuhr mit dem Finger die beiden Flüsse in der Mitte der Karte entlang. »Die Nordleute sind also zwischen dem Schwarzwasserfluss und den Silbernen Wassern aufgestellt.«

»So ist es«, brummte Niv. »Schöne Karte übrigens. Von wem hast du sie?«

»Von meinen Eltern.«

Helena sah lange auf die Karte. »Eigentlich ist es ganz einfach«, sagte sie nach einiger Überlegung. »Wir müssen den Weg wählen, von dem niemand denkt, dass wir ihn gehen.«

»Und welcher soll das nun sein, Prinzessin?«, fragte Niv misstrauisch.

Helena deutete auf die halbe Steinbücke. »Wir sind hier, richtig?«

Niv nickte.

»Dann gehen wir eben von hier aus durch die Sümpfe. Seht ihr? Hier ist sogar ein Gewässer eingezeichnet, der Schattenbach. Er führt uns zur Quelle der Silbernen Wasser. Und von dort kommen wir nach Nelumbiya.«

»Das könnt ihr nicht tun!«, rief Niv aus. »Ihr geht mir auf keinen Fall am Schattenbach entlang!«

»Ich weiß, dass es gefährlich ist …«, versuchte Helena zu beschwichtigen.

»Gefährlich! Ha! Du hast gar keine Ahnung, was du sagst, Prinzessin! Der Weg am Schattenbach entlang is tödlich. Niemand is da lebendig herausgekommen.« Er drehte sich zu Tara. »Das müsste dir eigentlich klar sein!«

»Wieso mir?« Tara blickte ihn verwirrt an.

»Na, du warst doch das Pfeilträger-Kind, das die Chefin aus den Sümpfen geholt hat. Sie hat sich lange überlegt, ob sie dich behält.«

Semur ging ein Licht auf. »Das war es also, was Chiara dir im Gefängnis gesagt hat?«

Tara nickte. Sie hatte Mühe, ihre Tränen zurückzuhalten. Sie blinzelte sie weg, bevor sie sich an Niv wandte. »Kannst du dich vielleicht noch an meine Eltern erinnern?«, fragte sie den Bootsmann leise.

Der Riese schüttelte bekümmert den Kopf. »Tut mir leid. Weißt du, es waren viele, die damals geflohen sind. Am Schwarzwasser waren unzählige von Askiels Blaumänteln. Und so wie ihr haben damals viele gedacht, es wär 'ne schlaue Idee, durch die Sümpfe zu gehen. Aber ich kann mich an keinen erinnern, der je zurückgekommen is.« Er sah Tara an. »Bis auf dich. *Du* bist zurück. Aber nur weil die Chefin dich geholt hatte.«

»Das heißt, es gab nicht nur meine Eltern …?« Tara starrte ihn an.

Niv seufzte tief. »Die Sümpfe sind das Grab von vielen. Deshalb darfst du ihnen nicht zu nahe kommen. Sie sind verflucht. Die Geister der Toten sind drinnen.«

Tara zuckte zusammen. »Ich habe keine Angst vor den Geistern der Toten«, flüsterte sie.

»Dann sollst du sie auch nicht suchen!«, sagte Niv und spuckte einmal in das Feuer, sodass es zischte.

Tara starrte auf die andere Seite des Flusses. Die Nacht hatte alle Farben aus der Welt gezogen. Die helle Wasserlinie verschwamm mit den Schilfpflanzen am Ufer. Es war still. Nur ab und zu hörte sie ein Geräusch. So als ob etwas in eine zähe Brühe fallen würde. Ein Schauer überlief sie. Hatte Niv recht? Waren dort die Geister der Toten?

Es war Helena, die die Stille als Erste durchbrach. »Dann haben wir einen Grund mehr, den Weg durch die Sümpfe zu wählen«, sagte sie. »Es ist die einzige Möglichkeit, nach Nelumbiya zu kommen, und vielleicht findet Tara eine Spur ihrer Eltern.«

»Ich habe auch keine Angst vor den Sümpfen«, erklärte Semur. »Sümpfe sind ja schließlich nicht unter der Erde.«

Tara sah ihre Freunde an und ihr Herz zog sich zusammen. »Hört zu: Ich werde mich durch die Sümpfe nach Nelumbiya durchschlagen und von dort aus einen Weg finden, an dem ihr gefahrlos übersetzen könnt.«

»Das kommt gar nicht infrage!«, sagte Semur. »Wenn wir gehen, dann gehen wir alle zusammen.«

»Aber …«

»Was soll der Unsinn?«, fragte Helena. »Hast du ernsthaft geglaubt, dass wir dich wieder allein losziehen lassen?«

Auch Cassian neben Tara schüttelte den Kopf und machte eine Geste.

Tara schossen plötzlich die Tränen in die Augen.

»Cassian meint, dass er auch mitgeht«, sagte sie leise.

»Das ist gut«, erklärte Semur. »Er ist nämlich in Ornata nicht sicher.«

»Nicht *sicher?!* Ihr Wahnsinnigen!«, jammerte Niv. »Aber ihr denkt wohl, da in den Sümpfen is er sicher, oder? Nee. Nee! Der Junge bleibt bei mir. Lieber kümmere *ich* mich um ihn, als dass er auf dieses Himmelfahrtskommando mitgeht.«

Cassian sah Niv an und schüttelte energisch den Kopf. Dann wandte er sich an Tara und formte mit den Händen eine Welle. Er stand auf und bedeutete ihnen mitzukommen.

Sie folgten Cassian den schmalen Weg unter der Steinbrücke entlang, bis das Feuer hinter ihnen nur noch ein lodernder Punkt war.

Nach der Brücke kamen sie an hochgewachsenes Schilf, das wie eine Mauer vor ihnen stand. Cassian bog mit leichter Hand die Halme auseinander und ein Lächeln spiegelte sich auf seinem Gesicht. Tara folgte seinem Blick. Dort lag ein kleines Boot und schaukelte auf den Wellen. Es leuchtete silbern im Mondschein.

»Ist das dein Boot?«, fragte Semur bewundernd.

Cassian nickte. Er zeigte auf die Mondsichel, die nun im Norden lag, und dann auf sein Auge.

Helena blickte ihn an und sah auf das Boot. Dort am Rand waren in feiner silberner Schrift Buchstaben auf das Heck gepinselt.

»Das Boot heißt *Mondauge!«,* rief Helena aus. »Was für ein Glück, dass die Nordländer es nicht entdeckt haben!«

Cassian zeigte aufgeregt auf das Boot, spreizte die Finger seiner Hand und deutete dann wieder eine Wellenline an.

»Cassian sagt, in dem Boot hätten wir alle fünf Platz. Wir könnten damit auf dem Schattenbach fahren«, übersetzte Tara.

»Auf dem *Schattenbach* fahren? Seid ihr vollkommen verrückt geworden?«, keuchte Niv, der gerade hinter ihnen mit schweren Schritten aus dem Schilf auftauchte. »Ich sag euch: In diesem Schattenbach, da is was drin. Was Verfluchtes, was Uraltes. Etwas, das älter is als alle Bäume. Es heißt, dass man dort einschläft. Einschläft für immer!«

Tara schüttelte den Kopf. »Es gibt keinen anderen Weg! Niv, du musst nach Ornata. Geh zu Chiron! Du musst ihm alles erzählen. Vielleicht kann er Hadrian doch noch überzeugen, eine Armee aufzustellen, um Ornata zu verteidigen! Sprich mit niemand anderem darüber, hörst du!«

Niv fing an zu schluchzen. »Ihr werdet alle umkommen! Dann hab ich gar niemanden mehr. Gar nix und gar niemanden.«

Cassian nahm ihn in den Arm. »Wir kommen zurück«, sagte Tara. »Wir versprechen es!«

Sie drehte sich um. Da stand Phillipus und starrte auf das Boot. Wie immer war es ihr ein Rätsel, was in ihm vorging. Helena blickte ihn an. »Phillipus, dir steht es frei, mit Niv zurückzugehen oder mit uns zu kommen. Du musst diesen gefährlichen Weg nicht wählen. Es ist noch nicht einmal klar, ob die Pflanzen in Nelumbiya dich einlassen. Du hast kein Zeichen und kannst dich nicht verbinden.«

»Du meinst, ich bin euch nicht von Nutzen«, sagte Phillipus und seine Stimme klang schneidend.

Helena räusperte sich. »Das habe ich so nicht gemeint.«

»Aber gesagt!«

»Also ...«, warf Semur ein. »Ich … ich würde mich freuen, wenn du bei uns bleibst.«

Phillipus nahm sich Zeit und sah von einem zum anderen. »Ich werde mitkommen«, sagte er schließlich. Er lächelte sie an, aber seine Augen lächelten nicht mit.

13. Kapitel

Auf dem Schattenbach

Phillipus fand keinen Schlaf in dieser Nacht. Er wälzte sich unruhig auf dem Gras hin und her, das Semur unter der Brücke geschaffen hatte. Die anderen hatten sich darauf gebettet und schienen alle tief und fest zu schlafen. Sie waren unter ihren Decken verschwunden, nur ihre Köpfe waren noch sichtbar. Helenas lange blonde Haare ringelten sich auf der Decke, Semurs Haare waren von dem Silbergras kaum zu unterscheiden. Taras rote Haare stachen wie die Flammen des nun gelöschten Feuers unter der Decke hervor. Nur Cassian hatte das Gesicht zu Phillipus gedreht. Seine Augen mit den langen Wimpern waren geschlossen und sein Gesicht wirkte noch runder als sonst.

Niv war nicht mehr bei ihnen. Er hatte noch versucht, sie zum Bleiben zu überreden, doch am Ende sah er ein, dass sie sich nicht überzeugen ließen und musste sich geschlagen geben. Er hatte sich tränenreich von Cassian verabschiedet, sein treues Treidelpferd genommen und sich noch in der Nacht auf den Weg nach Ornata gemacht. Nur noch die löchrige Decke, die neben dem Feuer lag, erinnerte an ihn.

Phillipus starrte nach oben. Hinter der Brücke wölbte sich der Sternenhimmel. Er hatte vor seinem überstürzten Aufbruch aus Ornata noch nie im Freien geschlafen und wunderte sich über die vielen Geräusche. Der Fluss floss neben ihnen träge vor sich hin, nur ab und zu machte etwas leise *plitsch.* Tiere raschelten im Schilf. Dann, kurz vor Anbruch der Morgendämmerung, als es erbärmlich kalt wurde, setzte der Regen ein. Er fiel mit sanftem Plätschern auf den Fluss. Phillipus hatte die Augen weit offen. An Schlaf war nicht zu denken. Er musste nachdenken. Er musste sich entscheiden.

Er hatte die Scheiben schon am Abend zuvor gesehen. Sie waren auf den Hügeln hinter den beiden Findlingen gewesen und dort hatte er ein Aufblitzen gesehen. Es war keinem anderen aufgefallen. Aber er hatte es gesehen und sein Herz hatte schneller geschlagen. Es waren *seine* Scheiben. *Er* hatte sie gegossen. Und nun standen sie den ganzen Fluss entlang. Sie waren auf Türmen montiert und reflektierten das Sonnenlicht. Nein, sie waren kein Hexenwerk, wie alle vermuteten. Keine geheime Zauberei. Sie dienten dazu, Nachrichten zu übermitteln. Damit konnten die Nordländer den ganzen Flusslauf kontrollieren. Sie konnten sich verständigen, wer sich wo befand. Und sie konnten entscheiden, wann sie gemeinsam losschlagen würden. Phillipus vermutete, dass es auch Reihen von Türmen geben musste, die bis nach Ornata reichten, aber dass er sie auf seinem Weg nicht gesehen hatte. Obwohl er sie nicht kannte, bewunderte er die Nordländer für ihren Erfindungsgeist. Wahrscheinlich könnten sie Leute wie ihn gut gebrauchen. Er könnte in seiner Gießerei alles Mögliche für sie herstellen. In *seiner* Gießerei!

Der Regen hörte auf und die Morgenröte zeigte sich auf der anderen Seite des Flusses. Dort, wo die Sümpfe lagen, in die sie nun gehen wollten. Phillipus drehte sich wieder zurück. Er sah die anderen an, die friedlich schliefen. Wollte er wirklich tun, was er vorhatte? Er müsste nur zum Hügel flussabwärts und warten, bis die Sonne aufging. Was sollte er tun? Er dachte an Nelumbiya und an das Lied, das Helena gesungen hatte. Der Weltenbaum. Es hatte sein Herz angerührt. Auch er sehnte sich danach, den Weltenbaum zu sehen, vielleicht sogar mehr als die drei Pflanzenmagier.

Und – sie waren nicht so, wie er es sich zuerst gedacht hatte. Sie mochten ihn und – Phillipus wagte es sich das kaum einzugestehen – er mochte sie. Aber wenn sie erfahren würden, wer er wirklich war und was er da in seinem Rucksack hatte, dann würden sie ihn für immer verachten. Nein, er durfte sich nichts vormachen. Er würde nie wirklich zu ihnen gehören. Helena hatte es ihm gesagt. Er war in Nelumbiya nicht willkommen. Sein Weg war ein anderer.

Er stand vorsichtig auf und vermied es, ein Geräusch zu machen. Er nahm seinen Rucksack und lief flussaufwärts. Sein Ziel waren die Hügel; von dort oben konnte er sicher die Scheiben sehen. Es musste alles sehr schnell gehen, denn er musste zurück sein, bevor die anderen erwachten.

Bald lag die Brücke so weit hinter ihm, dass er sie nicht mehr sehen konnte. Er lief den Hügel hinauf. Die Sonne ging auf und kündigte den neuen Tag an.

Phillipus zögerte, dann holte er die Scheibe aus dem Rucksack. Sie war schwer, aber lag gut in der Hand und fühlte sich kühl an. Sie trug die Morgenkälte in sich. Er blickte für einen kurzen Moment hinein. Die glatte Oberfläche spiegelte sein Gesicht wider. Phillipus zuckte zurück. Er hatte sich verändert. Seine Haare waren zerzaust und seine Augen starrten ihn trotzig, aber entschlossen an.

Dann warf er den Blick auf die lange Hügelkette vor ihm. Er hatte sich gestern nicht getäuscht! Er konnte tatsächlich in der Ferne zwei Türme ausmachen. Sie waren weit weg, aber er sah, wie die Scheiben die rote aufgehende Sonne widerspiegelten.

Phillipus holte einmal tief Luft. Dann hob er seine Scheibe hoch. Er fing die Sonnenstrahlen ein und lenkte sie zu der anderen Scheibe, die sich weit weg auf dem Hügel befand. Einmal – zweimal – dreimal.

Dann wartete er. Vielleicht war der Turm auf dem Hügel vor ihm gar nicht besetzt? Doch dann sah er es. Drei kurze Zeichen, ein dreimaliges Aufblitzen. Sie hatten ihm tatsächlich geantwortet. Es funktionierte! Sein Herz klopfte schneller und er holte die kleine Papierrolle mit den Buchstaben aus seiner Tasche. Drei kurze Zeichen. Ein S – eine Pause – zwei kurze Zeichen – Pause.

Dann besann er sich auf seine Buchstaben: S-I-E G-E-H-E-N N-A-C-H N-E-L-U-M-B-I-Y-A-Ü-B-E-R-D-I-E-S-Ü-M-P-F-E

Seine Arme schmerzten. Er schickte zweimal das Zeichen für Ende und wartete. Hatten sie ihn verstanden? Dann sah er das Aufblitzen. Es waren schnelle Zeichen, die er mit einem Stein in den Boden ritzte. Er sah auf seine Buchstabenliste und als er die Zeichen entschlüsselte, klopfte sein Herz laut.

I-S-T-C-A-S-S-I-A-N-B-E-I-I-H-N-E-N-?

Phillipus stand da und die Sonne blendete ihn.

Er dachte an Cassian und sah sein Gesicht vor sich. Wie er friedlich schlief.

Seine Hand zitterte, als er die Scheibe wieder hob. Er wusste plötzlich, was er übermitteln sollte. Die Antwort kam aus einem tiefen Ort aus ihm heraus und er konnte in dem Moment nicht sagen, warum er sie so gab.

N-E-I-N

Erst jetzt setzte sein Denken wieder ein. Warum hatte er das getan? Jetzt würde er nie die Gießerei zurückbekommen. Jetzt saß er zwischen allen Stühlen. Er beschirmte die Augen, als er die nächsten Zeichen sah. Erneut ritzte er sie in die Erde und entschlüsselte sie dann.

F-O-L-G-E-I-H-N-E-N

Phillipus steckte die Scheibe in den Rucksack. Ihm war plötzlich übel.

Er schlich zurück zum Lager. Als er ankam, hatte sich die Sonne gerade vom Horizont gelöst und Phillipus sah zu seiner Erleichterung, dass die anderen noch nicht aufgewacht waren. Für einen Moment hatte er den verrückten Wunsch, dass sie ihn entdeckten. Dann wäre dieses elende Versteckspiel zu Ende. Aber es geschah nichts. Er legte sich hin und zog die Decke über sich. Hatte ihn jemand gesehen? Nein. Und doch. Er hatte dieses Kribbeln im Hinterkopf, das Gefühl, gerade so, als würde ihn jemand beobachten. Als er sich aber umdrehte, sah er nur Cassian, der tief und fest schlief.

**

Sie brachen nach einem kurzen Frühstück auf.

Cassian zog sein kleines Boot aus dem Schilf. Tara wunderte sich, wie hübsch es war. Nun, bei Tageslicht, schimmerte sein Holz wie helles Gold auf den Wellen. Sie verstauten im Rumpf und im Heck ihre Rucksäcke und das, was sie noch aus den herangetriebenen Fässern an Proviant finden konnten.

Die Mündung des Schattenbachs war einige Kilometer weiter südlich, sodass sie das Boot noch eine ganze Weile flussaufwärts ziehen mussten, eine Arbeit, die die Bootsleute treideln nannten und die bei dem großen Kahn normalerweise die Pferde erledigten. Es war eine schwere Arbeit, das Boot gegen die Strömung zu ziehen, aber sie waren zu fünft und wechselten sich ab.

Am späten Vormittag kamen sie zu einer Stelle, an der sich das dichte Schilf auf der anderen Uferseite öffnete. Etwas Dunkles glitzerte auf zwischen zwei umgestürzten Bäumen, die aussahen wie eine Pforte. Cassian deutete darauf.

»Ist das der Schattenbach?«, fragte Tara.

Cassian nickte. Er stieg als Erster ins Boot und holte aus dem Boden eine lange Stange, mit der er es auf dem Grund festhielt. Semur und Helena setzten sich nach hinten, Tara in die Mitte. Philipus stand draußen und zögerte, doch dann reichte ihm Tara die Hand und auch er sprang hinein.

»Jetzt müssen wir nur noch über den Fluss!«, sagte Semur.

»Ich übernehme das«, erklärte Helena und streckte ihre Arme aus. Sie überlegte einen Augenblick, dann rief sie: »Über das Wasser dich winde und dich um die Bäume binde!« Sogleich schossen zwei Efeuranken zu den Bäumen und wickelten sich um die Stämme.

Die Kinder zogen sich an dem Efeu auf die andere Seite des Flusses. Cassian trieb das Boot mit der Stange an und so fuhren sie unter der Baumpforte hindurch.

Auf der anderen Seite umgab sie trübes Licht. Cassian stieß das Boot mit dem Stock vom Grund ab und sie glitten langsam durch das Wasser. Tara hatte einen solchen Fluss noch nie gesehen. Er glich eher einem See und war von einer Schicht leuchtend grüner Algen bedeckt, die aussahen wie kleine Blasen. Man konnte auch nicht sehen, wo das Wasser aufhörte und das Land anfing. Schilfrohre wuchsen aus dem Wasser und verwischten die Grenze zum Land. Riesige Weiden standen mit dem halben Stamm im Gewässer. Ihre langen gefiederten Blätter fuhren den Kindern übers Gesicht und sie mussten sich immer wieder ducken, um unter umgestürzten Bäumen hindurchzufahren. Es roch faulig. Ab und zu streifte sie ein Vorhang aus grauen Flechten, die von den Bäumen nach unten hingen. Unter ihnen, zwischen den grünen Blasen, konnte Tara Algen sehen. Einmal hielt sie die Hand ins Wasser und zog sie schnell wieder heraus, als einer der Algenarme ihr Handgelenk umklammerte. Sie hatte Mühe, ihn wieder abzuschütteln.

Es war überall feucht und bald waren auch ihre Kleider klamm.

Je tiefer sie in die Sümpfe hineinfuhren, desto mehr verloren sie sich im Nebel. Selbst die Sonne, die auf der anderen Seite des Flusses noch geschienen hatte, war hinter den Nebelschwaden nur noch als milchige Scheibe zu erkennen.

Cassian steuerte das Boot mit der Stange, dann löste ihn Phillipus ab und schließlich übernahm Tara. Sie stieß das Boot mit der Stange von dem schlammigen Grund des dunklen Wassers ab und mit jedem Eintauchen trieb es ein paar Luftblasen hoch, die über dem grünen Schleim zerplatzten.

Bald war der Nebel überall. Er stieg aus dem Wasser auf und hing zwischen dem Schilf und den umgestürzten Bäumen, zwischen den Flechten und den Weidenblättern. Tara schloss für einen Moment die Augen, dann öffnete sie sie wieder. Waren ihre Eltern hier gewesen? Gab es einen Weg, der sie durch die Sümpfe geleitet hatte?

Sie spürte, wie sich Dandelion von ihrer Schulter löste und seine Schirmchen wie kleine Lichtpunkte vor ihnen herflogen. Er erhellte die trübe Dämmerung und sie war ihm unendlich dankbar dafür. Sie sprachen kein Wort, nur die Stange glitt mit einem leisen, gleichförmigen *Plitsch!* in das Wasser.

Dann hörten sie es. Es waren Stimmen. Sie redeten durcheinander. Es waren die Stimmen der Bäume, der Algen. Es waren alte Stimmen, glitschige Stimmen, Stimmen, die aus der Tiefe des Wassers kamen. Sie vereinten sich zu einem Gelächter, einem Geseufze und einem Schnarchen. Und mit einem Mal wurde Tara müde. Alles schien sich hier zu zersetzen. Alles war so, wie es gerade war, und verfiel. Es gab keinen Willen mehr und kein Ziel. Keine Aufgabe und keinen Traum. Es gab nur die Dämmerung und das Zwielicht.

Die Kinder hatten aufgehört, miteinander zu sprechen. Jeder war zu müde dazu. Zugleich spürte Tara, wie eine eigenartige Trägheit sie überkam. Es war egal, ob sie ihre Eltern fand oder nicht. Es war egal, ob sie Nelumbiya rettete oder nicht. Sie konnte nicht mehr sagen, wie spät es war. War es Mittag? Nachmittag oder Abend? Nach einer Weile vergaß sie sogar ihren Auftrag und sie hatte das Gefühl, alles zu vergessen. Sie hatte vergessen, wer sie war. Wohin sie gingen. Sie spürte ihr Herz schlagen. Aber war das nicht auch unwichtig? Ihre Geschichte war nur eine von vielen und wenn sie erzählt war, dann war sie auch schon wieder vergessen. Sie war wie alle Lebewesen dem Tod preisgegeben. Und es bedeutete nichts. Nichts bedeutete etwas.

»Tara!« Phillipus tippte auf ihre Schulter und deutete hinter sich. Semur und Helena schliefen tief und fest. Helenas Haare flossen wie helles Wasser über ihr schimmerndes grünes Gewand und Semur hatte den Kopf an seinen riesigen Rucksack gelegt und atmete tief. Auch Cassian lag geistesabwesend vorne am Bug und ließ die Hand in das Wasser gleiten.

»Ich fühle mich so müde«, sagte Phillipus. »Und so merkwürdig. Als ob alles irgendwie unwichtig wäre …«

Tara nickte. »Das tue ich auch.«

»Tara?«

»Ja?«

»Ich … ich muss es dir sagen, bevor ich es vergesse. Ich meine … bevor ich alles vergesse. Ich bin nicht so, wie ihr denkt.«

Tara drehte sich um. Phillipus sah merkwürdig aus. »Wir sind doch alle nicht so, wie die anderen denken«, murmelte sie.

Phillipus schüttelte den Kopf. »Nein, das ist es nicht. Es ist … anders.« Er blickte in das Wasser. »Ich muss dir etwas sagen. Ich bin nicht mitgekommen, weil mir die Sache mit Chiara nicht gefallen hat.«

»Du bist mitgekommen, weil du eigentlich den Weltenbaum sehen wolltest …« Tara sagte das mit einem lauten Gähnen. Aber irgendwie schien das nur die halbe Wahrheit zu sein. Sonst würde Phillipus sie nicht so merkwürdig ansehen. »Es ist nur so, dass …«, begann er. Doch dann wurde er jäh unterbrochen. Sie hörten ein dumpfes Platschen. Etwas war in das Wasser gefallen. Tara schrie erschrocken auf.

Cassian, der eben noch vorne am Bug gesessen hatte, war verschwunden.

14. Kapitel

Im Herzen der Sümpfe

»Cassian?!«, rief Tara. »Wo bist du?« Von einer Sekunde auf die andere war die Schläfrigkeit von ihr gewichen und sie drehte sich zu Phillipus um, der hinter ihr aufgestanden war. »Er war doch noch hier, oder? Eben gerade?«

Sie starrten panisch in das Wasser. Doch dort waren nur Algen, die sich mit der Strömung bewegten. Beinahe sah es so aus, als wären Meerwesen mit langen grünen Haaren unter dem Wasser. Aber nirgendwo konnte Tara ein Kind entdecken. »Cassian! Cassian!«, rief sie wieder. Ihre Stimme wurde von dem Nebel geschluckt, der nun zwischen den fauligen Stämmen noch dichter wurde. Es antwortete ihr nur ein leises Gelächter, das von den Lianen und Schlingpflanzen zu ihr durchdrang. Eine Winde, die von einem gestürzten Baum herabhing, ringelte sich um Taras Arm und sie zog schnell den Arm aus der Schlinge. Von unten, von tief unter dem Wasser, drang ein dumpfes Blubbern und Schmatzen.

»Wacht auf! Cassian ist weg!« Verzweifelt versuchte Phillipus, Helena und Semur aufzuwecken. Die beiden schliefen aber so tief und fest, dass sie nicht einmal durch sein heftiges Rütteln erwachten. Phillipus war bleich geworden und sah zu Tara. »Bleib du hier! Ich gehe Cassian suchen!«

Er stand auf und noch ehe Tara etwas sagen konnte, sprang er über Bord. Er tauchte unter die grünen Blasen und war verschwunden. Tara starrte auf die trübe Wasseroberfläche. Sekunden vergingen. Dann erschien Phillipus' Kopf ein paar Meter vom Boot entfernt. »Es ist schwer, hier etwas zu erkennen. Ich tauche mal weiter nach vorne.«

»Phillipus! Vorsicht!«, rief Tara und spürte, wie ihr die Haare zu Berge standen. Ihre Stimme wurde von dem dampfigen Nebel um sie herum fast verschluckt. »Da ist etwas im Wasser!«

Phillipus drehte sich um. Eine riesige grüne Alge erhob sich aus dem Wasser und schlang sich um seinen Oberkörper. Tara hörte einen erstickten Schrei, dann sah sie, wie Phillipus mit der Alge kämpfte. Sie stieß sich mit dem Stock ab und steuerte das Boot gegen die Strömung. »Hier! Nimm meine Hand!« Phillipus schwamm auf sie zu und stützte sich mit beiden Armen auf die Bootswand. Tara fasste ihn um die Schultern und versuchte, ihn hineinzuziehen. Fast hätte sie es geschafft, doch da kam von hinten eine noch größere grüne Alge, die aussah wie ein riesiger behaarter Arm. Sie legte sich um Phillipus' Brust.

»Phillipus!!!!«

Phillipus sah Tara mit großen Augen an, als er von der Alge unter Wasser gezogen wurde. Das Wasser bewegte sich wild, dann war der Schattenbach wieder ganz ruhig. Ein paar furchtbare Sekunden später stiegen faulige Blasen auf der Oberfläche hoch, die mit einem unheimlichen Geräusch zerplatzten.

»Phillipus?!« Tara starrte betäubt vor Entsetzen auf das Wasser. Wo waren Cassian und Phillipus? Waren sie tot? Ertrunken? Wo sollte sie sie suchen? Jetzt erst würgte sich ein Schluchzen aus ihrer Kehle nach oben. Sie stand auf, bereit, es Phillipus gleichzutun.

Da spürte sie, wie sich Dandelions Schirmchen auf ihrer Schul-

ter niederließen. Sie verwandelten sich wieder in die Löwenzahnpflanze.

»Spring auf keinen Fall in das Wasser!«

»Aber ...?!«

»Du hilfst ihnen nicht, wenn du in das Wasser gehst und selbst verschlungen wirst. Lass dich lieber treiben«, sagte der Löwenzahn. »Und vertraue dem Mondauge!«

»Was hat denn das Boot damit zu tun?«

»Es ist aus dem Holz des Weltenbaums. Es denkt wie Fagus. Ich habe es gleich gemerkt, als wir einstiegen. Das Mondauge wird uns an die richtige Stelle bringen. Ein alter Zauber ist hier. In der Mitte der Sümpfe ist etwas, das alles anzieht. Auch uns.«

»Aber was ist mit Cassian und Phillipus? Sind ... sie tot?«

Statt eine Antwort zu geben, verwandelte sich Dandelion in seine Schirmchen, die nun wie Mücken über der Wasseroberfläche tanzten. Die Schirmchen flogen mit dem Fluss und blieben eine Weile weg. Während Tara bang auf Nachricht von Dandelion wartete, kämpfte sie wieder gegen diese bleierne Müdigkeit, die sie zu überwältigen drohte. Nein, sie durfte nun nicht einschlafen wie Semur und Helena, die ahnungslos hinter ihr lagen. Wie sehr hätte sie nun ihre Freunde gebraucht! Sie biss sich auf den Daumen, um wach zu bleiben.

Schließlich kamen die Schirmchen zurück. Kleine leuchtende Lichtpunkte in der grünlich trüben Dunkelheit. »Dandelion, was hast du gehört?« Taras Stimme war kaum mehr als ein heiseres Flüstern.

Die Schirmchen verwandelten sich zur Pflanze. »Sie leben!«, verkündete der Löwenzahn.

»Sie leben?!« Tara war ganz schwindelig vor Erleichterung.

Dandelion auf ihrer Schulter nickte. »Sie sind bei der uralten Pflanze. Im Herzen der Sümpfe. Beide.«

»Dem Wesen, das den Schattenbach beherrscht? Von dem Niv erzählt hat?«

»Ich glaube, es beherrscht noch mehr als nur den Bach. Ich habe von ihm gehört. Aber ich bin ihm nie begegnet. Das sind die wenigsten Pflanzen. Es ist uralt. Älter als wir alle.«

»Älter als Fagus?«

Dandelion neigte seinen Kopf. »Ja, älter sogar als Fagus.«

»Aber was will dieses Pflanzenwesen von Cassian und Phillipus?«

»Das weiß ich nicht. Die Algen wollten es mir nicht sagen. Ihr Auftrag war es nur, Phillipus und Cassian zu ihm zu bringen. Wir sollten uns treiben lassen. Das Mondauge kennt den Weg. Versuch nicht, ihn selbst zu finden! Ich glaube, dein Menschenwillen ist nun nicht mehr gefragt.«

Widerstrebend legte Tara die Stange weg. Dandelion hatte recht. Sie musste dem Boot vertrauen. Sie legte ihre Hand auf das Holz und spürte eine Wärme, die ihr ein wenig Zuversicht gab. Cassian und Phillipus lebten! Das war das Wichtigste. Aber wo waren sie? Was für ein Wesen sollte das sein in der Mitte der Sümpfe? Es musste eine riesige schleimige uralte Pflanze sein. Eine, die gut zu diesen Sümpfen passte. Tara schauderte.

Immer weiter trieb das Boot in den Nebel hinein. Weiter und weiter durchdrang es das stickige grüne Dickicht, als wäre es von einem unsichtbaren Faden gezogen. Tara kämpfte darum, die Augen offen zu halten. Sie hörte das gleichmäßige Klopfen ihres Herzens und hätte sie nicht Dandelion neben sich gehabt, wäre sie schon längst verzweifelt.

Sie wusste nicht, wie lange sie schon so dahintrieben, als plötzlich aus dem Nebel ein riesiger Baumstamm vor ihr auftauchte. Er war krumm gewachsen und lag quer zum Fluss. Sein Stamm war ganz von Moos umgeben und langfingrige Flechten hingen von ihm herunter. Sie waren wie ein dichter grauer Vorhang, der die dahinter liegende Helligkeit verbarg. Das Boot steuerte direkt auf den Baumstamm zu. Tara holte einmal tief Luft. Es kam näher und näher, dann duckte sie sich, um unter dem Baumstamm durchzukommen. Die Flechten streiften sie im Gesicht und sie schloss die Augen. Schließlich kam sie auf der anderen Seite heraus. Sie wagte nicht, die Augen zu öffnen, bemerkte aber, dass das Boot stillstand. Sie blinzelte und als sie sah, wo sie sich befand, entfuhr ihr ein überraschter Ausruf.

Das Boot trieb auf einem See, der sich mitten im Sumpf befand. Aber wie anders war alles hier! Die Sonne schien hell und der Himmel spiegelte sich auf der Wasseroberfläche. Der See war oval und über und über mit kleinen weißen Seerosen bedeckt. Sie schwammen als leuchtend helle Punkte auf dem glitzernden Wasser zwischen kreisrunden grünen Blättern.

Lautlos glitt das Boot durch den Seerosenteppich. Das Wasser war dunkelblau und schien unendlich tief zu sein. Tara tauchte einmal mit der Stange hinein und fand keinen Grund. Sie legte die Stange zurück und horchte. Über dem sonnenglänzenden See lag ein helles Singen. Als würden die vielen Seerosen einen feinen hohen Ton erzeugen, dessen Schwingungen das Wasser kräuselten. Das Boot durchschnitt das Wasser und trieb auf eine Felseninsel in der Mitte zu. »Dandelion! Da sind sie!« Tara glaubte, ihren Augen nicht zu trauen. Auf dem bloßen Stein saßen Phillipus und Cassian. Sie waren tropfnass und hatten ihr den Rücken zugewandt. Wenig später stieß das Mondauge an den Rand der Insel und Tara ging an Land. Sie konnte erkennen, dass ihre Freunde sie noch gar nicht bemerkt hatten, da ihre Aufmerksamkeit von etwas ganz anderem gefangen war. Sie starrten beide auf eine riesengroße weiße Seerose, die vor ihnen aus dem Wasser ragte. Ihre Blüte war nur halb geöffnet und von ihr ging ein hohes Summen aus. Es klang wie ein Bienenschwarm.

Und da war noch etwas. Cassian füllte gerade in dem Wasser seine beiden Trinkflaschen auf, als der Ärmel seiner Tunika zurückglitt und Tara seine Schulter sehen konnte. Und dort war ein Zeichen! Eine Pflanze mit vielen spitzen Blättern, die nach oben zeigten. Das Zeichen glich der großen Seerose, die sich nun langsam vor ihnen auffächerte. »Nelumbo!« Das Summen verdichtete sich zu einem Wort. Tara konnte nicht sagen, ob es eine männliche oder eine weibliche Stimme war. Sie lag irgendwo dazwischen.

Ihr entfuhr ein überraschter Ausruf. Jetzt drehten sich Cassian und Phillipus zu ihr um. Tara fiel ein Stein vom Herzen. Sie lebten und sie waren unversehrt. Aber was hatte es mit der Pflanze vor ihnen auf sich? War sie vielleicht …?

»Sie heißt Nelumbo«, flüsterte ihr Phillipus aufgeregt zu. »Oder auch Lotus, aber sie hat gesagt, sie möchte lieber Nelumbo genannt werden.«

Tara nickte und näherte sich der Pflanze. »Bist du das alte Wesen?«, fragte sie. »Ich meine, ich habe mir dich ganz anders vorgestellt.«

Die Pflanzenstimme lachte. »Wie denn?«

»Du siehst so jung aus!«

»Das tun wir alten Pflanzen immer. Frag Dandelion!«

»Und ich dachte nie, dass jemand wie du in einem Sumpf blüht!«

»Ich blühe nur im Sumpf, das ist meine Natur«, summte die Lotuspflanze. »Wir kommen alle aus den Sümpfen und aus dem Wasser. In den Urzeiten der Dämmerung, als der jahrelange Regen fiel, gab es nur das Wasser. Alles kommt aus dem Wasser und geht mit dem Wasser. Das Wasser ist nicht nur über der Erde. Es ist vor allem auch unter der Erde. Man sieht es nicht, aber man hört es. Es fließt ins Meer. Das Wasser ist der Anfang und das Ende von allem. Und seine Quelle entspringt im Verborgenen. Denke daran. Das Wasser ist deine Aufgabe und nur wegen des Wassers bist du hier!«

»Cassian hat dein Zeichen!«

Die Blätter der Lotuspflanze bewegten sich sanft. »Er ist wie ich. Er sieht jung aus, hat aber eine alte Seele! Wenn er alt genug ist, dann wird er sich mit mir verbinden. Er ist der, der dafür sorgt, dass nichts stirbt. Nicht nur die Menschen haben die Pflanzen gezähmt. Auch die Pflanzen die Menschen. Du musst das wissen, Tara, Pfeilträgerin! Ich weiß, wonach du suchst«, fuhr die summende Stimme fort. Und dann drehte sich die Pflanze zu Phillipus, der die ganze Zeit über mit offenem Mund neben Tara gesessen hatte. »Das Gleiche, wonach du suchst, Phillipus, Zeichenloser! Was du dir wirklich wünschst, wirst du nicht in Ornata finden.« Phillipus wurde blass. Er wirkte wie hypnotisiert.

»Du kannst sie verstehen?«, fragte Tara überrascht und musterte sein Gesicht.

»Ich verstehe sie gut«, flüsterte Phillipus. »Ich kann auch das Summen der Seerosen hören und das Geflüster in den Sümpfen.«

Noch ehe Tara über diese überraschende Nachricht nachdenken konnte, sprach die Stimme des Lotus weiter. »Hier in den Sümpfen werdet ihr eure Eltern nicht finden. Geht nach Nelumbiya!«

»Meine Eltern leben?«, fragte Tara und ihr versagte fast die Stimme.

»Wenn ihr sie findet, dann habt ihr sie auch schon verloren. Sie haben sich selbst verloren. Zweig und Blüte sind sie, Wurzel und Stamm.«

Taras Herz klopfte. »Ich dachte, es gibt keine Menschen mehr in Nelumbiya?«

Die Lotuspflanze lachte. »Noch nicht, Pfeilträgerin, noch nicht! Und nun geht mit dem Wasser. Viel Glück auf eurem Weg! Denkt an mich. Mein Name ist überall.«

Die Pflanze schloss sich wieder und das hohe Summen verebbte. Tara sah nach oben. Eine Wolke hatte sich vor die Sonne geschoben und die Schönheit des Sees verblasste. Das Glitzern hatte aufgehört und die Seerosen auf dem See leuchteten nicht mehr. Der See sah nun aus wie eine gewöhnliche Lichtung in einem grauen Sumpf. Cassian und Phillipus stiegen hinter Tara in das Boot. Sie zogen ihre nasse Kleidung aus und wickelten sich in ihre Decken.

Die Strömung zog das Boot weiter. Sie verließen den See und

fuhren noch eine Weile auf dem Schattenbach, der aber nun weniger feindlich erschien. Vielleicht waren sie durch das Wohlwollen des Lotus geschützt? Jedenfalls trieb das Boot unbehelligt an den Baumstämmen und Flechten vorbei und Tara fühlte, wie sie schläfrig wurde und für einen kurzen Moment dachte, sie hätte die Begegnung mit der Lotuspflanze nur geträumt. Doch dann erblickte sie das Lotuszeichen auf Cassians Schulter. Cassian konnte sich mit der Lotusblume verbinden! Sie sah ihn an. Wahrscheinlich würde er der mächtigste Pflanzenmagier von allen werden. »Ja, das wird er!«, flüsterte Dandelion. Sie fing einen Blick von Phillipus auf. Auch er sah auf das Lotuszeichen und sie vermutete, dass er das Gleiche dachte.

15. Kapitel

Die verborgenen Quellen

Sie hatten das Reich der Bäume hinter sich gelassen und fuhren durch weite Felder von Schilf, das aus dem Wasser ragte. Tara hatte plötzlich das Gefühl, wieder freier zu atmen. Die Sonne stand schon tief; der Himmel war milchweiß und schwarze Vögel zogen über ihn hinweg. Das Schilf raschelte nun freundlich und Tara wusste, dass die Begegnung mit dem Lotus auch das Schilf verändert hatte. Die Pflanzen waren ihnen hier nicht mehr feindlich gesinnt und sie waren außer Gefahr. Phillipus und sie steuerten nun gegen die Strömung und wechselten sich mit der Stange ab. Der Nebel verzog sich langsam und der Schattenbach hellte sich auf.

Auch Taras Stimmung wurde heller und ihr Denken klarer. Sie dachte über die Worte der Lotuspflanze nach. Ihre Eltern lebten! In Nelumbiya! Aber warum würden sie sich für immer verlieren? Ach, sie hatte so sehr gehofft, in den Sümpfen Antworten zu finden, aber nun stand sie vor noch mehr Rätseln. Wie groß war die Gefahr für Nelumbiya? Würde Cassian ihnen helfen können, auch wenn er noch nicht mit dem Lotus verbunden war? Was meinte der Lotus damit, dass alles mit dem Wasser beginnt und endet?

Und sie dachte über Phillipus nach, der schweigend auf die Landschaft starrte. Waren seine Eltern auch in den Sümpfen verschwunden? Warum nur hatte er das ihr nicht erzählt? War das das große Geheimnis, das ihn die ganze Zeit über umgab und so bedrückte?

Da hörte Tara hinter sich ein Gähnen. Es war Helena, die sich nun aufsetzte und verwundert in die Landschaft blinzelte. Auch Hedera, ihre Ranke, richtete sich auf, so als würde sie ebenfalls aus trägem Schlaf erwachen. Sie ringelte sich um Helenas Haare, nahm ihr für einen Moment die Sicht, bis Helena sie dann wieder ungeduldig zur Seite schob. »Wo sind wir?«

»Helena!«, rief Tara. Sie krabbelte zu ihr, sodass das Boot gefährlich schwankte. »Geht es dir gut?«

Helena lächelte sie überrascht an. »Ja, ich glaube schon!«

»Oh, ich bin so froh, dass du wieder wach bist!« Tara umarmte Helena stürmisch.

Helena blickte sie verwirrt an. »Habe ich denn geschlafen?«

»Was war das Letzte, an das du dich erinnern kannst?«

Helena starrte auf ihre Hände. »Ich habe eine Ranke ausgeschickt, damit wir uns über den Fluss ziehen können.«

In diesem Moment nahm Semur den Kopf von seinem riesigen Rucksack und streckte sich. Auch seine Haare aus Silbergras stellten sich wieder auf und bewegten sich unruhig. »Wir sollten jetzt aber langsam loslegen. Ich meine … ich habe zwar keine Angst vor den Sümpfen, aber wir sollten sie nicht unterschätzen.« Er stutzte und sah verwirrt in den Himmel. »Und … es ist schon spät …« Dann kratzte er sich am Kopf. »Hm? War nicht eben noch Morgen?«

»Jetzt ist Spätnachmittag«, klärte ihn Tara lachend auf. »Und wir haben die Sümpfe gerade verlassen.«

»Aber …?«

Helena drehte sich zu ihm. »Du hast die Sümpfe verpasst. Genau wie ich!«

»Verpasst? Aber …?«

»Und das Sumpfwesen!«, rief Dandelion dazwischen. »Das habt ihr nicht gesehen. Er nennt sich Nelumbo oder Lotus. Er ist wunderschön und uralt.«

»Was? Ein … Lotus?«

»Ja, so heißt er. Und wisst ihr, was? Wir gehören zusammen, wir alten Wesen. Hat er gesagt!«

»Wie seltsam«, murmelte Semur. »Mir ist, als ob ich schöne Musik gehört hätte, wie … wie ein hohes Summen! Es war in meinem Traum.«

Tara nickte. »Nein, das gab es auch in echt. Das waren die Seerosen im Herzen der Sümpfe.«

»Die Seerosen?«

Tara erzählte den erstaunten Freunden vom See und ihrer Begegnung mit dem Lotuswesen. Cassian gesellte sich zu ihnen und unterstrich jeden ihrer Sätze mit einer Geste und am Ende ließ er sie sogar einen Blick auf sein Pflanzenzeichen werfen. Die vielblättrige Lotusblume.

»Cassian trägt ein Zeichen!«, rief Helena erstaunt aus.

»Es ist das Lotuszeichen«, sagte Tara. »Wenn er alt genug ist, wird er sich mit dem Lotuswesen verbinden können.«

Semur und Helena blickten Cassian bewundernd an, bis er rot anlief. »Das ist wirklich etwas Besonderes. Du bist ein Pflanzenmensch!«, rief Semur aus. Cassian lächelte, deutete auf Semur und Helena, legte dann die Hand an das Herz und verneigte sich.

»Wir sind auch froh, dass du zu uns gehörst!«, sagte Semur. Cassian strahlte. Auch Semur hatte ihn verstanden!

»Und was bedeutet es, dass deine Eltern in Nelumbiya sind und trotzdem verloren? Ich verstehe das nicht!«, wandte sich Helena an Tara.

Tara seufzte. »Ich auch nicht. Und glaubt mir, ich würde es so gerne verstehen.« Sie blickte zu Phillipus, der sich die ganze Zeit über nicht umgedreht hatte und das Boot mit der Stange gegen die Strömung steuerte. Sie überlegte für einen Moment, ob sie den anderen davon erzählen sollte, dass auch seine Eltern in den Sümpfen verschollen waren, aber irgendetwas hielt sie zurück. Vielleicht weil er nicht von selbst davon anfing? Es fühlte sich wie ein Geheimnis zwischen ihnen an.

In diesem Moment wurden sie alle kurz durchgerüttelt. Das Mondauge war auf Grund gelaufen. Sie sahen sich um. Das Wasser lag nun hinter ihnen und sie befanden sich in einer Art Sackgasse. Vor ihnen lag eine weite grasbedeckte Ebene, an deren Saum sich ein Wald befand. Dahinter ragten hohe gezackte Felsen in den wolkigen Himmel.

»Wo sind wir?«, fragte Helena.

Tara zog ihre Karte heraus und studierte sie. »Hier, am östlichen Rand der Sümpfe. Der Fluss geht nun unterirdisch weiter.«

»Sind wir denn schon in Nelumbiya?«, fragte Phillipus und legte die Stange weg.

Tara schüttelte den Kopf. »Wir müssen erst noch die Silbernen Wasser überqueren.«

»Aber wo sind nun die Silbernen Wasser?« Semur beschattete sein Gesicht mit der Hand.

Tara sah auf die Karte. »Hinter den Felsen ganz oben in den Bergen ist die Quelle.«

»Die Quelle entspringt im Verborgenen«, murmelte Phillipus. »So hat es der Lotus gesagt«,

»Du hast ihn auch verstanden?«, fragte Semur überrascht.

»Mhmm!«, erwiderte Phillipus einsilbig.

Tara beugte sich über die Karte. »Hier, seht ihr! Hier ist ein Eingang eingezeichnet.« Sie blickte auf die Berge, die hinter dem Waldstück lagen.

Semur verzog das Gesicht. »Verborgene Quellen! Das klingt so, als wären sie in der Dunkelheit.«

Tara nickte. »Das sind sie auch. Am Ende dieses Waldes ist der Eingang zu einem Tunnel im Berg eingezeichnet.«

Semur sah aus, als hätte er Zahnweh. »Du meinst, wir müssen durch diesen Tunnel?«

»Ich fürchte ja!«

Semur seufzte. »Kann mir mal jemand sagen, warum es immer so endet? Warum müssen wir immer *unter* die Erde gehen?«

Helena lachte. »Wahrscheinlich, weil du es nicht magst. Komm, lass uns das Gepäck ausladen!«

Sie stiegen aus und holten ihre Rucksäcke aus dem Boot. Leer lag es nun auf dem Wasser. Cassian legte die Wange an das helle Holz. Dann gab er ihm einen kleinen Schubs und das Mondauge wurde mit der Strömung mitgezogen.

»Hast du keine Angst, dass du dein Boot nicht wiedersehen wirst?«, fragte Semur erstaunt.

Cassian schüttelte den Kopf und lächelte und machte ein Zeichen, das aussah wie ein Baum, und dann formte er einen halben Bogen.

»Cassian sagt, es ist aus dem Holz des Weltenbaums und es findet immer wieder zurück zur Steinbrücke. Egal wo es liegt«, sagte Tara.

»Das Holz des Weltenbaums«, murmelte Semur. »Genau wie meine Flöte!«

Cassian nickte ihm zu. Sie sahen dem Mondauge lange nach, bis es hinter dem Schilf verschwunden war. Ein hell aufblitzender Punkt, als würde ein Sonnenstreifen über das Wasser gleiten und dann im Nebel zwischen den verwischten Bäumen verschwinden.

**

Sie liefen durch einen wilden Auenwald mit knorrigen Bäumen, die ihre Äste wie knochige Finger in die Luft streckten. Die hohen

Felsen waren weiter weg, als sie gedacht hatten, und sie erreichten die Berge bei Einbruch der Dunkelheit. Tara schloss aus der Karte, dass sie sich nach links wenden mussten, und so liefen sie eine Weile im Schatten der Felsen, der immer breiter wurde, je schräger die Sonne stand. Kurz nachdem sie untergegangen war und sich die Dämmerung über das Land senkte, fanden sie einen Spalt in dem Felsen. Er war kaum zu sehen und so schmal, dass sich gerade einer von ihnen hineinzwängen konnte. Es war der Eingang zu einem Tunnel. Der Tunnel führte zu einer breiten Stelle, an der sich der Weg in zwei Richtungen gabelte. Von draußen fegte ein Windstoß herein, der ein seltsam heulendes Geräusch erzeugte.

Semur legte sich auf den Boden und lauschte konzentriert. »Ich kann die Quellen hören. Wir müssen uns immer links halten! Ehrlich, ich wünschte, es wäre anders. Dann müssten wir jetzt nicht durch diesen elenden Tunnel.«

Sein Haar verwandelte sich für einen Augenblick in die Grashalme. »Wir mögen die Dunkelheit unter der Erde nicht«, sagten die Nephori auf seinem Kopf.

»Stellt euch einfach vor, es ist Nacht«, flüsterte Tara ihnen zu.

»Die Nacht ist ganz anders. Erleuchtet ist sie von den Sternen.«

Dandelion richtete sich auf. »Ich werde eure Sterne sein!« Er verwandelte sich wieder in seine Schirmchen, die das Dunkel nun mit Lichtpunkten erhellten und vorausschwebten.

Die Kinder nahmen Semur in die Mitte und Phillipus ging hintendrein. Als Tara sich umdrehte, bemerkte sie, wie er die Wände des Tunnels bewundernd betrachtete. »Siehst du das?«, flüsterte er und fuhr mit der Hand über den Stein. »Silberadern!«

Tara sah die blitzenden Adern. »Silber?«

»Ja, hier sind große Vorkommen! Man könnte es hier abbauen.«

Tara hörte Bewunderung in Phillipus' Stimme. Sie fuhr mit der Hand über den Stein. Tatsächlich! Er war durchzogen von Adern, die im Schein von Dandelions Licht hell glänzten.

In diesem Moment hörte sie es auch. Ein Murmeln und Rauschen drang vom Ende des Tunnels zu ihnen.

»Da vorne ist wieder der Fluss!«, rief Helena aufgeregt. Das Rauschen wurde stärker mit jedem Schritt, den sie gingen, und als sie schließlich um eine Ecke bogen, bot sich ihnen ein wunderbarer Anblick. Vor ihnen sprudelte das Wasser. Der Fluss war hier noch jung und wild und noch nicht der breite und mächtige Strom, den sie kannten und der Tamerans Insel umspülte. Hier war er nicht breiter als ein Bach, den sie mühelos überqueren konnten. Die Wellen verströmten ein mildes Licht, das den Weg in Helligkeit tunkte. Über unebene Steine stiegen sie nach oben. Einmal machten sie Rast, um die Vorräte zu verzehren. Tara trank aus dem Fluss. Das Wasser war eiskalt und sie fühlte sich erfrischt und lebendiger, nachdem sie es getrunken hatte.

»Ich hoffe nur, wir kommen oben wieder heraus!«, sagte Semur.

»Bei den Quellen liegt ein See, dort ist der Ausgang aus dem Tunnel eingezeichnet«, erklärte Tara.

»Sind wir dann in Nelumbiya?«, fragte Phillipus.

Tara nickte. »Dann müsste unter uns Nelumbiya liegen.« Ihr Herz zog sich zusammen, als sie das sagte, und sie sah, wie Dandelions Schirmchen bei ihren Worten fröhlich tanzten.

Es ging stetig bergauf und gerade als Tara sich zu müde fühlte, um auch nur einen Schritt weiterzugehen, wehte ihr ein frischer Luftzug entgegen. Kam er von draußen? In das Rauschen des Wassers mischte sich das Plätschern des Regens.

»Wir sind da!«, rief Semur. »Da vorne ist der Ausgang!«

Nicht nur Semur fiel ein Stein vom Herzen. Auch Tara merkte, wie angespannt sie gewesen war. Und auch Dandelion wirbelte ausgelassen in der Brise. Sie gelangten in eine breite Höhle. Es war mittlerweile Nacht geworden und wie ein Schleier hingen Schlingpflanzen vor der kreisrunden Öffnung. Dahinter hörte man den Regen.

»Lasst uns hier schlafen und morgen sehen wir weiter!«, schlug Tara vor.

Niemand widersprach und so betteten sie sich auf das Moos, das zwischen den Steinen wuchs. Es war zu Taras Verwunderung ganz trocken und weich.

Semur, Helena und Cassian schliefen vor Erschöpfung bald ein, nur Tara lag noch lange wach. Sie dachte an ihre Eltern, den Lotus und Cassian. Da bemerkte sie, dass sich Phillipus unruhig hin und her wälzte.

»Phillipus, bist du noch wach?«

»Ja.«

»Morgen können wir von hier aus Nelumbiya sehen! Wenn es aufhört zu regnen.«

»Meinst du, ich kann dann auch den Weltenbaum sehen?«

»Ganz sicher.«

»Ich glaube, ich wollte schon immer zu ihm. Selbst als ich gar nichts von ihm wusste.«

»Das verstehe ich. So ging es mir auch.«

Sie schwiegen und hörten den gleichmäßigen Atemzügen der anderen zu.

»Warum sind deine Eltern auch durch die Sümpfe gegangen?«, fragte Tara schließlich. Es war die Frage, die sie schon den ganzen Tag über beschäftigt hatte. Sie wartete eine Weile und glaubte schon, dass Phillipus eingeschlafen war und die Frage nicht mehr gehört hatte. Doch dann antwortete er ihr mit leiser Stimme. »Weil sie verfolgt wurden.«

»Verfolgt?«

»Meine Eltern hatten auch ein Pflanzenzeichen. Genau wie deine Eltern. Sie mussten fliehen, weil Askiel nach ihnen suchen ließ. Dabei haben sie mich in Ornata zurückgelassen und wollten mich holen, sobald sie einen Unterschlupf gefunden haben. Sie kamen aber nie zurück.«

Tara schluckte. »Das bedeutet ja, dass du ein Kind von Zeichenträgern bist.«

Phillipus nickte. »So wie du. Aber … ich habe kein Zeichen von ihnen geerbt. Das ist sehr selten, aber es kommt wohl vor.«

Tara hörte die Bitterkeit in seiner Stimme.

»Wie bist du zu Kajetan gekommen?«, fragte sie.

»Mein Vater war Gießer und ihm gehörte das Haus neben Kajetan, seinem Cousin. Als meine Eltern nicht mehr zurückkamen, hat sich Kajetan die Gießerei einfach genommen. Er hat mich bei sich wohnen lassen, aber dafür wurde ich sein Gehilfe.«

»Das heißt, die Gießerei gehört eigentlich deinen Eltern? Und nun tut er so, als wäre es seine, und lässt dich für sich arbeiten?«, fragte Tara empört.

»So ist es«, erklärte Phillipus knapp.

»Aber das ist ungerecht!«, entfuhr es Tara. Sie spürte ihr Herz wütend klopfen. Phillipus sagte nichts mehr.

»Phillipus?«

»Ja?«

»War es das, was du mir vorhin erzählen wolltest? Ich meine, bevor Cassian ins Wasser gestürzt ist?«

Phillipus antwortete ihr lange nicht.

»Ja, das war es«, sagte er schließlich und Tara hörte, wie er schluckte. »Aber nun sollten wir schlafen«, setzte er eilig hinzu.

»Ja, du hast recht«, erwiderte Tara zögernd.

»Schlaf gut!«

»Du auch!«

Sie drehte sich um. Wie seltsam Phillipus geklungen hatte! Fast als hätte er ihr nicht die Wahrheit gesagt. Es war das Letzte, was sie noch dachte, bevor sie in einen tiefen und traumlosen Schlaf fiel.

16. Kapitel

Rote Punkte

Als Tara wieder erwachte, hatte das Regenrauschen aufgehört. Draußen war Vogelgezwitscher zu hören und die Höhle war von einem seltsamen grünen Licht erleuchtet.

»Das sind die Schlingpflanzen«, flüsterte Dandelion. »Sie haben sich vor den Ausgang gehängt. Sie sind …«, er zögerte. »Na ja … sehr anhänglich!«

Die anderen schliefen noch, als Tara aufstand und sich auf Zehenspitzen zu dem runden Höhlenausgang schlich. Ja, hier hingen tatsächlich Schlingpflanzen und versperrten ihr die Sicht. Das Morgenlicht schien durch ihre kleinen runden Blätter. »Tara, Schirmträgerin. Willkommen!«, lispelten sie aufgeregt.

»Wie schön, euch zu sehen«, sagte Tara und lächelte.

»Du bist es tatsächlich. Und das ist Dandelion … Dandelion … Dandelion.« Die Blätter flüsterten es weiter und einige lachten entzückt.

»Man kennt mich hier!« bemerkte Dandelion.

»Sie bewundern dich!«, erwiderte Tara und musste grinsen.

Dandelion schwieg, aber sein Blütenkopf wurde dunkelgelb.

»Wir werden diesen Augenblick nie vergessen«, beteuerten die kleinen Blätter.

Tara räusperte sich. »Dürfen wir nun Nelumbiya sehen?«

»Mit Vergnügen gewährt!« Die Schlingpflanzen teilten sich fröhlich kichernd und gaben endlich den Blick nach draußen frei.

Die Strahlen der Morgensonne trafen Tara.

»Wir sind da«, sagte Dandelion leise.

»Ja, das sind wir«, flüsterte Tara zurück. Sie atmete tief die kühle Morgenluft ein. Links von ihnen wanden sich die Silbernen Wasser in eleganten Bögen bis zum Meer. Man konnte sogar noch Tamerans Insel sehen und Quercus, den großen Eichbaum, der gefällt über dem Fluss lag. Rechts von ihm befanden sich Hügel, Wälder, kleine Seen und Flüsse, die sich wie feine Adern über das Land zogen. Und dort … Tara holte einmal tief Luft. Dort, vor den Bergen, ragte der Weltenbaum über das Land. Er leuchtete grün-golden im Sonnenlicht. Dandelion auf ihrer Schulter seufzte tief. Tara sagte nichts und strich dem Löwenzahn sanft über die Blüte. Sie hatte ganz vergessen, wie groß der Weltenbaum war! Wie weit er seine Äste über das leuchtende Land streckte! Er war das größte und mächtigste Lebewesen, das sie je gesehen hatte. Er wurde in einem weiten Kreis vom Ringwald umgeben. Dessen Bäume sahen winzig aus im Vergleich zu Fagus und dennoch war jeder für sich selbst ein Riese. Tara wusste das nur zu gut, denn sie hatte letztes Jahr den Wald durchquert und war von den Bäumen in schwindelerregende Höhen gehoben worden.

Plötzlich tauchte auch Semur neben Tara auf. Das Ährenzeichen auf seinem Arm leuchtete hell. Wie verzaubert blickte er auf die Silbergrassteppe, die zwischen den Bergen und dem Weltenbaum lag. Der Morgenwind fuhr durch das Gras, sodass es aussah, als würden riesige Wellen auf sie zurollen.

»Wir sind zu Hause«, sagte Semur.

»Ja, das sind wir, Semur Silbergras«, raschelten die Nephori in Semurs Haar.

Tara drehte sich um. Inzwischen waren auch Helena, Phillipus und Cassian aufgestanden und in die Höhlenöffnung getreten. Sie alle staunten, aber wohl keiner so wie Phillipus. »Ich hätte nie gedacht, dass er so mächtig ist«, murmelte er.

»Das ging mir auch so, als ich Fagus zum ersten Mal gesehen habe«, sagte Tara.

Sie musste an Merle denken, die den Weltenbaum so genau nachgezeichnet hatte, und bedauerte plötzlich, dass sie sie nicht mitgenommen hatte. Vielleicht würde sie Fagus nie zu sehen bekommen! Aber die Reise wäre für sie viel zu gefährlich gewesen. Nein, es war besser, dass sie in Ornata geblieben war.

»Schaut nur! Dort bei den Silbernen Wassern! Seht ihr das auch?«, unterbrach Helenas Stimme ihre Gedanken. Tara folgte Helenas ausgestrecktem Zeigefinger. Am Ufer der Silbernen Wasser waren winzige rote Punkte und sie leuchteten den ganzen Flusslauf entlang. Helena ging zu ihrem Rucksack und kam mit ihrem Fernrohr zurück. »Das gefällt mir gar nicht«, murmelte sie. »Ich fürchte, das sind die Scheiben, von denen Chiara und Niv gesprochen haben. Aber warum sind sie so rot?«

Sie reichte das Teleskop weiter an Tara, die es an ihr rechtes Auge presste. Wie immer staunte sie, dass man mit diesem Fernrohr Dinge, die weit weg waren, ganz nah heranholen konnte. Als hätte man Adleraugen bekommen. »Ich glaube, die Scheiben sind deshalb rot, weil sie das Licht der Morgensonne spiegeln«, murmelte sie.

»Kann ich auch mal durch dieses Teleskop sehen?«, fragte Phillipus.

»Woher weißt du, wie es heißt?«, fragte Helena überrascht.

»Ich habe davon gehört, aber noch nie durch eines gesehen.«

»Hier, schau durch!« Tara reichte es Phillipus, der bewundernd auf die ineinandergesteckten Röhren und auf die eingeritzten Verzierungen blickte. »Es … es ist aus Messing und ich glaube, es wurde in den Nordlanden hergestellt.«

»In den Nordlanden?«, fragte Helena.

Phillipus kratzte sich am Kopf. »Die Nordländer sind berühmt für ihre Instrumente. Sie nehmen Zink und Bronze, verschmelzen es zu Messing und konstruieren damit alles Mögliche. Man sagt, dass sie für alles eine Maschine haben.« Er sah durch das Teleskop. »Da sind tatsächlich die Scheiben«, erklärte er mit leiser Stimme.

»Hast du eine Ahnung, was diese Spiegel zu bedeuten haben? Was haben sie damit vor?«, fragte Tara. »Gehören sie etwa auch zu einer Maschine?« Sie bemerkte zu ihrem Erstaunen, dass Phillipus zusammenzuckte. »Ich … nun … ich habe keine Ahnung«, stammelte er.

»Schaut mal«, Semur deutete auf das Flussufer. »Einmal sind die roten Lichtpunkte zu sehen und einmal nicht.«

Tara blickte wieder durch die Linse. Semur hatte recht. Die Scheiben blitzten auf und wurden wieder dunkel. Zuerst langsam, dann schnell. Die nächste Scheibe gab in genau dem gleichen Rhythmus das Licht weiter. Hinter jeder Scheibe stand ein Mensch, der sie zur Sonne hin- und dann wieder wegdrehte. »Warum machen sie das?«, fragte sie.

»Ich glaube, das sind Botschaften«, sagte Helena nach einiger Überlegung. »Die Scheiben geben eine Botschaft weiter.«

»Eine Botschaft?«, fragte Semur. »Wie das? Durch Zauberei?«

Helena schüttelte den Kopf. »Nein, das hat mit Zauberei nichts zu tun. Ich glaube, sie übermitteln Buchstaben. Stellt euch vor, jeder Buchstabe ist ein Lichtsignal mit langen und kurzen Abständen.«

»Das heißt, sie können ganz schnell Nachrichten senden«, überlegte Tara. Helena nickte. »Schneller, als das jeder Bote könnte.«

»Aber was für Nachrichten?«, fragte Semur.

»Keine Ahnung! Vielleicht wann es am besten ist, anzugreifen«, sagte Helena grimmig und ließ das Teleskop sinken. »Ich würde sagen, wir sind nicht zu früh gekommen.«

Schweigend sahen die Kinder auf die Linie roter Punkte, die sich den ganzen Fluss entlangzog und durch deren Reihe nun eine Botschaft lief. Tara spürte ein unangenehmes Ziehen im Magen. Sie blickte noch einmal durch das Teleskop und suchte damit den Fluss ab. Sie konnte bis zur Mündung sehen und zuckte mit einem Mal zurück.

»Dort sind auch Schiffe!«, rief sie erschrocken aus. »Das sind viel mehr als die zwei, von denen Chiara erzählt hat. Es ist viel schlimmer, als wir anfangs dachten.«

Die Kinder schwiegen. Tara war, als hätte sich plötzlich Dunkelheit über das Land gelegt.

»Es wäre gut zu wissen, was sie vorhaben«, sagte Helena. »Aber dazu müssten wir zu den Schiffen gelangen.«

»Selbst wenn uns das Silbergras mitnimmt, bräuchten wir mindestens zwei Tage dafür«, wandte Semur ein.

Sie schwiegen und sahen auf die Landschaft. Zwei Adler waren aufgestiegen und ließen sich vom Wind nach oben treiben. Tara sah ihnen lange nach.

»Es gibt einen schnelleren Weg zum Hafen. Ich könnte mich in Dandelions Schirmchen verwandeln.«

»Das ist gefährlich!«, gab Semur zu bedenken.

Auch Phillipus sah sie besorgt an. »Hast du das schon einmal gemacht?«

Tara nickte tapfer. »Schon zweimal.«

»Ja, aber nur für ein paar Minuten! Jetzt wärst du mehrere Stunden unterwegs«, warf Helena ein.

Tara nickte. »Ich weiß! Aber das Wetter ist günstig. Der Wind weht von hier nach Norden. Es ist ein guter leichter Wind, der uns schnell tragen könnte.«

»Wir könnten es tatsächlich gemeinsam versuchen«, sagte Dandelion, aber auch seine helle Stimme klang ungewöhnlich zittrig.

»Warum kann Dandelion nicht ohne dich fliegen?«, fragte Phillipus.

»Wenn man einmal miteinander verbunden ist, kann man sich nicht zu weit voneinander entfernen. Dandelion und ich müssen zusammenbleiben«, sagte Tara.

»Tara, das ist Wahnsinn«, beharrte Semur. »Was passiert, wenn du es nicht mehr schaffst, verwandelt zu sein?«

»Es wäre Wahnsinn, es nicht zu versuchen«, sagte Tara. »Und ich habe es satt, immer nur die Bedrohung zu sehen, ohne etwas gegen sie tun zu können. Ihr habt Silbergras und Efeu, ihr könnt euch mit euren Pflanzen gut wehren. Das können Dandelion und ich nicht. Aber wir können fliegen! Und ich kann nicht einfach hierbleiben und zusehen, wie immer mehr Schiffe in dem Hafen landen.«

Helena schüttelte den Kopf. »Das wollen wir alle nicht. Aber es ist vernünftiger zusammenzubleiben. Wir machen uns sofort zusammen auf den Weg zum Weltenbaum. Unterwegs werden wir herausfinden, was sie vorhaben.«

»Semur meinte, dass das zwei Tage dauern wird. Bis dahin ist es vielleicht zu spät!«, erklärte Tara und wandte sich dann an Phillipus. »Du hast noch gar nichts gesagt. Was meinst du? Was würdest du an meiner Stelle tun?«

Phillipus zuckte zusammen, so als würde er sich darüber wundern, dass sie gerade *seine* Meinung hören wollte. »Also wenn ich an deiner Stelle wäre, würde ich es machen«, sagte er nach einiger Überlegung.

»Warum?«, fragte Tara.

»Weil es das ist, was du kannst! Weil es das ist, mit dem du dich am meisten nützlich machen kannst.«

Tara musterte Phillipus und hatte plötzlich das Gefühl, dass er sie von allen am besten verstehen konnte. Vielleicht weil er ein Zeichenloser war und sie einmal das Pfeilzeichen gehabt hatte. Jedenfalls wusste er, wie es war, auf eine bestimmte Art ein Außenseiter zu sein. Und so fühlte sie sich manchmal, wenn sie sah, wie mühelos Semur und Helena ihre Pflanzenkräfte einsetzen und kämpfen konnten, während sie nur fühlen konnte, wie das Wetter wurde oder von woher der Wind wehte.

»Es ist unsere einzige Möglichkeit herauszufinden, was sie vorhaben«, beharrte sie.

Tara und Semur sahen sie an. Helena zögerte. »Ich muss sagen, ich bin darüber nicht glücklich«, sagte sie.

»Ich auch nicht!«, pflichtete Semur ihr bei.

»Ich muss es tun«, erklärte Tara. »Ich erkunde die Schiffe und ihr macht euch auf den Weg zum Weltenbaum. Ich fliege zurück und treffe euch auf dem Weg.«

Semur und Helena blickten sie besorgt an. Schließlich nickte Semur ihr zu.

»Ich hoffe, das geht gut!«

»Dandelion und ich kommen bald wieder«, sagte Tara. »Macht euch keine Sorgen!«

»Keine Sorgen«, murmelte Semur und verdrehte die Augen. »Du hast Nerven!«

**

Obwohl Tara Angst hatte, spürte sie auch eine prickelnde Aufregung. Sie würde fliegen. Eine lange Strecke! Doch zuerst einmal musste sie eine Stelle finden, wo der Wind ganz besonders günstig wehte. Und sie wusste, dass sie allein sein musste, um sich zu verwandeln. Und so verabschiedete sie sich von ihren Freunden und stieg zum Gipfel des nächstgelegenen Berges. Bald konnte sie die anderen nicht mehr sehen.

»Schau!«, flüsterte ihr Dandelion zu. Dort, nur wenige Meter unterhalb des Gipfels, entsprang ein Wasserfall aus dem Felsen. Feiner Sprühnebel hing in der Luft und vor ihr bildete sich ein Regenbogen. Tara kletterte auf einen Felsvorsprung. Sie sah nach oben. Die Morgensonne färbte die Fächerwolken rosa. Der Wind zerzauste ihre Haare. »Mach es jetzt!«, flüsterte Dandelion auf ihrer Schulter. »Der Wind ist gut.«

Tara sah, wie das Zeichen auf ihrem Arm, das Schirmchen, glühte. Dann schloss sie die Augen und konzentrierte sich. Sie spürte den Wind. Er war weich und zog sie nach oben. Mit einem Mal sah sie die Schirmchen vor ihren Augen. Sie waren hell und weiß und legten sich übereinander wie die Strahlen der Sonne. Innen war sie nun ganz mit Licht erfüllt. Das Glühen des Zeichens übertrug sich auf ihren ganzen Körper und sie spürte, wie sie sich auflöste. Sie war plötzlich federleicht! Und ihr Körper war nicht mehr da. Sie bestand nur noch aus Schirmchen.

Flieg! Flieg! Der Wind trieb sie nach oben. War es Dandelions Stimme, die sie hörte, oder ihre eigene? Sie wartete auf den Windstoß, dann kam ein feiner kühler Wind von Süden. Sie flog nach oben. Die Schirmchen verteilten sich. Sie flog an der Spitze und zugleich am Ende. Sie war wie ein luftheller Körper, leichter als die Vögel, die an ihr vorbeizogen. Sie flog durch die Wolken mit ihrem kalten Dunst. Feinste Wassertropfen blieben an den Schirmchen hängen und zogen sie nach unten, dann trockneten sie in der Sonne und die Schirmchen erhoben sich wieder. Die Silbernen Wasser lagen unter ihr und die Wellen glänzten in der Sonne. Der Wind nahm sie mit und sie konnte die Bäume des Ringwalds hören, ein Raunen und Rauschen, und schließlich kam sie dem Weltenbaum nahe. Sie flog durch seine Äste und Landschaften, sah die Bäume des Ringwalds, die alt und verbogen waren, und schließlich kam sie an die Mündung der Silbernen Wasser.

Weit, weit unter ihr waren die Schiffe. Es waren viele und Tara hielt im Flug inne. Sie flog noch ein Stück, verließ Nelumbiya und schwebte auf das gleißende Meer. So etwas hatte sie noch nie gesehen. Aber nun spürte sie, wie der Wind sie anzog. Sollte sie sich jemals noch verwandeln? War es nicht schön, eine Pflanze zu sein?

Würde sie jemals noch etwas anderes sein wollen? Ein Mensch? Warum? Sie war mit dem Wind und sie war mit der Sonne. Sie würde sich auf dem Boden niederlassen und wachsen. Sie würde eine ganze Wiese bedecken. Sie würde die Regentropfen spüren, ihre Stängel mit dem Sturmwind biegen. Sie würde kein Mensch mehr sein, sondern nur noch ein Löwenzahn.

Da hörte sie eine feine Stimme. »Tara! Das darfst du nicht! Wir brauchen dich noch! Tara!« Wer war das? Da erinnerte sich Tara. Sie war ein Mensch. Und während sie sich daran erinnerte, spürte sie, wie sie immer schwerer wurde. Der Wind konnte sie nicht mehr tragen, sie würde sinken. Sie würde schwer werden. Sie würde ihre menschliche Gestalt wiederbekommen. Nein, nicht jetzt. Noch nicht! Aber sie spürte, dass sie nicht mehr viel Kraft hatte.

Das Schiff war riesig und es lag vor dem Flussdelta vor Anker. Oben wehte eine Fahne im Wind. Sie war golden und blau und zeigte eine Schlange. Auch vorne am Bug befand sich ein riesiger Schlangenkopf, dessen schmal zulaufende Augen aus Gold waren und in der Sonne blitzten. Tara ließ sich von dem Wind um den Schlangenkopf herumtreiben. In diesem Moment spürte sie, dass sie fiel. Sie würde nicht mehr lange verwandelt bleiben können.

»Versteck dich auf dem Schiff!«, flüsterte Dandelions feine Stimme. »Schnell!«

Sie fiel, schnell, schnell, die Schirmchen rasten auf das Schiff zu. Gab es ein Versteck? Nur einen Haufen zusammengerollter Taue. Sie fiel genau auf sie zu. Das Schiffsdeck kam näher, ein Windstoß noch. Sie fiel, fiel, fiel …

Au!

Sie war zwischen die Taue gefallen und hatte wieder ihre menschliche Gestalt.

»Dandelion!«, flüsterte sie.

»Ich bin hier«, sagte der Löwenzahn. Tara tastete sich überall ab. Sie lebte! Sie war wieder ein Mensch! Nur in ihrem linken

Arm pochte der Schmerz. Sie war mit ihm auf die Öse geprallt, in der das Tau verankert war. Tara biss sich auf die Lippe, um ihren Schmerzensschrei zu unterdrücken, und sah sich um. Niemand auf dem Schiff schien sie bemerkt zu haben. Matrosen in schwarzen Mänteln, auf denen eine Schlange abgebildet war, liefen an ihr vorbei. Sie war eingezwängt zwischen die aufgerollten Taue und spähte vorsichtig über die Reling. Ein Ruderboot näherte sich dem großen Segelschiff. Und in ihm – in einem grauen Mantel, in dem ein paar spärliche Silberfäden glänzten – saß jemand, den sie kannte.

17. Kapitel

Schlangenauge

Tara beugte sich überrascht nach vorne. Kajetan! Was machte er nur hier? Das Boot, in dem er saß, wurde von zwei Männern gerudert. War Kajetan etwa von ihnen gefangen genommen worden? Gerade als sich Tara diese Frage stellte, stand Kajetan auf und brachte damit das Ruderboot zum Schwanken. Man hatte seine Hände nicht zusammengebunden und er winkte jemandem auf dem Schiff zu. Tara schnappte nach Luft. Nein, Kajetan war kein Gefangener. Er schien aus freien Stücken hierhergekommen zu sein. Sie beobachtete von oben, wie Kajetans Ruderboot am Schiff anlegte. Eine Strickleiter wurde über die Reling geworfen und Kajetan kletterte schwerfällig hinauf. Sein teigiges Gesicht glühte vor Anstrengung, als er sich mühsam über die Reling hievte. Wäre die Lage nicht so ernst gewesen, hätte Tara fast lachen müssen. So aber duckte sie sich hinter den aufgerollten Tauen und sah atemlos zu, wie Kajetan von einem hochgewachsenen Mann auf dem Schiff begrüßt wurde.

Der Mann trug einen Mantel, auf den eine Schlange gestickt war, in deren Augen Goldfäden glänzten. Auch auf den Mänteln der anderen Schiffsleute waren Schlangen abgebildet, aber sie wirkten viel gröber und hatten leere Augen. Etwas Gebieterisches und Gefährliches ging von dem Mann aus und alle machten ihm respektvoll Platz, als er nun mit Kajetan auf dem Deck hin und her lief.

Tara war zu weit weg, um zu verstehen, was die beiden Männer sprachen, doch als sie auf dem Rückweg dicht an ihrem Versteck vorbeigingen, konnte sie zumindest Kajetans Antwort hören. »Nein, Hadrian hat keine Ahnung, dass ich hier bin ... ganz sicher nicht! Er glaubt, ich sei unterwegs, um die Lage an den Grenzen zu überprüfen.«

Die beiden kamen gefährlich nahe der Taurollen zum Stehen. Würden die Männer nur einen Blick nach rechts werfen, dann hätten sie Tara entdeckt. Immerhin konnte sie nun besser verstehen, was sie besprachen. Der Mann mit dem wertvollen Schlangenmantel hatte ein längliches Gesicht und hellblonde, fast weiße Haare. Er war viel größer als Kajetan und musterte ihn lange, ohne etwas zu sagen. Kajetan schien unter seinem Schweigen unbehaglich zumute zu werden. Tara sah an den dunklen Kreisen unter seinen Armen, dass er schwitzte.

»Dann ist dir niemand gefolgt?«, fragte der Mann schließlich. Er hatte eine hohe Stimme und sprach die gemeinsame Sprache mit einem starken Akzent. Das *O* klang mehr wie ein *A* und das *R* war ganz rollend. Es klang wie ein rauer Singsang.

»Oh nein, Hakoon! Ganz sicher nicht! Ich war sehr vorsichtig.«

Ah, dachte Tara, der Mann hieß also Hakoon. Was für ein seltsamer Name! Dann erinnerte sie sich daran, dass Chiara in der Großen Halle von ihm gesprochen hatte. Sagte sie nicht, er wäre der Herrscher der Nordlande?

»Aber Chiara, die Piratin, hätte uns fast verraten«, fügte Kajetan nach einer langen Pause hinzu.

Uns, dachte Tara grimmig. *Er spricht tatsächlich von »uns«.*

»So?« Hakoon sah Kajetan fragend an.

»Ich habe Hadrian schnell überzeugt, dass Chiara lügt, dass es keine Schiffe der Nordländer gibt, und sie wurde weggesperrt.«

Hakoon nickte. »Gut!«, sagte er. »Was ist eigentlich mit dem Jungen? Cassian?« Tara bemerkte, dass Hakoons Stimme fast beiläufig klang. Aber trotzdem konnte sie eine leise, aber gut unterdrückte Neugier heraushören.

»Chiaras Sohn?«, fragte Kajetan verwirrt. »Ich weiß nicht. Ich habe ihn nicht gesehen. Warum fragst du?«

Das würde ich auch gerne wissen, dachte Tara in ihrem Versteck.

»Ich habe meine Gründe«, antwortete Hakoon.

»Chiara hat ihn nach Ornata mitgenommen, soweit ich weiß«, bemerkte Kajetan.

»Nach Ornata«, murmelte Hakoon. »Deshalb war er nicht bei den Piraten.«

»Aber was willst du von ihm? Er ist ein kleines Kind.«

»Stimmt. Ein kleines Kind.« Tara spitzte die Ohren, doch Hakoon ging nicht weiter auf die Frage ein. »Immerhin haben wir das Boot.«

»Das freut mich zu hören!«, pflichtete ihm Kajetan bei. »Ich habe auch gesehen, dass du meine Scheiben nutzt und sie euch gute Dienste leisten.« Er sah Hakoon nach Beifall heischend an.

Tara ballte die Fäuste. Es waren also Kajetans Scheiben, die die Nordländer aufgestellt hatten. Kajetan wurde ihr mit jedem Satz unsympathischer. Und noch etwas gefiel ihr an dem Gedanken gar nicht, dass die Scheiben aus Kajetans Gießerei stammten. Aber sie war zu beschäftigt, dem Gespräch zu lauschen, als dass sie darüber nachdenken konnte.

»Eine gute Erfindung. In der Tat«, erklärte Hakoon knapp.

Kajetan lächelte geschmeichelt. Dann zog er die Stirn in Falten. »Trotzdem glaube ich, dass ihr euch nun beeilen müsst. Obwohl ich Hadrian überzeugt habe, könnte es in Ornata noch manche geben, die Chiara glauben. Als ich fortritt, habe ich gesehen, dass die Wachen verstärkt wurden, und ich bin mir nicht sicher, ob nicht doch noch andere Späher aus Ornata unterwegs sind.«

Hakoon nickte. »Morgen greifen wir an.«

»Morgen? Aber … es ist noch ein weiter Weg bis nach Ornata!«, wandte Kajetan verwirrt ein. »Drei Tagesmärsche zu Fuß. Mindestens.«

»Oh, wir werden nicht gegen Ornata ziehen«, erwiderte Hakoon. »*Noch* nicht!«

»Dann … *Wohin* wollt ihr dann?«

Hakoon drehte sich um und deutete auf den Weltenbaum, der auch von hier aus deutlich zu sehen war.

Tara schnappte nach Luft. Es war genau so, wie sie es befürchtet hatten. Sie spürte, wie Dandelion auf ihrer Schulter zitterte. »Sie wollen tatsächlich in Nelumbiya einfallen«, flüsterte er.

Auch Kajetan war überrascht. »Aber … ich dachte … ich dachte, ihr wolltet nach Ornata?!«

Ein dünnes Lächeln zog sich über Hakoons Lippen. »Um dich dort endlich als unseren Statthalter einzusetzen?«

»Nun, äh … so war es beschlossen, oder?«, stammelte Kajetan.

»Ich fürchte, du brauchst noch etwas Geduld. Die große Schlacht wird nicht in Ornata geschlagen.«

»Aber dort gibt es alles, was dein Herz begehrt: Ihr könnt die Bewohner als eure Sklaven nehmen. Seit Neuestem wachsen dort auch Bäume, deren Holz wertvoll ist. Ganz abgesehen von den anderen Schätzen, die sich dort aufgehäuft haben.«

Hakoon winkte gelangweilt ab. »Die holen wir uns später. Sobald wir das Verbotene Land erobert haben, wenden wir uns der Stadt zu.«

»Aber … was wollt ihr im Verbotenen Land?«, fragte Kajetan. »Du weißt, dass die Pflanzen dort anders sind als bei euch? Die Pflanzen dort sind wehrhaft und gefährlich.«

»Uns mangelt es an Holz«, erklärte Hakoon. »Wir haben die Bäume alle für unsere Schiffe und Schmieden gefällt. Deshalb brauchen wir mehr. Dieses Land hier wird von niemandem bewohnt und es wartet nur darauf, von Menschen umgepflügt und bebaut zu werden.«

»Es ist aber der einzige Ort, an dem die Pflanzen sich wehren können.«

Hakoon schwieg lange. Er blickte über das Meer. Seine hellen Augen waren stechend und klar, als er sich wieder Kajetan zuwandte. »Wir haben lange schon auf Askiels Tod gewartet. Genau wie du, Kajetan!«

»Nun, ja …«, begann Kajetan vorsichtig.

Hakoon sah ihn direkt an.

»Du sprichst nicht gern von *ihm,* nicht wahr?«

»Von Askiel?!«, fragte Kajetan verdattert.

»Von *Ar-mill-arion«,* sagte Hakoon. Er sprach den Namen seltsam aus, mit einem rollenden R. Es klang wie ein Donnerschlag und nicht nur Kajetan zuckte zusammen. Auch Tara in ihrem Versteck lief ein Schauer über den Rücken.

»Armillarion!«, wiederholte Kajetan und lachte auf.

Hakoon starrte ihn an. »Was ist daran so komisch?«

»Verzeih!« sagte Kajetan und er rang sich ein Lächeln ab. »Ich wundere mich nur, dass gerade *du* die Legende von dem mächtigen Pilz glaubst. Ich hielt dich immer für einen Menschen der Wissenschaft!«

Hakoon sagte darauf nichts, sondern überkreuzte nur die Arme.

»Es stimmt«, fuhr Kajetan fort. »Askiel war ein charismatischer Mann, dessen Anhänger so fasziniert von ihm waren, dass sie ihm gewisse magische Eigenschaften zuschrieben, die angeblich von einem Pilz oder einem Edelstein stammten. Aber das sind Legenden. Dinge für Lieder oder Kindermärchen. Askiel war ein alter wunderlicher Mann und seine Zeit war abgelaufen. Ich versichere dir, ein Pilz oder ein Edelstein hatte nichts mit seinem Tod zu tun.«

Hakoon sah ihn lange schweigend an und Tara glaubte schon, dass er von Kajetans Worten überzeugt war, doch dann lachte er plötzlich und schlug Kajetan kräftig auf die Schulter.

»Von jetzt an bist du für mich nicht mehr *Kajetan*. Ich habe ein anderes Wort für dich!«

»Und das wäre?«, fragte Kajetan vorsichtig.

»Herr der Lügen!«

»Aber …«

Hakoons helle Augen verengten sich. »Hast du nicht Hadrian gesagt, dass es unsere Schiffe gar nicht gibt?«

»Das war nur in deinem Interesse«, beeilte sich Kajetan zu versichern.

»Und nun sagst du mir, dass es Armillarion nicht gibt!«

»Aber das ist wahr!«, rief Kajetan aus. Doch seine Stimme schwankte verdächtig.

»Wir werden sehen!« Hakoon schwieg eine Weile und sah über das Meer zum Weltenbaum. »Wir werden unter die Wurzeln der großen Buche Stollen treiben. Und dann werden wir sehen. Kein Baum ist uns zu hoch, kein Stein zu hart. Wenn wir etwas können, dann ist das, in der Erde zu graben. Nichts wird uns aufhalten können. Nicht einmal diese Pflanzenmagier, die sich jetzt im Verbotenen Land befinden. Ihre Reise hätte mit allen Mitteln verhindert werden müssen.«

Tara zuckte zusammen. Woher wusste Hakoon, dass sie in Nelumbiya waren?

»Es ist nur eine Handvoll Kinder!«, erwiderte Kajetan.

»Immerhin dieselbe Handvoll Kinder, die auch Askiel und seine Männer besiegt hat.«

»Das ist eine ganz andere Geschichte«, sagte Kajetan schnell. »Ihre Taten wurden aufgebauscht, um das Volk zu unterhalten. Es sind nur drei Kinder, die losgezogen sind, um … um ein Abenteuer zu suchen.«

Zumindest wusste er nicht, dass Cassian bei ihnen war, dachte Tara. Und das war wirklich die einzige gute Nachricht, die sie den anderen erzählen konnte.

»Außerdem«, fügte Kajetan hinzu, »stehen sie unter dauernder Beobachtung.«

Unter welcher Beobachtung?, überlegte Tara erstaunt.

»So?« Auch Hakoon blickte ihn neugierig an.

Kajetan lächelte selbstgefällig. »Wir müssen uns keine Sorgen machen. Es ist mir nämlich gelungen, einen Spion in ihre Gruppe einzuschleusen. Er ist schlau und verschwiegen, mein Gehilfe!«

Es dauerte lange, bis Tara den Sinn dieser Worte begriff. Als ihr dann klar wurde, wen Kajetan meinte, entfuhr ihr vor Schreck ein Aufschrei.

Die Männer drehten sich um.

Hakoons scharfe Augen fixierten die Taurolle.

»Ich glaube, Kajetan, wir haben hier auch einen Spion«, murmelte er.

18. Kapitel

SEETANG

Tara sah, wie Hakoon auf sie zukam. Sie bemerkte seinen Schatten über sich, der die milchige Sonne verdunkelte. Sie sah Hakoons wasserblaue Augen, die sich ihr zugewandt hatten. Sie spürte, wie sich Dandelion auf ihrer Schulter zusammenkrümmte. »Verwandle dich, schnell!«, flüsterte er.

»Wer ist das?«, fragte Hakoon und musterte sie.

»Das … das ist Tara … eines der Kinder.« stotterte Kajetan, der nun neben ihm auftauchte und Tara anstarrte wie ein gefangenes Tier. »Eine … eine von den Pflanzenmagiern!«

»Was macht sie *hier?«*, fragte Hakoon verwundert und trat einen Schritt zurück, ohne Tara aus den Augen zu lassen. »Was für ein seltsamer Zauber hat sie hierhergebracht?« Er umkreiste die Taue und hielt dabei einen gebührenden Abstand, so als könnte Tara jederzeit etwas Gefährliches tun. Doch Tara war vor Schreck und Entsetzen wie gelähmt.

»Sie sieht nicht so aus, wie ich mir gedacht habe«, sagte er schließlich leise. »Sie sieht wirklich aus wie ein Kind.«

»Sie *ist* ein Kind!«, bekräftigte Kajetan. »Ihr könnt sie ohne Gefahr festsetzen!«

Tara ballte die Fäuste. Nicht zum ersten Mal wünschte sie sich, dass sie jetzt Helenas Kräfte hätte und den beiden einfach eine Ranke entgegenschießen könnte. So aber konnte sie nur …

»Tara! Los! Verwandle dich!«, flehte Dandelion. Tara holte einmal tief Luft und schloss die Augen. Sie musste sich wieder auflösen! Jetzt! Schnell! Vor ihren Augen erschien das Muster! Die vielen Löwenzahnschirme, die sich übereinanderlegten wie die Strahlen der Sonne. Gleich wäre sie selbst ein Strahl, ein Schirm … gleich … Tara kniff die Augen fester zu. Das Muster war zu schwach. Die Strahlen flackerten, dann verschwanden sie. Als sie die Augen wieder öffnete, sah sie enttäuscht an sich hinab. Sie hatte immer noch ihre menschliche Gestalt. Warum nur funktionierte es nicht mehr?

Hakoon befand sich nach wie vor in wachsamer Distanz zu ihr, aber als nichts geschah, kam er langsam näher. »Du kannst freiwillig rauskommen oder wir ziehen dich da raus!«, sagte er mit einem leisen Lachen. »Wenn du eine von diesen gefährlichen Pflanzenmagiern sein willst, dann fürchte ich mich nicht.«

Tara stand auf. Woher der Mut kam, der sie mit einem Mal erfüllte, wusste sie nicht. Vielleicht war es die Wut, die sie plötzlich empfand. »Ihr werdet den Weltenbaum nicht zerstören! Unterschätzt die Pflanzen nicht. Sie können sich wehren. *Wir* können uns wehren!« Sie funkelte Hakoon an. Dandelion verwandelte sich in seine Schirmchen, die sich jetzt wie zornige Mücken auf Hakoon stürzten. Überrascht wich er zurück. Tara nutzte die Ablenkung, stieg auf die zusammengerollten Taue und kletterte von dort auf die Reling. Unter ihr, weit unter ihr, schwappten die Wellen gegen das Schiff. Sie glitzerten in der Sonne.

»Bleib!«, rief Kajetan. »Dort unten wirst du sterben!«

Doch … zu spät!

Jetzt!

Sie sprang.

Sie war – als Mensch – noch nie so lange durch die Luft geflogen, ein langer, langer Augenblick, in dem der Wind um ihre Ohren pfiff.

Eine Sekunde,
zwei,
drei,
dann stieß sie durch die Wasseroberfläche. Es war eiskalt, die Wellen schlugen über ihr zusammen. Ihr Bein schmerzte, sie war nicht gerade, sondern seitlich aufgekommen. Sie tauchte unter, schluckte Wasser und spuckte es gleich wieder aus. Warum war es salzig? Oben sah sie, wie Hakoon und Kajetan auf dem Deck hin und her liefen und das Meer nach ihr absuchten. Da! Hakoon hatte sie entdeckt und wies seine Leute an, ein Ruderboot zu Wasser zu lassen. Sie konnte gerade noch einen Blick auf das Boot erspähen, wie es an der Schiffswand nach unten glitt, dann schwappte schon wieder eine Welle über sie hinweg. Tara strampelte sich nach oben, versuchte verzweifelt, Luft zu holen, doch sie wurde von der nächsten Welle überspült. Dies hier war ganz anders, als in einem Fluss zu schwimmen! Hier warf sie das Wasser herum wie einen Spielball.

»Dandelion!«, rief sie verzweifelt, als sie endlich wieder Luft bekam. Ja, die Schirmchen waren über ihr, sie schwebten in sicherem Abstand über der Wasseroberfläche. Tara wollte Dandelion noch zurufen, dass er vorsichtig sein sollte, doch im selben Moment wurde sie von einer Welle nach unten gedrückt. Wieder schluckte sie das salzige Wasser. Es brannte in der Nase und im Rachen. Wieder ging es nach unten, in die kalte Tiefe. Einmal noch auftauchen, einmal noch Luft schnappen! Sie paddelte nach oben und es gelang ihr, den Kopf herauszustrecken.

Da spürte sie, wie sich etwas um ihren Hals schlang. Ein Gewirr aus glitschigen Fäden, die ineinander verknäult waren und auf der Wasseroberfläche schwammen.

Tara machte einen tiefen Luftzug. Von unten schwamm eine Alge auf sie zu, ringelte sich um ihren Arm und zog sie nach unten. Tara hielt sich fest und ließ sich durch das Wasser ziehen. Die Luft reichte für eine ganze Weile. Zwischendurch ließ die Alge sie wieder auftauchen, dann zog sie sie weiter. Andere Algen streiften sie. Vorsichtig öffnete Tara die Augen und staunte. Auch hier war eine Landschaft: Sonnenstrahlen brachen durch das Wasser und erleuchteten Seegraswiesen mit Grashalmen, die sich schwerelos im Wasser hin und her wanden. Fische zogen an Tara vorbei wie Vögel in der Luft. Hier, unter Wasser, war ein ganzes Land und keiner konnte es sehen! Sie selbst konnte nur einen kurzen Blick darauf erhaschen, doch dann zog sie die Alge weiter und weiter und nachdem sie das letzte Mal Luft geschnappt hatte, verschwand alles in einem einzigen Wirbel aus Wasser, Algen und grasbedeckten Hügeln und schließlich in grünblauer Dunkelheit.

Als Tara erwachte, lag sie mit dem Gesicht nach unten im Sand und wusste nicht, ob sie tot oder lebendig war. War das die Sonne, die auf ihren Kopf brannte?

Langsam öffnete sie die Augen. Die lilafarbene Alge, die sich um ihren Knöchel geschlungen hatte, löste sich und glitt zurück in das glitzernde Wasser. Die Wellen leckten am Sandstrand. Sie kamen und gingen wie ihr Herzschlag. Tara setzte sich vorsichtig auf. Hatte sie geträumt? War sie wirklich verwandelt gewesen?

Der Sand unter ihr war warm und schimmerte silbrig. In der Ferne, wo die schnurgerade Wasserlinie das Meer vom Horizont trennte, lagen Schiffe vor Anker. Die Luft über dem Wasser war diesig und Tara konnte verschwommen die Silhouetten von Schlangenköpfen sehen. Nein, sie hatte nicht geträumt. Dort lagen die Schiffe der Nordländer. Dorthin war Kajetan gerudert. Dort auf dem Schiff hatte Hakoon ihn empfangen.

»Dandelion?«

Der Löwenzahn erhob sich und schüttelte den Sand aus seinem Blütenkopf.

»Was war das?«, fragte Tara. »Wer hat uns gerettet?«

»Es waren die Algen«, sagte Dandelion. »Der Seetang hat uns geholfen. Er ist anders als die Algen in den Sümpfen.«

Tara sah der Alge nach, wie sie auf den Wellen auf das Meer hinaustrieb. »Warum bin ich nicht ertrunken?«

»Die Algen haben dich mit Luft versorgt. Sie haben dir das Leben gerettet.« Dandelion schüttelte sich. »Wie ist es dort unter dem Wasser?«, fragte er neugierig.

Tara versuchte, sich zu erinnern. »Anders als alles, was ich bisher gesehen habe. Aber es gibt dort auch Wiesen wie an Land. Und das Wasser ist wie die Luft.«

Dandelion seufzte. »Ich selbst werde nie dorthin kommen. Wir kennen die Meerespflanzen nicht. Aber ich weiß, dass sie unsere Freunde sind!«

Tara starrte auf das Meer. Sie fühlte sich mit ihm verbunden, seit sie gesehen hatte, dass es dort unten eine verborgene Welt gab. Dann kam ihr ein neuer Gedanke und sie ließ den Kopf hängen.

»Warum konnte ich mich nicht mehr verwandeln? Am Wasserfall war es noch ganz einfach. Aber jetzt ging es einfach nicht mehr. Ich habe es versucht, aber ...«

»Überschätze deine Kräfte nicht! Wir können von Glück sagen, dass du es überhaupt bis zum Schiff geschafft hast.«

»Ich wollte es so sehr!«

»Manche Dinge kann man nicht mit Willen allein lösen. Ich weiß, dass die Verwandlung gefährlich ist für Menschen. Je länger ihr verwandelt seid, desto mehr vergesst ihr, dass ihr ein Mensch seid.«

Ja, so war es gewesen, als Tara geflogen war. Sie hatte sich danach gesehnt, für immer eine Pflanze bleiben zu können. Wäre sie länger verwandelt gewesen, hätte sie wahrscheinlich vergessen, wer sie war. Sie seufzte tief. »Aber was sollen wir nun tun? Ich kann jetzt nicht einfach zurückfliegen und die anderen warnen.« Sie biss sich auf die Lippe und mit einem Ruck kam ihr wieder in den Sinn, was Kajetan verraten hatte. Sein Gehilfe beobachtete sie. Sein *Gehilfe!*

»Ich kann sie nicht einmal vor Phillipus warnen!«, stieß sie hervor.

Sie schwiegen und Tara merkte, wie sie eine Welle von Wut überflutete. Phillipus war ein Verräter. Das war also das dunkle Geheimnis, das er die ganze Zeit über mit sich herumgeschleppt hatte. Sie hatte es gespürt, aber sie war dem nicht nachgegangen. Wie dumm sie gewesen war! Warum hatte Phillipus das nur getan? Er hatte sie angelogen. Von Anfang an. Er war kein Held, der gegen die Verhaftung von Chiara protestiert hatte. Kajetan hatte ihn gar nicht hinausgeworfen. Das hatte sich Phillipus alles nur ausgedacht, damit sie ihm vertrauten und er sie dann besser bespitzeln konnte. Tara spürte einen bitteren Geschmack im Mund. Sie musste an Helena denken, die sie gewarnt hatte, und sie schämte sich, dass sie ihrer Freundin nicht von Anfang an geglaubt hatte. Und da war noch …

»Cassian«, flüsterte Tara.

Dandelion merkte auf. »Cassian Nelumbo?«

»So nennst du ihn?«

»So nennen ihn die Pflanzen jetzt alle.«

»Warum wollen ihn die Nordländer? Hast du eine Ahnung?«

Dandelion zögerte. »Ich weiß es nicht. Aber seit Jahrhunderten ist keiner mit dem Lotuszeichen mehr aufgetaucht. Der Lotus ist die geheimnisvollste Pflanze, die ich kenne. Vielleicht bin ich sogar die einzige Pflanze außerhalb der Sümpfe, die weiß, wie er aussieht. Wenn ein Kind nun dieses Zeichen hat, ist das etwas ganz Besonderes. Wenn Cassian sich eines Tages mit dem Lotus verbindet, kann er sehr mächtig werden.«

»Ich glaube, dass er in großer Gefahr schwebt. Noch scheinen die Nordländer nicht zu wissen, dass er hier ist. Aber wenn Phillipus ihn verrät, dann wird sich das ändern!«

»Aber was sollen wir nur tun?«

Tara drehte sich um. Riesig stand hinter ihnen der Weltenbaum. Und plötzlich wusste sie, wo sie hinmusste. Es war ihr Ziel von Anfang an gewesen, auch wenn ihr das nicht klar war. »Wir müssen zu Fagus! Dort wird sich alles entscheiden.«

19. Kapitel

Die Papierrolle

Phillipus steckte zwischen den Felsen fest. Helena war vor ihm. Wie mühelos sie klettern konnte! Wahrscheinlich lag das an ihrem Efeuzeichen. Phillipus, Semur und Cassian waren weit hinter ihr. Er sah nach unten. Der Abgrund war schwindelerregend. Das Schwarzwasser und die Silbernen Wasser entsprangen derselben unterirdischen Quelle. Doch während das Schwarzwasser erst bei den Sümpfen wieder sichtbar war, flossen die Silbernen Wasser hier oberirdisch durch eine tiefe Schlucht weiter.

»Lasst uns hier abseilen«, sagte Helena und deutete auf die Klamm. »Danach folgen wir den Silbernen Wassern.«

Semur schüttelte sich. »Das wird kein Spaß. Aber ehrlich gesagt ist mir das lieber, als in irgendwelchen dunklen Höhlen herumzuirren.«

Nachdem Helena ein passender Reim eingefallen war, schlang sich Hedera um den Stamm einer der Kiefern, die sich hier in den kargen Felsen krallten. Es waren widerspenstige und missmutige Bäume, die nur in großer Höhe wuchsen. Vor allem wunderte sich Phillipus darüber, dass sie keine Blätter, sondern nur spitze Nadeln hatten. Hedera rankte sich um den krummen Stamm und Helena zog einmal fest an der Ranke. Furchtlos ließ sie sich in den

Abgrund gleiten, bis sie schließlich nur noch als winziger Punkt zu sehen war.

Der Punkt winkte. »Kommt schon, es ist nicht schwer!«, hörten sie Helenas Stimme, die wie ein Echo zwischen den Felsen hin- und hergeworfen wurde.

»Nicht schwer!«, murmelte Semur und verdrehte die Augen. Er half Cassian, sich die Ranke um die Brust zu wickeln, und kletterte dann selbst hinterher. Phillipus nahm die Ranke als Letzter in die Hand. Während er hinabkletterte, begegneten ihm auf dem Weg andere Kiefern. Sie flüsterten ihm zu, machten sich über seine Kletterkünste lustig und ließen ab und zu einen dicken runden Zapfen auf seinen Kopf fallen. Manchmal wünschte er sich fast, er könnte diese Pflanzen nicht verstehen.

Nachdem sie alle beim Fluss angekommen waren, machten sie sich auf den Weg durch die Klamm. An manchen Stellen führte er sie direkt an dem schäumenden Wasser entlang, dann wieder zwang sie abgerutschtes Gestein zum Klettern.

Die Wanderung über die zerklüfteten Felsen zog sich den ganzen Vormittag. Phillipus bemerkte mittags, dass seine Knie schlackerten.

»Ich bin für eine Pause, was meint ihr?«, fragte Semur.

Phillipus war froh, dass Semur das vorschlug, und sah auch, dass Cassian ihn dankbar anblickte.

»Pause?« Helena runzelte die Stirn und zog an einer Ranke, die sich oben um einen Felsvorsprung gelegt hatte und nun nicht mehr herunterwollte. »Wir haben doch gerade erst angefangen.«

»Du meinst, vor drei Stunden«, korrigierte sie Semur.

Cassian deutete heftig nickend auf eine Nische, die sich in den Felsen schmiegte. Sie lag so über dem Fluss, dass der Sprühnebel des Wassers sie nicht erreichen konnte, und sah damit sehr einladend aus.

Helena stolperte, denn die Ranke hatte sich schnell gelöst. »Dank und Glück, kommt zurück!«, jubelte sie. »Schon gut!« Helena hob die Augenbrauen, fuhr sich über ihren Arm. »Wenn ihr unbedingt wollt, dann können wir ja hier rasten.«

Sie erntete erleichterte Blicke.

Phillipus zog seinen Mantel aus und legte ihn auf den Vorsprung. Semur kramte in seinem Rucksack und förderte vier kleine Maisbrote zutage. »Ich glaube, wir müssen nicht mehr lange durch die Klamm. Die Silbergrassteppe ist nicht mehr weit weg. Sobald wir die Steppe erreicht haben, kann uns das Gras mitnehmen und wir kommen schneller voran«, erklärte er.

»Wie kann uns das Gras mitnehmen?«, fragte Phillipus erstaunt.

»Semur kann das Silbergras so beherrschen, dass es uns tragen wird. Wir sind dann schneller als der Wind«, erklärte Helena.

»Danach ist es noch ein Tagesmarsch, um zum Weltenbaum zu kommen. Ich hoffe, dass Tara dann schon da ist«, sagte Semur und begann, die Brote auszuteilen.

Helena nickte. »Und ich hoffe, dass ihre Nachrichten nicht so schlimm sein werden, wie wir befürchten.«

Phillipus biss in den Maisfladen. Er hatte wirklich Hunger!

»Was weißt du eigentlich alles über die Nordländer?«, fragte ihn Helena plötzlich.

Phillipus verschluckte sich fast. »Wie meinst du das?«

»Du hast gesagt, dass mein Teleskop von ihnen stammt und dass es aus Messing ist. Ich schließe daraus, dass du dich auskennst.«

»Na ja, ein bisschen …« Phillipus nickte. »Sie … also … sie wissen, wie man mit Metallen umgeht, und bauen daraus Maschinen. Ich habe Zeichnungen gesehen. Sie haben Räder, die sich ineinander verkeilen, und können damit Lasten heben. Sie können ihre Kraft vervielfältigen, sodass ein Einzelner die Arbeit von vielen tun kann.«

»Das klingt fast so, als würdest du sie bewundern!«, bemerkte Helena.

»Ich bewundere nicht die Nordländer, aber ich bewundere, was sie können.«

»Dann findest du es also gut, was sie machen?«, fragte Semur.

»Nein!«, entgegnete Phillipus. »Aber ich glaube, dass wir die Maschinen auch zu etwas Gutem nutzen können.«

»Zu was sollen sie denn gut sein? Sie bringen nur Krieg und Zerstörung«, widersprach Helena aufgebracht. »Die Nordländer haben mit ihren Maschinen ihr ganzes Land gerodet und schürfen nun nach Metallen. Ihr Land ist hässlich und öde. Und jetzt wollen sie das Gleiche mit Nelumbiya machen.«

»Vielleicht ...«, sagte Phillipus und der Gedanke kam ihm ganz plötzlich. Wie ein Blitz, der seinen Kopf erhellte. »Vielleicht kann man ja eines Tages Maschinen erfinden, die den Menschen *und* den Pflanzen nutzen.« Er hatte das klare Gefühl, einen sehr wichtigen und neuen Gedanken gedacht zu haben.

Helena jedoch blickte ihn misstrauisch an. Hedera schlang sich um ihr Handgelenk, wie so oft, wenn sie grübelte. »Solange wir die Pflanzenmagie haben, brauchen wir keine Maschinen! Sie passen nicht nach Nelumbiya und sie gehören nicht in diese Welt.«

»Aber woher willst du wissen, was in diese Welt passt?«, fragte Phillipus. »Du bist ja auch nur ein Teil davon!«

Helena schüttelte ungeduldig den Kopf. »Aber ich bin Pflanzenmagierin«, erklärte sie schlicht.

Phillipus atmete einmal tief aus und dann wieder ein. Der Blitz, der in seinem Kopf aufgetaucht war, verglühte wie ein Komet. Von seinem wichtigen Gedanken war nur noch ein Häufchen Asche übrig. Er ärgerte sich. »Ich ... kann ja mal die Gegend auskundschaften«, sagte er und bemühte sich, seiner Stimme einen gleichmütigen Klang zu geben. Vor allem aber wollte er nicht weiter über das Thema sprechen. Er schulterte seinen Rucksack.

»Bist du sauer?«, fragte Semur.

»Nein ... ich ... ich will nur sehen, wie weit es noch ist.«

»Pass auf! Die Felsen sehen dort ziemlich rutschig aus.«

Phillipus winkte ihm zu. »Mach ich! Ich bin gleich zurück!«

Phillipus ging weg und drehte sich nicht um. Er kletterte den schmalen Weg neben der Klamm weiter. Sein Herz klopfte vor Anstrengung, aber auch weil er wütend war. Die Scheibe drückte gegen seinen Rücken und erinnerte ihn daran, dass er beim letzten Mal, als er ein Lichtzeichen gegeben hatte, gelogen hatte. Er hatte Cassian nicht erwähnt. Warum hatte er das getan? Er wusste es selbst nicht. Schöpften die anderen schon Verdacht? Gestern hatte ihn Cassian so seltsam angesehen und warum nur hatte ihn Helena eben nach den Nordländern gefragt?

Phillipus seufzte. Gerade als er darüber nachdachte, dass die anderen nun weit hinter ihm waren und ihn nicht mehr sehen konnten, hörte der Weg auf. Unter ihm schäumte das Wasser und verbreiterte sich zu einem großen Fluss. Phillipus befand sich auf einem Vorsprung und konnte wieder über das Land sehen. Er war tatsächlich am Ende der Klamm angekommen. Nur ein paar Gräser und eine knorrige Kiefer wuchsen hier. Die Silbergrassteppe war ganz nah. Und die Scheiben auch. Die Türme waren nun klar in der Ferne zu sehen. Für den Bruchteil eines Augenblicks stellte sich Phillipus riesige Häuser vor und Fahrzeuge mit Rädern, die von selbst fuhren. Es war nur ein Augenblick, aber Phillipus hatte das Gefühl, etwas gesehen zu haben, das in weiter Zukunft lag. Er schüttelte sich und blickte nach oben. Die Sonne stand günstig und würde in einem guten Winkel auf seine Scheibe fallen. Von hier aus konnte er zu der Linie an Punkten, die entlang des Flussufers verlief, gut Signale senden. Die Punkte waren nun nicht mehr rot, sondern golden, da sie die Mittagssonne spiegelten. Phillipus zögerte.

Die spärlichen Gräser zitterten im Wind.

Wo war eigentlich seine Papierrolle mit den Zeichen? Er würde sie gleich aus seiner Tasche holen. Erst einmal musste er die Aufmerksamkeit der Türme auf sich lenken.

Phillipus zog die Scheibe aus seinem Rucksack und holte einmal tief Luft.

Da traf ihn etwas am Kopf. Es war ein kleiner runder Kiefernzapfen.

»Phillipus, Zeichenloser!«, hörte er eine krächzende Stimme.

Erstaunt sah er nach oben. Diese Kiefer konnte er besonders gut verstehen. Genau wie den Lotus in den Sümpfen. Der Wind wehte durch die Zweige des Baums und die Nadeln erzeugten ein reibendes Geräusch, das sich zu Worten formte, wenn er genau hinhörte. Die Äste der verwachsenen Kiefer bewegten sich und warfen noch zwei weitere Zapfen auf Phillipus, die er eilig mit den Armen abwehrte.

»He, lass das!«, rief er. »Woher kennst du überhaupt meinen Namen?«

»Ich weiß mehr, als manche denken. Der Wind weht die Samen der Pflanzen zu mir. Anemonen, die weißen Waldblumen, sie verraten mir alles! Sag, diese Scheibe. Was hast du mit ihr vor?«

Phillipus schwieg und schluckte. Er drehte die Scheibe um, sodass sie nicht mehr spiegelte.

»Du sagst es nicht, weil es dir peinlich ist«, stellte die Kiefer fest.

»Das stimmt nicht!«, rief Phillipus. »Außerdem beantworte ich keine neugierigen Fragen!«

»Deine Scheibe ist wie die Scheiben der Schlangenleute, die vom Meer gekommen sind.« Die Kiefer ächzte argwöhnisch und ihre Äste bewegten sich, als sie nachdachte. »Gehörst du etwa zu ihnen?«, fragte sie schließlich.

Phillipus schwieg. Er blickte auf die Scheiben, die auf den Türmen standen.

»Du weißt es nicht?«, fragte die Kiefer.

»Ich gehöre jedenfalls nicht hierher«, sagte Phillipus.

Der Wind wehte durch die Kiefernnadeln. »Wer sagt das?«

»Ich habe kein Zeichen.« Phillipus starrte in die Zweige. »Die anderen haben alle ein Zeichen auf der Haut. Sie sind echte Pflanzenmagier oder sie werden es irgendwann einmal sein. Nur mir ist das nicht gegeben worden. Dabei waren meine Eltern Zeichenträger und mussten fliehen. Das … das ist ungerecht!«

Zu seiner größten Überraschung fing die Kiefer an zu lachen. Ihr Gelächter klang komisch. Scharrend. Wie ein lang gezogenes Knarzen.

»Hör auf, dich zu bemitleiden! Und denk bloß nicht, dass du der Einzige bist! Früher gab es auch Menschen, die kein Zeichen hatten. Sie konnten nicht das, was die Pflanzenmagier konnten. Aber auch sie waren mit den Pflanzen befreundet. Sie haben Dinge erfunden. Sie haben das Wasser umgeleitet. Die Sonne genutzt. Den Wind eingefangen mit Segeln und Flügeln. Und sie haben sich selbst ein Zeichen gegeben. Eines, das sie bei sich trugen. Es war überall. Auf Amuletten, an den Türen ihrer Häuser, auf der Rückseite ihrer Mäntel.«

Phillipus horchte auf. »Was für ein Zeichen?«

»Das Zeichen des Weltenbaums. Sie gehörten zu ihm.«

Phillipus stand auf dem Hügel, der Wind streifte über seine Haare.

»Sie gehörten zum Weltenbaum?«

Phillipus sah zum Weltenbaum und wieder spürte er diese seltsame Anziehung. Als wäre er mit dem riesigen Baum durch eine unsichtbare Schnur verbunden.

»Aber … die Gießerei meiner Eltern … Kajetan hat mir versprochen, dass er sie mir gibt.«

»Wie kann er sie dir geben, wenn sie sowieso deinen Eltern gehörte?«

»Weil er sie von meinen Eltern genommen hat, als sie fliehen mussten.«

»Dieser Kajetan hat sie also gestohlen?«

Phillipus nickte.

»Wenn er sie gestohlen hat, warum sollte er sich jetzt an ein Versprechen halten?«, fragte die Kiefer. »Und deine Eltern hätten sicher nicht gewollt, dass du sie auf diese Weise übernimmst.«

»Nein, das hätten sie nicht«, gab Phillipus zu.

Langsam, ganz langsam ließ er die Scheibe sinken und schluckte. Alles war anders, seit er in Nelumbiya war. Alles war anders, seit er den Weltenbaum zum ersten Mal gesehen hatte. Er blickte über die Weite zu Fagus und legte die Hand an die Kiefer, die einen kleinen Zapfen auf ihn fallen ließ.

Phillipus sagte nichts. Er behielt nur seine Hand ein wenig länger an der Rinde und spürte die knorrige Kraft des Baumes. Für einen Moment hatte er das Gefühl, dass er mit dem Baum verwandt war. Als gehörte er zu der gleichen Familie. Was für ein verrückter Gedanke! Und doch: Ein plötzliches Glück durchströmte ihn. Vielleicht ... konnte er noch zurück? Zurück zu den anderen?

Langsam und nachdenklich steckte er die Scheibe wieder in seinen Rucksack.

»Gut gemacht!«, knarrte die Kiefer.

Er klopfte auf den Stamm. Die Kiefer verneigte sich leicht und Phillipus tat es ihr zum Abschied nach. Dann warf er den Kiefernzapfen in die Luft, fing ihn, steckte ihn ein und machte sich leichtfüßig auf den Weg. Er fühlte sich so froh und erleichtert wie schon lange nicht mehr. Vielleicht würde er nie die Gießerei seiner Eltern zurückbekommen. All das war nicht mehr so wichtig. Es würde etwas Neues geben. Er würde zurückgehen und mit den anderen gegen die Nordländer kämpfen. Hier war sein Platz. Endlich hatte er sich entschieden. Und mit jedem Schritt wusste er, dass er sich richtig entschieden hatte.

Als er sich der Nische im Fels näherte, sah er die Freunde schon von Weitem.

Sie waren aufgestanden und sprachen miteinander. Er wollte

ihnen zuwinken und ihnen berichten, dass das Ende der Klamm nicht mehr weit war, aber etwas hielt ihn davon ab. Semur hatte etwas in der Hand. Phillipus konnte noch nicht sehen, was es war, aber er ging langsamer. Als er nur noch wenige Meter entfernt war, hielt er entsetzt den Atem an. Das, was Semur in der Hand hielt, sah aus wie eine Papierrolle. War das seine … Er tastete sein Hemd ab. Tatsächlich! Seine Papierrolle war nicht mehr da. Er hatte sie im Mantel gehabt! Phillipus' Herz klopfte. Hatten sie ihn schon gesehen? Nein, sie waren viel zu sehr damit beschäftigt, die Zeichen auf der Rolle zu entziffern. Phillipus verschwand so leise wie möglich hinter einem Felsvorsprung und lauschte ihrem Gespräch.

»Da sind Buchstaben. Und Punkte mit Strichen.« Das war Semurs Stimme.

»Zeig mal!«, sagte Helena.

Vorsichtig spähte Phillipus hinter dem Felsen hervor. Er sah, wie Semur Helena die Rolle reichte, die sie aufmerksam studierte. Nach einer Weile ließ sie die Rolle sinken und starrte Semur und Cassian entsetzt an. »Ich weiß, was das ist. Das sind die Anweisungen für die Lichtzeichen!«

Phillipus glaubte für einen Moment, dass sein Herz aussetzte. Er sah, wie Semur sich mit einem verwirrten Gesichtsausdruck am Kopf kratzte.

»Aber wieso sind die hier?«

»Wahrscheinlich hat sie jemand verloren.«

»Verloren? Wer sollte sie denn verloren haben?«

Helena kniff ihre Lippen zu einem dünnen Strich zusammen. »Derjenige, der die Lichtzeichen gibt.«

»Aber wer soll das sein?«

Phillipus hinter dem Felsen begann zu zittern.

»Na ja. Es gibt eigentlich nur eine Person, die dafür infrage kommt«, fuhr Helena fort. »Und diese Person ist gerade weggegangen.«

Semur starrte sie an. »Phillipus?! Du meinst, Phillipus hat … Aber … gibt es denn gar keine andere Erklärung?«

Helena schüttelte langsam den Kopf. »Ich kann mir keine andere vorstellen.«

Semur hob hilflos die Schultern. »Ich dachte, Phillipus wäre unser Freund!«

»Das dachte ich auch«, sagte Helena leise. Sie hielt die Rolle hoch. »Aber das ist der Beweis, dass er es nicht ist.«

Cassian sah von Helena zu Semur und wieder zurück. Tränen standen in seinen Augen. Auch Semur sah unendlich traurig aus. »Dann hat er uns von Anfang an angelogen, oder?«

Helena nickte und sah zu Boden. »Genau das hat er!«

Phillipus kauerte hinter dem Stein und spürte, wie etwas in ihm zerbrach. Es tat ihm so weh wie noch nie etwas zuvor. Er warf noch einen letzten Blick auf Semur, Helena und Cassian. Sie wussten es und sie würden nie wieder mit ihm sprechen. Dann drehte er sich vorsichtig um, um sich davonzuschleichen.

Es gab nur noch eine Seite, auf die er sich schlagen konnte. Er würde den Weg, den er gerade gegangen war, zurückgehen. Von dort war es nicht mehr weit zu den Nordländern. Wenn alles gutging, dann würde er bis Einbruch der Dunkelheit bei den Türmen sein.

Teil 3

Das Vermächtnis des Dädalus Akanthus

20. Kapitel

Die Geheimschrift

In Ornata begannen die Blätter zu fallen. Da es das erste Mal war, dass die Menschen Bäume im Herbst sahen, war es für viele wie ein Wunder. Die Blätter der Bäume und Sträucher wechselten ihre Farbe von Grün zu Rot, Gelb und Golden und der Wind trieb sie dann von den Zweigen. Auch ließen die Bäume ihre Früchte fallen. Bucheckern trudelten in einem Wirbel zu Boden, Eicheln prasselten auf den Burghof, an den Sträuchern hingen leuchtende Beeren, Sanddorn und Hagebutten. Merle sammelte die Früchte ein und verglich sie mit den Zeichnungen in Tamerans Buch. Manchmal ging sie auch zu den Bäumen und zeichnete ihre Gestalt ab. Nun, da sie nicht mehr vom Grün bedeckt waren, konnte sie ihren Wuchs viel besser erkennen. Die Ulmen waren krumm wie ihre Blätter, mit den ungleichen Enden, die Eichen breit und hoch, die Apfelbäume glichen den runden Äpfeln. Überhaupt ähnelte die Gestalt der Bäume stark ihren Früchten.

Mittlerweile kannte Merle die Namen fast jeder Pflanze. Immer mehr Kinder, die ein Zeichen hatten, besuchten sie und wollten wissen, was sie bedeuteten. Merle sah sich die Muttermale auf Schultern, Armen und Beinen an und konnte allen sagen, zu welcher Pflanze sie gehörten. Manche dieser Pflanzen wuchsen in

Ornata. Sie waren aus den Samen aus Tamerans Truhe entstanden oder sie waren aus den Flaschen in Askiels gläsernem Herbarium befreit worden. Es gab aber auch Kinder, deren Pflanzen nicht hier wuchsen, und Merle musste ihnen erklären, dass ihre Pflanze nur in Nelumbiya zu finden war.

Erstaunlicherweise bildete sich bei manchen Kindern, die früher kein Zeichen gehabt hatten, plötzlich eines heraus. Wahrscheinlich hatte die Anwesenheit von Askiel und vor allem von Armillarion das vorher verhindert.

So war es auch Merle ergangen. Nachdem Tara, Semur und Helena die Pflanzen zurückgebracht hatten, tauchte auf ihrem rechten Handgelenk ein Papyrushalm auf. Er sah aus wie die anderen Gräser, fächerte sich aber oben an der Spitze in viele kleine herunterhängende Büschel auf. Anfangs war der Papyrus nur ganz schwach und blass zu sehen, dann wurde er immer deutlicher. Seitdem fragte Merle sich, wie sie selbst einmal Pflanzenmagierin werden konnte. Sie studierte dabei besonders ausgiebig den letzten Teil des Buches. Denn nachdem Tameran auf den vorderen Seiten die Pflanzen abgemalt und beschrieben hatte, widmete er das letzte Drittel des Buchs der Geschichte Nelumbiyas, die er in Versform erzählte. Manches dabei war unverständlich, aber jeden Tag entdeckte Merle etwas Neues. Was sie aus den Versen herauslesen konnte, war, dass man für die Verbindung mit der Pflanze elf Jahre alt sein musste, und zweitens, dass diese Verbindung innerhalb der Grenzen Nelumbiyas geschehen musste.

Sie fragte sich, wie sie einmal nach Nelumbiya kommen könnte, wenn es so weit war.

Ach, Nelumbiya!

Wie gerne wäre Merle mit Tara mitgekommen! Auch wenn es unendlich gefährlich war, wie Tara behauptete. Aber sie war stolz auf sich. Sie hatte nicht einmal mit der Wimper gezuckt, als Tara ihr gesagt hatte, dass sie fortging. Diesmal hatte sie sich nicht beklagt und nicht geweint. Nein, diesmal hatte sie das Buch. Sie musste tief in seine Geheimnisse einsteigen. Das war ihre Aufgabe, denn die dunklen Wolken am Himmel waren nicht verschwunden. Merle spürte, dass ihre Freunde in Gefahr waren. Es hieß, dass Kajetan ganz allein zu den Grenzen geritten war, um Chiaras angebliche Lügen zu überprüfen. Es musste stimmen, denn Merle hatte ihn nicht mehr im Palast gesehen. Dabei war er vorher jeden Tag gekommen. Merle hatte ihn jeden Morgen beobachtet, wie er sich in dem blank polierten Messingknauf des Tors betrachtete und seine spärlichen Haare mit den Händen zurückkämmte, bevor er den Palast betrat. Doch nun war er schon seit zwei Tagen verschwunden, wie Merle nach einem langen Morgen am Fenster ihres Zimmers feststellte. Sie grübelte noch ein bisschen darüber nach, welche Rolle wohl Kajetan bei den Nordländern spielen würde, als der Wind plötzlich eine Seite des Buches, das auf ihrem Schoß lag, umblätterte. Auf der Seite war der Akanthusstrauch zu sehen. Ein Sonnenstrahl beschien die krautigen Blätter. Aber … was war das?

Merle beugte sich neugierig über das Papier.

Da waren verborgene Buchstaben. Hinter der eigentlichen Schrift! Sehr schwach, aber dennoch sichtbar. Aufgeregt nahm Merle das Buch und hielt die Buchseite gegen die Sonne. Die Schrift war nicht so rund wie Tamerans gleichmäßige Buchstaben. Eher zackig wie eine zerfurchte Linie und kaum zu entziffern.

Merles Herz klopfte. In Tamerans Buch gab es ein Geheimnis. Eine geheime Botschaft! Allerdings waren die Buchstaben zu blass, um sie lesen zu können. Sie musste sich Hilfe holen. Sie überlegte hin und her und kam schließlich zu dem Schluss, dass es eigentlich nur einen Menschen gab, zu dem sie gehen konnte.

Wenig später klopfte sie an genau dessen Tür.

Die Tür öffnete sich mit einem Quietschen und Chirons Kopf erschien.

»Hier unten bin ich!«, rief Merle.

Chiron entfuhr ein langer Seufzer, als er sie entdeckte. »Merle! Was machst du denn hier? Es gibt keine Gratiskonzerte mehr, wenn du deswegen hier bist.«

»Gut. Ich würde sowieso nicht kommen.«

»Nun dann … äh …« Chiron kratzte sich am Kopf. »… warum eigentlich nicht?«

»Weil sich Tara, Semur und Helena wegen des Großen Liedes zu Tode schämen. Ich bin aber wegen etwas anderem hier.« Merle hielt etwas hoch, das aussah wie ein gewaltiges Stoffbündel. Sie blickte an Chiron vorbei und erspähte zu ihrer Überraschung hinter ihm einen wahren Riesen von einem Mann, der gebückt auf Chirons Teppich saß und geräuschvoll an seinem Tee schlürfte.

»Darf ich nun hereinkommen?«, fragte Merle ungeduldig.

Chiron nickte ergeben und Merle schleppte das Stoffbündel zu dem kleinen gusseisernen Ofen, der in der Mitte auf dem Teppich stand. Für einen Moment sah sie sich in dem spitz zulaufenden Zimmer um. Es war vielleicht der gemütlichste Ort, den sie je betreten hatte. Bücher türmten sich neben den Musikinstrumenten. Eine große Schüssel mit Keksen stand auf einem Tischchen. Der Ofen verbreitete eine wohlige Wärme und auf dem Boden lag ein Teppich mit verschlungenen Pflanzenmustern, von dem sich der fremde Riese nun mühsam erhob. Er putzte sich die Hände an seinen schmutzigen Hosen ab und drückte Merle dann die Hand.

»Ich bin Niv«, sagte er.

»Ich bin Merle«, sagte Merle und drückte die riesige Hand mit aller Kraft zurück.

»Niv gehört … zu Chiaras Piratentruppe«, begann Chiron.

»Wir sind keine Piraten. Wir sind Bootsleute!«, unterbrach ihn Niv empört.

»Wie auch immer. Jedenfalls hat er unsere Freunde getroffen«, fuhr Chiron fort.

»Hab ich, hab ich«, murmelte Niv und sah betreten auf das Teppichmuster. »Sie sind einfach rein, ohne auf mich zu hören. Einfach so.«

Merle sah fragend zu Chiron.

Der räusperte sich. »Sie sind angeblich in die Sümpfe zwischen dem Schwarzwasser und den Silbernen Wassern gegangen.«

»Das habe ich mir schon gedacht«, sagte Merle leise.

»Du … du hast was?«, stotterte Chiron.

»Tara hat mir gesagt, dass sie dorthin gehen wollte, um ihre Eltern zu finden.«

Niv schüttelte bekümmert den Kopf. »Und die anderen sind alle mit! Ich hab versucht, sie abzuhalten. Ich schwör's euch! Aber sie waren eigensinnig. So verdammt eigensinnig!«

Chiron seufzte und holte eine weitere Tasse aus dem Regal. Er goss dampfenden Tee aus einer silbernen Kanne ein und stellte sie auf das Tablett. Merle nahm vorsichtig einen Schluck.

»Ganz schön bitter, was?«, bemerkte Niv und biss geräuschvoll in seinen Keks.

Chiron sah ihnen zu und auf seinem Gesicht spiegelte sich ein Hauch Ungeduld. »Ich mache mir auch große Sorgen. Die Sümpfe sind gefährlich und undurchdringlich.« Er schluckte. »Und wir wissen nicht, ob sie es geschafft haben, sie zu durchqueren.«

»Ne, das wissen wir nicht!« Niv schniefte kurz auf, zog ein Taschentuch, das eher die Größe eines herkömmlichen Geschirrtuchs hatte, aus seiner Hosentasche und schnäuzte sich mit einem durchdringenden Trompetenton.

Merle sah die beiden an und zuckte nicht mit der Wimper. »Ich bin mir sicher, dass sie noch leben«, sagte sie.

»Meinst du?«, fragte Niv und ein kleiner Hoffnungsschimmer zog sich über sein breites Gesicht.

»Aber es gibt da noch was!«, berichtete Chiron. »Die Nordländer haben die Piraten überfallen und ihr Schiff mitgenommen. Ihr Anführer machte Andeutungen, dass …«

Er wurde von Niv unterbrochen, der sich wieder schnäuzte.

»… sie wollen diesen elenden giftigen Pilz finden. Den Pilz von Askiel.«

»Es sieht also nicht gut aus«, schloss Chiron und senkte den Kopf.

Merle legte das große Stoffbündel auf den Teppich und sah dann von einem zum anderen. »Wir müssen handeln.«

»Äh ja« pflichtete Chiron ihr bei.

Unter Chirons und Nivs erstaunten Blicken begann Merle, behutsam den Stoff aufzuwickeln.

»Das ist ja Tamerans Buch«, entfuhr es Chiron, als unter den vielen Stoffbahnen ein leuchtend grüner Einband zum Vorschein kam. »Darf ich?«

Merle nickte und sah zu, wie Chiron das Buch vorsichtig in die Hand nahm. Er betrachtete es ehrfürchtig von allen Seiten, strich über den Rücken und den Falz. »Ich habe gehört, du hütest es wie deinen Augapfel!«

»Ich weiß nicht, wie man seinen Augapfel hüten soll, aber ich habe es immer bei mir«, sagte Merle. »Seit die anderen weg sind, habe ich mir überlegt, wie ich ihnen helfen kann. Und nun habe ich etwas entdeckt. Vielleicht ist das wichtig.«

Chiron hörte auf zu blättern und sah sie aufmerksam an.

»In dem Buch ist eine Schrift, die ich nicht entziffern kann«, erklärte Merle.

»Ein anderes Alphabet?«

»Das weiß ich nicht. Die Buchstaben sind so schwach, dass man sie kaum lesen kann.« Merle nahm Chiron das Buch wieder aus der Hand und schlug die Seite mit dem Akanthus auf. Chiron holte eine Lupe aus einer Schublade seiner runden Kommode und untersuchte das Papier damit sorgfältig.

»Na, so was! Das ist Zitronentinte!«, murmelte er nach einer Weile.

»Zitronentinte?«

»Das ist keine Dornrindentinte aus Schlehenzweigen, sondern

Tinte aus dem Saft von Zitronen. Du kannst sie wie Tinte verwenden. Zuerst sieht man die Buchstaben nicht, aber durch Wärme kann man sie sichtbar machen.«

Merle schüttelte den Kopf. »Ich habe das Blatt schon gegen die Sonne gehalten, aber es geht nicht. Man kann zwar erkennen, dass da etwas geschrieben ist, nur lesen kann man es nicht.«

Chiron legte die Lupe weg. »Nun, es gibt da noch eine andere Möglichkeit! Du erlaubst?«

Er nahm das Buch mit zu seinem kleinen Eisenofen, schob dort den Wasserkessel beiseite und legte das Buch behutsam auf die heiße Oberfläche.

»Nein!«, rief Merle erschrocken. »Es wird verbrennen!«

»Keine Angst! Alles, was wir brauchen, ist ein wenig Hitze!«, murmelte Chiron. Merle schnappte nach Luft, als sie sah, dass das Blatt leicht braun wurde. Dann ... langsam, ganz langsam erschienen Buchstaben auf dem Papier.

»Na, das is ja mal ein Ding«, flüsterte Niv.

»Das ist ein Gedicht!«, rief Chiron und zog das Buch wieder von dem Ofen.

»Was heißt es denn?«, fragte Niv.

Merle blickte Niv an und schwor sich, dass sie ihm eines Tages lesen beibringen würde. Sie holte tief Luft und las dann vor:

»Wandrer kommst du zum Weltenbaum
Überwindest eilig Zeit und Raum
Das Akanthus-Haus auf dem Wege steht
Dort es um die Erkenntnis geht

Die Lösung ist hier gut verborgen
Gehst du durch der Wurzeln Tor
Und das Heute bringt das Morgen
In der Dunkelheit hervor

Siegen wirst du in dem Wissen
Das die Bücher dir gewähren
Wirst den Schutz bald nicht mehr missen
Und dich deiner Feinde wehren

Fremder Zauber mächt'ger Lieder
Durch den das Licht die Nacht besiegt
Geht in den Gedichten nieder
Die Lösung bei den Zeichen liegt.

»Seht mal, darunter ist noch etwas«, murmelte Chiron.

Merle beugte sich über die unteren beiden Zeilen.

Dies schrieb für alle, die es angeht,
Dädalus Akanthus.

Niv deutete anerkennend auf Merle. »Donnerwetter!«, sagte er. »Sie is ganz schön schlau, nich?« Dann fuhr er sich über die Glatze. »Aber was soll das nu heißen?«

Merle blickte auf. »Das heißt, dass es irgendwo im Haus von Dädalus Akanthus einen Hinweis gibt, wie die Nordländer zu besiegen sind, und dass wir nach Nelumbiya müssen, um es den anderen zu sagen!«

Die beiden Männer sahen sich an.

»Ich hätt nix dagegen«, brummte Niv. »Ich hab nix gegen Pflanzen.«

»Ähem«, Chiron wandte sich an Merle. »Und du bist sicher, dass … na ja, dass sie nicht von selbst draufkommen?«

Merle schüttelte verwirrt den Kopf. »Wie sollten sie das? Der Hinweis ist hier. Wir haben ihn gerade erst gefunden.«

»Aber wir müssen doch nicht alle gehen, oder?« Chiron sah Merle fast bittend an.

»Es wird nur gehen, wenn wir alle zusammen sind«, sagte Merle. »Deshalb müssen wir Chiara zuerst befreien.«

»Was du nicht sagst«, bemerkte Chiron säuerlich. »Darauf wäre ich wirklich nicht von allein gekommen.«

»Dann ist es ja gut, dass ich es gesagt habe!«

Chiron raufte sich die Haare. »Merle! Ich denke Tag und Nacht an nichts anderes.«

»Also, *ich* geh nicht ohne die Chefin«, murmelte Niv.

»Wir müssen einen Weg finden, sie aus dieser Zelle zu holen«, sagte Merle nachdenklich.

»Wisst ihr, mit Gefängnissen kenn ich mich aus«, brummte Niv. »Wir müssen es nur irgendwie schaffen, an die Schlüssel zu kommen. Dann lenken wir die Wächter ab und holen die Chefin raus.«

Chiron starrte vor sich hin. »Nun gut, also dann ... wir werden sehen. Aber für die Wächter brauchen wir dich dringend, Niv! Falls ... falls es irgendwelche Auseinandersetzungen gibt!«

»Was denn für Auseinandersetzungen?«

»Na ja, falls die Wachen uns angreifen!«

Niv schüttelte den Kopf. »Oh, wisst ihr, ich prügel mich nicht gern herum. Das is nich so meine Art.«

Chiron seufzte. »Wie auch immer. Vielleicht reicht es ja schon, wenn die Wachen dich nur *sehen!*«

»Wenn du meinst.« Niv blickte in die Runde. »Und wann geht's los?«

»Jetzt!«, sagte Merle entschlossen.

»Jetzt?!« Chiron schluckte. Er starrte eine Weile bedauernd auf den dampfenden silbernen Teekessel und die Kekse und dann auf den Teppich mit seinen verschlungenen Mustern, als würde er von dort Antworten erhalten. Schließlich raffte er sich auf. »Also gut. Außergewöhnliche Umstände verlangen außergewöhnliche Tatkraft!« Er hielt kurz inne und lächelte, als hätte er eben etwas sehr Schönes gefunden. »Das klingt gut, nicht? Ich werde das aufschreiben!«

»Später!«, sagte Merle streng. »Wir müssen *jetzt gleich* aufbrechen!«

»Aber wie genau sollen wir die Chefin befreien?«, fragte Niv.

Merle sah nachdenklich auf das Buch. Sie hatte dort vor einiger Zeit ein interessantes Rezept entdeckt. Etwas, das die Wirkung jeder Pflanze verstärkte und das ihr nun gute Dienste erweisen könnte.

»Du hast nicht zufällig Baldriantee?«, fragte sie Chiron und hielt ihre Tasse hoch.

21. Kapitel

Dreierpasch

Es war ein seltsamer Trupp, der sich aufmachte, um Chiara zu befreien. Merle ging voran. Sie hatte Tamerans Buch diesmal in einem Lederrucksack verstaut, den ihr Chiron geliehen hatte. Obwohl er ihr angeboten hatte, das Buch selbst zu tragen, wollte es Merle auf keinen Fall hergeben. Aus dem Lederrucksack lugte auch eine große Flasche, in der bei jedem ihrer Schritte eine trübe grünliche Flüssigkeit hin und her schwappte.

Dahinter trabte Niv, der doppelt so groß und doppelt so breit wie Merle aussah. Neben ihm lief sein kräftiger Schimmel, der eines der Zugpferde war, mit dem die Piraten ihren Kahn stromaufwärts zogen. Zum Abschluss ging Chiron, der seine Laute in einem großen Lederbeutel auf dem Rücken trug. Er führte Chiaras Pferd am Zügel, zusammen mit Cassians kleinem Pony. Sein eigenes Pferd, ein prächtiger Rappe mit goldbesticktem Sattel, trottete hinterher. Chiron hatte seine Begleiter darauf eingeschworen, sich so unauffällig wie möglich zu bewegen, was allerdings nicht ganz funktionierte. Alle, die ihnen begegneten, blickten der ungewöhnlichen Gruppe verwundert nach. Es waren allerdings zu ihrem Glück nicht viele, denn es war noch morgens und ein dichter Herbstnebel hatte sich über die Stadt gelegt.

Sie banden die Pferde an einem Pfosten an der Stadtmauer neben dem Nordturm fest.

»Ich weiß nicht«, flüsterte Chiron, als er die Mauer hochblickte, in deren oberstem Abschnitt die vergitterten Fenster der Gefängniszellen zu sehen waren. »Das letzte Mal hat es auch nicht geklappt und da hatten wir nicht weniger als drei Pflanzenmagier dabei.«

»Wie habt ihr es denn versucht?«, fragte Merle und zog ihren Rucksack gerade.

»Helena hat die Ranken nach oben geworfen und sie sind durch diesen schmalen Spalt hinein.« Chiron deutete auf die Öffnung unter den Fenstern. »Aber sie sind dann an der Zelle gescheitert. Die Gitterstäbe waren aus Kupfer.«

»Kupfer?«, fragte Niv.

»Ja, das ist ein Metall«, erklärte Chiron. »Sieht rötlich aus.«

»Kenn ich«, brummte Niv.

Merle nickte. »Tameran hat geschrieben, dass es ein paar Metalle gibt, bei denen die Pflanzenmagie nicht wirkt. Kupfer gehört dazu.«

»Aber wir haben doch gar keine Pflanzenmagier hier, oder?«, fragte Niv.

»Genau das ist der Punkt!« sagte Merle und öffnete die Tür hinter sich. »Deshalb sollten *wir* auch die Treppe nehmen. Ihr bleibt jetzt erst mal hier. Wartet auf ein Zeichen von mir.«

»Ein Zeichen? Was denn für ein Zeichen?« Niv sah sich unbehaglich um.

»Ich spreche mit den Wachen. Bleibt einfach hier und …« Merle blickte zu Chiron und Niv. »… verhaltet euch irgendwie unauffällig.«

»Meine Worte«, murmelte Chiron und zog Niv hinter einen Mauervorsprung.

Merle nickte ihnen zu und schlich die enge Wendeltreppe hoch. Hier war es dunkel und roch modrig. Nachdem sie eine Weile gegangen war, hörte sie über sich Stimmen und das Klackern von

Würfeln in einem Becher. Dann wurde mit einem hohlen Geräusch der Becher auf einen Tisch gestülpt. Ein Lachen und ein enttäuschter Ausruf folgten. Merle schlich näher und sah, wie in einem Wachzimmer zwei Männer beim Würfeln saßen. Der breitere von beiden, der einen dichten dunklen Bart trug, starrte enttäuscht auf fünf Würfel, die zwischen ihnen auf dem Tisch lagen. »Schon wieder ein Dreierpasch. Mit Sechsern!«, hört Merle seine tiefe Stimme. »Ich versteh nicht, warum du immer gewinnst.«

»Du schuldest mir zwei Kupfermünzen«, sagte der andere.

»Ja, ja, schon gut! Du kriegst sie ja.«

In diesem Moment ließ Merle ein lautes Schniefen vernehmen.

»Hast du das gehört?«, fragte der bärtige Wachmann. »War das ein Tier?«

»Ich geh mal nachsehen!«

Der andere stand auf und ging zum Eingang. Merle wischte sich über die Augen und ließ ein weiteres Wimmern vernehmen.

»Nanu! Wen haben wir denn da?«

Merle trat aus dem Schatten in das Licht der Öllampe. Sie sah jämmerlich aus.

»Ein kleines Mädchen!«

»Was machst du denn hier, Kleine?«

Merle schniefte wieder. »Ist ... ist hier der Nordturm?«, fragte sie ängstlich.

»Was wolltest du denn da?«

»Ich sollte über das Nordtor zu meinen Brüdern auf die Felder und ihnen etwas zu essen bringen.«

»Du bist hier völlig falsch! Der Aufgang zum Nordturm ist gleich um die Ecke. Hier ist das Gefängnis, Kleine!«

»Das Gefängnis? Wirklich?«

»Ja, hier sind die Verbrecher eingesperrt. Aber keine Angst. Wir passen auf, dass niemand ausbricht.«

Merle nickte voller Bewunderung. »Wie viele Verbrecher sind

denn gerade im Gefängnis?«, fragte sie und brachte es sogar fertig, ihre Stimme leicht beben zu lassen.

»Im Moment nur eine Frau. Aber die hat es in sich!«

Merle schluckte. »Warum? Ist sie … gefährlich?«

»Und wie! Eine Piratin, die schon viele Kinder entführt hat. Kinder wie dich!«

Merle riss erschrocken die Augen auf. »Wie mich?«

»Die Piraten haben die Kinder entführt und dann Lösegeld von ihren Eltern bekommen, damit sie die Kinder wieder freilassen.«

Merle senkte den Kopf. »Mich hätten sie sicher nicht freigelassen«, murmelte sie. »Meine Eltern würden ihnen nichts zahlen können.«

»Na, irgendwas würde es doch sicher geben …«, sagte der Bärtige beruhigend. »Sie haben bestimmt irgendwas, das sie gegen dich austauschen würden.«

»Nein, das haben sie nicht«, Merle schüttelte bekümmert den Knopf und knabberte an ihren Fingernägeln. »Das heißt …« Ihr Gesicht hellte sich mit einem Mal auf. »Sie hätten vielleicht mit dem Trank zahlen können.«

Sie deutete auf die Flasche, die sie in ihrem Rucksack hatte. Der Mann mit dem Würfelglück lächelte.

»Was denn für ein Trank?«

»Das ist ein Zaubersaft. Wer den trinkt, der wird glücklich.«

»Ah, so wie Bier?!«

»Nein, anders. Wer den trinkt, so sagt meine Großmutter, dem gelingt alles.« Merle sah sich um, als würde sie jemand belauschen. »Der Saft ist von einer Pflanze aus dem Verbotenen Land. Er hat magische Kräfte. Und … meine Großmutter hat ihn gebraut. Aber …« Sie sah plötzlich erschrocken aus. »Eigentlich darf ich das gar nicht erzählen.«

»Warum denn nicht?«

»Es ist ein Geheimnis!«

»Ein Geheimnis, soso.« Der Bärtige starrte auf die Flasche.

»Also, dann gehe ich mal wieder.« Merle drehte sich um und machte sich an den Abstieg.

»Die Treppen runter und dann rechts«, rief ihr der Lange nach.

Sie war gerade ein paar Stufen gegangen, als sie die Stimme des anderen Wachmanns hörte.

»He, du, warte mal!«

Über Merles Gesicht zog sich ein breites Lächeln. Sie bemühte sich, schnell wieder ernst auszusehen, als sie sich umdrehte und um die Ecke in die Wachstube lugte.

»Ja?«

»Könnte ich vielleicht was von dem Trank versuchen?« Der Wärter fuhr sich über seinen dichten Bart. »Ich mein ja nur. Glück könnte ich wirklich gebrauchen.«

»Wer kann das nicht?«, sagte der andere, grinste und steckte die Würfel wieder in den Würfelbecher.

»Von dem Trank?« Merle schüttelte energisch den Kopf. »Das geht nicht! Ich soll die Flasche meinen Eltern bringen.«

»Wolltest du nicht zu deinen Brüdern?«, fragte der Lange misstrauisch.

»Ja«, korrigierte sich Merle schnell. »Meine … meine Eltern sind aber auch dort.«

Die beiden Wachen sahen sich an.

»Ich glaube nicht an so Zeug!«, sagte der Lange. »Was soll denn so'n Glückstrunk sein?«

Der andere blickte auf die Würfel und dann zu Merle.

»Weißt du, was? Ich geb dir zwei Kupfermünzen für ein Glas.«

»Aber was werden meine Eltern sagen?«, fragte Merle zögernd.

»Da gibt es einen Trick! Wir füllen die Flasche wieder mit Wasser auf und deine Eltern werden nichts bemerken!« Der Bärtige holte zwei glänzende Münzen aus dem Beutel neben sich und hielt sie Merle unter die Nase. »Aber du hättest zwei Kupfermünzen mehr!«

»Ich weiß nicht …«, begann Merle vorsichtig.

»Nur ein Glas!«

Merle sah unschlüssig von einem zum anderen. Der Lange seufzte und holte aus seiner Hosentasche auch noch zwei Münzen heraus.

»Hier«, sagte er schließlich. »Ich hab auch noch zwei.« Er drehte sich zu dem Bärtigen. »Ich will ja nicht, dass du am Ende mehr Glück hast als ich.«

Merle sah auf die vier Kupfermünzen, die auf dem Tisch lagen, und biss sich auf die Lippe. Sie bemühte sich, so auszusehen, als ob sie gründlich nachdachte.

»Das sind dann zwei Gläser«, sagte sie schließlich.

»Und wir füllen sie wieder auf. Keiner wird was merken, das verspreche ich dir!« Der Bärtige blinzelte ihr verschwörerisch zu.

Merle seufzte, dann nahm sie den Rucksack vom Rücken und stellte die Flasche auf den Tisch.

»Gut!«, sagte sie und steckte schnell die Münzen ein. »Aber ...« Sie holte tief Luft. »Ich weiß nicht genau, wie der Trank wirkt.«

»Das soll nicht deine Sorge sein!« Der Bärtige holte zwei Gläser aus dem Schrank, entkorkte die Flasche und schenkte die beiden Gläser voll. Die Flüssigkeit war trüb und schimmerte leicht grünlich. Es war, als würde ein geheimnisvolles Licht von ihr ausgehen.

Die Wachen sahen sich an. Dann stießen sie miteinander an und tranken die Gläser mit einem einzigen Schluck leer.

»Spürst du schon was?«, fragte der Lange.

»Ich weiß nicht«, sagte der Bärtige. »Es ist jedenfalls anders als Bier.«

»Ja, ganz anders ...« murmelte der andere. Sein Kopf sank langsam auf den Tisch. »Aber irgendwie schön!«

»He«, sagte der Lange und starrte Merle an. »Du hast uns gar nicht gesagt, dass das Zeug so schläfrig macht! Ich wollte, ich hätte ...« Doch er brachte den Satz nicht zu Ende. Seine Augen fielen zu und er lehnte sich in seinem Stuhl zurück.

Merle sah zu den Wachen. Sie zog den Bärtigen am Arm, der rührte sich kurz, dann begann er laut zu schnarchen.

Merle grinste. Sie verkorkte die Flasche und lief zum Fenster. Dort sah sie nach unten und ließ eine der Kupfermünzen auf Nivs Kopf fallen.

»Hmm? Das ist das Zeichen, oder?«, murmelte der und klaubte die Münze auf.

**

Der Gefängnistrakt lag zwei Stockwerke über dem Zimmer mit den schnarchenden Wachleuten. Er war durch ein breites Gitter versperrt, hinter dem ein Gang mit einzelnen Zellen lag.

»Dahinten ist irgendwo die Chefin«, flüsterte Niv und sah Chiron zu, der einen Schlüssel nach dem anderen in dem riesigen Schlüsselbund ausprobierte.

Merle lief unruhig auf und ab. »Beeilt euch! Ich weiß nicht, wie lange die Wirkung des Schlaftrunks andauert!«

»Hör mal, ich könnte …«, begann Niv und sah zu Chiron, der immer noch verzweifelt mit den Schlüsseln hantierte.

»Stör mich nicht! Verdammt!«, murmelte Chiron. »Was für eine Irrsinnsidee, das Ganze. Ich hätte mich nicht drauf einlassen sollen. Nie hätte ich mich auf so was einlassen sollen!«

Nach einer schier endlosen Weile fand er schließlich einen Schlüssel, der passte und den man mühelos herumdrehen konnte. Merle atmete auf. Die Tür zum Gefängnistrakt stand offen!

»Chefin, wir kommen!«, rief Niv und rannte den langen Gang entlang.

»Niv!« Sie hörten Chiaras Stimme vom Ende des Ganges. Als sie die Zelle erreichten, stand sie an der Tür und zog sich das Stroh aus den verfilzten Locken.

»Bist ganz schön dünn geworden, Chefin!«

Chiara lachte. »Ja, ich hab dein Essen vermisst.« Dann wurde sie ernst. »Danke, Niv! Ich freu mich schon drauf, alle wiederzusehen.«

»Chefin, ich …« Niv sah Chiara betreten an.

»Ja?«

»Ach nix. Ich erzähl es später.«

»Und wer bist du, Kleine?«

»Das ist Merle. Sie hat die Wachen ausgeschaltet«, sagte Niv stolz.

Chiara zog verwundert die Augenbrauen hoch. »Mit Pflanzenmagie?«

»Nein, mit Glück!«, sagte Merle.

Chiara warf den Kopf in den Nacken und lachte. Dann blickte sie auf Chiron, der wieder einen Schlüssel nach dem anderen in das Schloss steckte.

»Und du auch hier, Bruderherz!«, sagte Chiara. »Und dann auch noch mit dem Schlüsselbund.«

»Ich hab's gleich«, murmelte Chiron nervös. »Gleich hab ich ihn gefunden!«

»Habt ihr Nachricht von Cassian?«, fragte Chiara inzwischen.

»Ja! Die Kinder sind von der Steinbrücke in die …«, begann Niv, doch Merle kam ihm zuvor.

»Sie sind in Nelumbiya und wir müssen ihnen helfen. Die Nordländer wollen nicht Ornata, sondern zuerst Nelumbiya angreifen und Armillarion heben!«

Chiara wurde blass. »Sie haben es tatsächlich auf den Pilz abgesehen?«

»Sieht ganz so aus, Chefin!«, erklärte Niv.

»Dann müssen wir sofort nach Nelumbiya!«, sagte Chiara. »Wir dürfen keine Zeit verlieren.«

»Es geht nicht!«, rief Chiron verzweifelt und ließ den Schlüsselbund sinken. »Kein einziger dieser Schlüssel passt.«

Sie sahen sich an. Merle spürte, wie ihr die Tränen kamen.

»Is nich so schlimm!«, meinte Niv.

»Nicht schlimm?!« Chiron starrte ihn wütend an.

»Nee, geht mal alle zur Seite!« Niv drängte Chiron und Merle von der Gefängnistür weg. »Jetzt kommt Niv!«

Chirons Augen wurden groß. »Aber was … was machst du …?

»Das wollt ich ja schon vorhin machen, aber du wolltest nix davon hören!« Niv stieß die Luft aus den aufgeblasenen Backen und nahm die beiden Gitterstäbe in seine Hände. Sein Kopf lief puterrot an. Dann, langsam, ganz langsam bog er die beiden Stäbe. Sie verformten sich wie Kerzenwachs in seinen Händen. Schließlich hatte er sie so weit auseinander, dass der Spalt breit genug war.

»Hier, halt meine Hand, Chefin!« Niv reichte Chiara die Hand und half ihr, sich durch die beiden Stäbe hindurchzuzwängen.

»Niv, du bist unbezahlbar!«, rief sie, als sie sich bei den anderen befand.

Niv lief vor Verlegenheit rot an. »Wir können gleich aufbrechen. Unser gutes Treidelpferd ist dabei, Chefin, und Cassians Pony. Chiron hat sein eigenes mit.«

Merle nickte. »Und der Nebel ist so dicht, dass wir uns an den Wachen ungesehen vorbeischmuggeln können. Ich weiß einen Weg zum Tor, auf dem uns keiner sieht.«

Chiara warf Merle einen anerkennenden Blick zu. »Du gefällst mir immer besser!« Sie blies sich eine Strähne ihrer lockigen Haare aus dem Gesicht und sah plötzlich besorgt aus. »Ich hoffe nur, wir kommen nicht zu spät!«

22. Kapitel

Bei den Türmen

Der Weg zu den Türmen war viel weiter, als Phillipus gedacht hatte. Er war seit Mittag ununterbrochen gelaufen und gerannt. Immer abwechselnd. Die ersten Stunden waren noch leicht, denn der Weg ging stetig nach unten. Dann, am späten Nachmittag, war er an die Silbernen Wasser gekommen. Neben dem Fluss verlief ein Weg aus unebenen Steinen, der einmal von Menschen angelegt worden sein musste. Phillipus war müde und humpelte. Nach einer weiteren Stunde hatte er Blasen an den Fußsohlen und er setzte sich an den Fluss und kühlte seine Füße im schnell fließenden Wasser.

Komisch, er hatte seit zwei Stunden das Gefühl, dass ihm jemand gefolgt war, doch jedes Mal, wenn er sich umgedreht hatte, war niemand zu sehen gewesen. Wahrscheinlich hatte er sich das nur eingebildet. Er sah dem Fluss nach, der sich hinter einer Biegung verlor. Das Wasser war eiskalt und ganz klar. Er zog die Füße aus dem Fluss und ließ sie in der Sonne trocknen. Dann nahm er einen Stein und warf ihn in das sprudelnde Wasser. Dann noch einen hinterher und noch einen, so lange, bis sein Arm wehtat. Er wünschte sich, er könnte alle Steine, die neben ihm lagen, versenken. Eigentlich wünschte er sich, er könnte irgendetwas kaputt machen. Die Lilien am Ufer wisperten ihm etwas zu, aber er beschloss, sie nicht zu verstehen, so wie er überhaupt vermieden hatte, die Pflanzen, die seinen Weg säumten, zu beachten.

Nein. Er würde sich nicht mehr von ihnen verleiten lassen, etwas anderes zu tun als das, was er vorhatte. Weg! Er wollte nur weg von hier. Aber wohin eigentlich? Eigentlich wollte er nirgendwo sein. Am liebsten hätte er jemanden gefunden, der ihn mitnahm und ihm eine Aufgabe gab. Dann müsste er nicht mehr entscheiden, was er zu tun hatte. Was richtig war und was falsch. Wenn nur dieser Schmerz aufhörte, der sich in seinem Magen eingegraben hatte. Er wollte nicht mehr an das Gespräch zwischen Semur und Helena denken. Sie hatten ihn entdeckt und sie hielten ihn für einen Verräter. Und was am meisten wehtat: Sie hatten recht damit! Er *war* ein Verräter.

Aber was sollte er nun tun? Seine Gedanken drehten sich im Kreis. Er war kein Pflanzenmensch. Er hatte kein Zeichen und er würde nie Pflanzenmagier werden. Er musste zu den Nordleuten. Dort konnten sie ihn vielleicht brauchen. Er wusste, wie man Metalle gießt, und er sehnte sich danach, auch Maschinen zusammenzubauen. Er wusste, dass er das könnte. Vielleicht war ja dort sein Platz?

Oder aber er würde die Gießerei in Ornata wieder zurückbekommen. Er wäre nicht nur der dumme Gehilfe, sondern man würde ihn endlich achten.

Wie auch immer. Er musste zu den Türmen. Das war sein Ziel.

Endlich ging er weiter. Er starrte grimmig nach unten auf den Weg, um die wispernde und sprechende Schönheit um sich herum nicht mehr wahrzunehmen.

Es war fast schon Abend, als er endlich einen der Türme aus der Nähe sah. Er bestand aus vier Stangen, die oben miteinander verbunden waren. Eine Leiter führte hinauf. Am höchsten Punkt befand sich eine Plattform mit Platz für einen einzigen Menschen. Die Scheibe war mit einem Drehgelenk auf einer Stange befestigt, sodass sie nach allen Seiten hin ausgerichtet werden konnte. Man konnte sie sogar nach vorne und hinten kippen. Phillipus bewunderte die kluge Idee, die Scheibe auf ein Kugelgelenk zu setzen, und er konnte nicht verhehlen, dass er für einen Augenblick stolz war. Er hatte diese Scheibe gegossen. Dann sah er, wie ein Mann auf die Leiter stieg. Der Mann trug einen langen schwarzen Mantel mit einer Schlange darauf und Phillipus musste daran denken, was Niv über die Schlangenmenschen berichtet hatte. Der Mann bewegte die Scheibe und das rote Licht der Abendsonne streifte Phillipus.

In diesem Augenblick stieß ihn jemand von hinten in den Rücken und Phillipus fiel zu Boden.

»Ich hab den Jungen!«, rief eine Männerstimme. Der Mann sprach einen seltsamen Dialekt, der die Vokale lang zog. Phillipus hatte noch nie jemanden so sprechen hören. Sein Arm wurde mit eisernem Griff verdreht. Phillipus versuchte, sich zu befreien, aber er hatte keine Chance. Seine Hände wurden ihm auf dem Rücken zusammengebunden.

»Ich gehöre nicht zu den anderen!«, rief er mit erstickter Stimme. »Lasst mich los!«

»Glaubst du, wir haben den erwischt, den Hakoon sucht?«, fragte der Mann mit dem komischen Akzent seinen Kollegen. Sein langer Mantel mit der Schlange bauschte sich im Wind. »Wenn ja, dann ist das ein richtig fetter Fisch!«

Phillipus überlegte, was das wohl bedeutete, ein fetter Fisch. Dann wurde er von dem Mann hochgezogen und nach vorne gestoßen.

»Los, komm mit!«

Phillipus stolperte vorwärts. Er sah sich um und überlegte, ob er fliehen könnte, aber seine Hände waren festgebunden und vor ihm lief einer der Nordländer und hinter ihm auch.

»Ich bin nicht auf der Seite der Pflanzenmagier«, versuchte er sie zu überzeugen. »Lasst mich los! Ich würde sogar freiwillig mitgehen!«

»Ist uns egal, auf welcher Seite du bist«, erklärte der Mann hinter ihm. »Unser Auftrag ist, dich festzunehmen.«

Die Männer trieben ihn unerbittlich weiter. Nach einer Weile kamen sie zu einer Lichtung, auf der ein Zeltlager aufgeschlagen war. Phillipus sah sich um. Vor ihm standen drei runde Zelte und ein weiteres wurde gerade mit Stangen aufgebaut. Die Männer führten ihn in das größte der Zelte, das in der Mitte stand. Sie stießen ihn so heftig hinein, dass er hinfiel, und ließen ihn allein. In einem Eck befand sich eine Art Liege und an den Zeltwänden standen Kisten. Das Zelt war wohl vor Kurzem erst errichtet worden, denn es hatte noch keinen Boden. Unter Phillipus war nur die sandige Erde.

Er hörte draußen Stimmen und Gemurmel. Dann setzte er sich auf. Die Sonne schien auf den Zeltstoff und draußen sah er Schatten vorbeilaufen. Phillipus wartete eine lange Zeit. Warum hatten sie ihn gefangen genommen?

Mittlerweile wurden die Schatten an der Zeltwand länger, dann wurde es um Phillipus herum dunkel. Die Sonne war untergegangen.

Nach einer langen Weile wurde der Stoff am Eingang zurückgeschlagen und zwei Männer betraten das Zelt. Phillipus atmete auf. Einer der Männer war Kajetan. Er trug eine Fackel und hielt sie ganz nah an Phillipus' Gesicht. Als er ihn erkannte, schnaubte er enttäuscht und statt ihn zu begrüßen, wandte er sich an den Wachmann neben ihm. »Den könnt ihr laufen lassen. Er ist es nicht!«

»Hakoon meinte, wir sollen jedes Kind festsetzen, das wir finden können«, wandte der Wachmann ein.

»Ja, aber es ist nicht der, den Hakoon sucht.«

»Kann … kann man mich vielleicht losbinden?«, fiel Phillipus dazwischen.

»Du hältst besser die Klappe«, fauchte Kajetan. Dann seufzte er. »Mach ihn los«, sagte er zu dem Wachmann. »Ich übernehme die Verantwortung dafür.«

Der Wachmann zögerte, dann trat er aber zu Phillipus und schnitt ihm mit einem Messer die Fesseln an den Händen auf.

Kajetan nickte dem Mann zu. »Du kannst jetzt gehen.«

Als sie allein waren, nahm Kajetan die Fackel und steckte sie in den sandigen Boden zwischen sich und Phillipus. »Du! Was zum Teufel machst du hier?« Kajetan war schlecht gelaunt. Phillipus spürte, während er sich die schmerzenden Handgelenke rieb, wie zwei altbekannte Gefühle in ihm hochstiegen: Wut und Angst.

»Du solltest jetzt bei ihnen sein«, fuhr Kajetan verärgert fort. »Ich habe dir gesagt, du sollst sie im Auge behalten. Also: Was machst du dann *hier?*«

Phillipus senkte den Kopf. »Ich wollte bei ihnen bleiben, aber sie haben mich entdeckt. Sie wissen, dass ich ein Spitzel bin.«

Kajetan starrte ihn aus zusammengekniffenen Augen an. »Das war sehr dumm von dir. Dumm und ungeschickt. Ich hätte wissen sollen, dass ich dich nicht mit dieser schwierigen Mission betrauen sollte.«

»Du hättest niemand anderen gefunden«, stellte Phillipus fest.

Kajetan antwortete darauf nicht, sondern begann, in dem Zelt auf und ab zu gehen. »Wenn du die Gießerei wirklich haben willst, dann musst du dich schon mehr anstrengen.«

Phillipus sagte nichts, sondern blickte nur auf das flackernde Licht der Fackel. Am liebsten wäre er weggelaufen. Aber wohin nur?

Kajetan blieb vor ihm stehen. »Als Spitzel bist du verbrannt. Aber ich habe eine andere Aufgabe für dich.«

Phillipus sah hoch.

»Ich möchte, dass du jemanden für mich findest«, fuhr Kajetan fort. »Einen kleinen Jungen. Er heißt Cassian und ist das Kind der Piratin. Du weißt, wen ich meine?«

Phillipus zuckte zusammen. »Ich habe ihn schon einmal gesehen.«

Kajetan blickte ihn neugierig an. »So?«

»Ich ... ich habe ihn in Ornata gesehen«, erklärte Phillipus langsam, so als müsste er nachdenken. »Auf einem Pony. Mit seiner Mutter.«

»Finde heraus, wo er ist! In Ornata ist er jedenfalls nicht mehr, so hat man mir berichtet. Ich glaube, dass er sich auf den Weg hierher gemacht hat.«

»Warum ist dieser Junge so wichtig?«

Kajetan starrte gedankenverloren vor sich hin. »Das weiß ich noch nicht. Aber ... Hakoon will ihn haben. Vielleicht ... vielleicht glaubt er, dass er mit ihm Armillarion beherrschen kann. Vielleicht hat der Junge ein Zeichen. Hast du etwas darüber gehört? Haben die Kinder über ihn gesprochen?«

»Nicht, dass ich wüsste«, log Phillipus. Er spürte, wie ihm die Haare im Nacken zu Berge standen. Natürlich hatte Cassian ein Zeichen. Er dachte an den Lotus und das Zeichen, das ganz klar auf Cassians Haut zu erkennen gewesen war.

Kajetan blickte ihn ungeduldig an. »Wo wollen sie eigentlich hin, hast du das wenigstens erfahren?«

»Ich glaube ... sie wollen den Weltenbaum vor den Nordländern beschützen«, sagte Phillipus vage.

Kajetan lachte einmal kurz auf. »Sie glauben wirklich, sich gegen die ganze Armee der Nordländer stellen zu können. Sie glauben, sie könnten etwas ausrichten. Das ist schon fast rührend.«

»Dann haben sie keine Chance?«, fragte Phillipus vorsichtig.

Kajetan schüttelte den Kopf. »Nicht die geringste. Die Nordländer sind mit zwei Dutzend Schiffen gekommen. Ihre Armee umfasst über tausend Mann. Sie sind bestens ausgerüstet. Glaubst du ernsthaft, dass drei Kinder gegen sie bestehen werden?«

»Und was haben die Nordländer vor?«

»Sie werden Nelumbiya erobern und ausbeuten und mich als ihren Statthalter in Ornata einsetzen.« Kajetan sah Phillipus eindringlich an. »Was ich dir damit sagen will: Es ist besser, auf meiner Seite zu sein als gegen mich.«

Phillipus schluckte. »Was wird denn mit denen geschehen, die gegen dich sind?«

»Die Nordländer brauchen dringend Arbeiter für ihre Bergwerke. Sie werden sich freuen, viele neue Arbeitskräfte aus Ornata zu bekommen.«

»Niemand wird mit ihnen mitgehen wollen«, wandte Phillipus ein.

Kajetan lächelte. »Oh, wenn sie gezwungen werden, dann schon.«

»Dann werden die Nordländer Sklaven aus ihnen machen?«, fragte Phillipus entsetzt.

Kajetan zuckte mit den Achseln. »Und wenn schon! Jedenfalls waren die Nordländer sehr zufrieden mit diesem Handel.«

»Aber wozu brauchst du diesen Cassian?«

»Ich will ihn haben, bevor ihn Hakoon in die Finger bekommt. Ich traue den Nordländern nicht und mit Cassian habe ich eine Lebensversicherung. Wenn sie Armillarion heben, dann will ich der Einzige sein, der etwas mit ihm anfangen kann.« Kajetan lächelte listig. »Also: Finde ihn! Dann erst kann ich dir geben, was du willst. Und vielleicht noch mehr. Denk dran. Bei manchen Dingen ist es besser, auf der Gewinnerseite zu stehen! Denn wenn nicht, dann kannst du in einem dunklen Stollen in der Erde landen.« Er sah Phillipus an und entblößte seine gelben Zähne, was wohl so aussehen sollte wie ein aufmunterndes Lächeln.

23. Kapitel

Ein Bett in der Kastanie

Tara war weit gelaufen. Sie hatte den großen Strand mit seinem feinen Sand, den sie immer noch zwischen den Zehen spürte, hinter sich gelassen. Sie war an den Nebenflüssen der Silbernen Wasser entlanggewandert, hatte dort getrunken, von stachligen Brombeersträuchern die fleischigen Früchte gegessen und war dem Weltenbaum immer näher gekommen. Aber er war noch so weit weg und sie kam zu langsam vorwärts! Wenn sie nur fliegen könnte! Aber sie konnte sich nicht mehr verwandeln, obwohl sie es immer wieder versuchte. Wahrscheinlich hatte Dandelion recht und ihre Kraft reichte nur für diese eine Verwandlung, für die vielen Stunden, in denen sie heute schon in der Luft gewesen war.

Wie seltsam das gewesen war! Sie hatte immer mehr vergessen, dass sie Tara war. Sie hatte sich aufgelöst und dann wieder zusammengesetzt und hatte es einen merkwürdigen Moment lang bedauert, ein Mensch zu sein. Jetzt flogen Dandelions Schirmchen neben ihr und Tara beneidete ihn fast darum, dass er als Pflanze leben durfte. Einmal ließ er sich vom Wind nach oben treiben und berichtete ihr anschließend, was er gesehen hatte.

»Es sind viele Schiffe, die vor der Küste Nelumbiyas vor Anker liegen. Die Nordländer rudern in kleinen Booten zum Strand. Sie führen etwas mit sich. Ich verstehe nicht, was es ist, aber es ist sehr groß.«

Tara fühlte eine kurze Erleichterung, dass Dandelion wieder bei ihr war, doch was er ihr sagte, erschreckte sie. »Was meinst du mit *groß?«*

»Das, was sie an den Strand legen, sieht aus wie gefällte Bäume«, berichtete Dandelion. »Bäume ohne Äste.«

Tara schluckte. Was hatten die Nordländer vor? Sie sah vor sich einen lang gezogenen Hügel. Es konnte nicht mehr weit sein, dann wäre sie am Rand des großen Ringwaldes mit seinen dunklen unheimlichen Bäumen. Auf der Kuppe des Hügels befanden sich zwei hohe Bäume, eine Kastanie und eine Esche, deren Zweige oben zusammengewachsen waren. Sie sahen aus wie ein Portal, durch das sich der Weg hindurchschlängelte. Tara war das letzte Mal schon an ihnen vorbeigekommen und hatte unter ihnen geschlafen, bevor sie in den Ringwald ging. Je näher sie kam, desto mehr spürte Tara diese große Vertrautheit, die sie beim letzten Mal schon erlebt hatte. Und als sie ganz nah bei ihnen war und zwischen ihren breiten Stämmen stand, fühlte sie sich so, als wäre sie endlich zu Hause. Die handgroßen Blätter der Kastanie raschelten sanft. Tara sah hoch. Der unterste Ast war zu weit weg, um ihn erreichen zu können.

»Kannst du mir hochhelfen?«, fragte Tara. Der Baum antwortete nicht, aber ein Ast bog sich nach unten, umfing Tara sanft und setzte sie auf einen der starken Queräste. »Danke!«, murmelte sie und strich über das warme Holz. Von hier aus war es nicht schwer weiterzuklettern. Tara erklomm Ast für Ast, vorbei an den reifen Kastanien in ihren stacheligen grünen Hüllen, und bald war sie im Wipfel des Baumes und streckte den Kopf aus den gefiederten Blättern. Der Wind wehte ihr um die Nase und sie hatte einen guten Überblick. Tatsächlich! Unter dem gewaltigen Weltenbaum befanden sich die Wipfel des Ringwalds, die in leuchtenden Herbstfarben standen. In der anderen Richtung konnte sie nun mit eigenen Augen sehen, was Dandelion ihr vorher beschrieben hatte. Die Schiffe der Nordländer waren alle in den Hafen eingelaufen. Ihre Segel waren herabgelassen. Dann sah Tara, dass von den Schiffen viele kleine Boote ausschwärmten. Es sah aus wie ein Bienenschwarm. Große Stangen wurden von den Nordleuten auf den Sand gelegt.

»Was ist das, was machen sie da?«, fragte Dandelion auf ihrer Schulter.

Tara sah genauer hin. Die Stangen waren nach einem Plan ausgelegt. Dazwischen sah sie Zahnräder und Seile. Das Ganze sah von hier aus wie ein großes rätselhaftes Muster.

»Sie bauen Geräte«, murmelte Tara. Das mussten die Maschinen sein, von denen Hakoon gesprochen hatte. Maschinen, die große Schneisen in das Land schlagen und die Bäume fällen würden. Sie hatten sie in den Nordlanden in ihre Einzelteile zerlegt, um sie transportieren zu können, und bauten sie hier wieder zusammen.

»Was meinst du, wie lange es dauern wird, bis sie fertig sind?« Der Löwenzahn zitterte auf ihrer Schulter.

»Gute Frage!« Tara sah die vielen Menschen, die am Strand arbeiteten. Auf der rechten Seite wurden schon die ersten Maschinen aufgestellt. Es sah nicht so aus, als ob die Nordländer das zum ersten Mal machten. Alles ging sehr schnell und planvoll vonstatten. »Vielleicht sind sie bis morgen schon fertig.«

»Morgen?«, fragte Dandelion bang.

»Ich fürchte ja.«

Tara blickte nach rechts. Dort lief ein Zug von Nordländern in einer geraden Reihe und schwärmte zum Fluss aus. Sie hackten die Weiden am Ufer um. Die Weiden wehrten sich verzweifelt und schlugen um sich, doch Tara sah, dass sich die Schneise, die die Nordländer geschlagen hatten, verbreiterte.

»Sie werden bald hier sein!«, flüsterte Tara. »Die Pflanzen sind stark, aber die Nordländer sind zu viele.«

Tara spürte, wie auch die Kastanie unter ihr zitterte. »Tara!«, flüsterten die Blätter sanft. »Bleib hier in der Krone. Hier werden sie dich nicht finden.«

Tara sah, wie sich zwei Äste zusammenschoben und so etwas wie ein Bett bildeten. »Schlaf jetzt ein wenig und setze nachts deinen Weg fort. Die Dunkelheit wird dich schützen, denn die Nordleute werden es nachts nicht wagen weiterzugehen. Dafür ist ihnen das Land nicht vertraut genug.«

»Die Kastanie hat recht. Ruh dich aus!«, sagte Dandelion. »Eine Stunde Pause und du kommst danach umso schneller weiter.«

Tara zögerte, dann nickte sie. Ihre Beine schmerzten und sie war unendlich müde. Sie kletterte zu den beiden Stämmen und legte sich in die Kuhle, die die Kastanie geschaffen hatte. Es war gar nicht hart, wie sie erwartet hatte, sondern überraschend weich. Sie legte ihren Kopf auf den Rucksack und nahm ihren Mantel als Decke. Zwischen den Blättern und den stacheligen grünen Kastanienfrüchten konnte sie die Sonne hervorblitzen sehen und dann fielen ihr die Augen zu.

»Tara!«, flüsterte plötzlich eine dunkle, ihr wohlbekannte Stimme. Sie setzte sich auf. Wie lange hatte sie geschlafen? Es konnte noch nicht allzu lange sein, denn die Sonne war gerade erst untergegangen. Die Schatten der Nacht waren noch nicht zu sehen und der Himmel zwischen den Blättern der Kastanie war noch hell, wenn sich auch schon die Konturen der Landschaft schwarz vor ihm abzeichneten. Vor ihr am Ende der beiden Äste saß eine dunkle Gestalt. Sie trug eine Kapuze und hatte den Kopf gesenkt. Tara wich auf dem Ast zurück und lehnte sich mit klopfendem Herzen an den Stamm. Doch als die Gestalt mit einem leichten Rascheln den Kopf hob, lächelte sie.

»Tameran«, flüsterte sie. »Bist du es?«

»Ja und nein«, erwiderte die Gestalt. »Ich bin es und auch wieder nicht. Kein Wesen geht verloren, aber es verändert sich.«

Tara verstand nicht ganz, was er meinte. Vor ihr saß tatsächlich ein anderer Tameran als der, den sie kannte. Er war ganz aus Blättern zusammengesetzt und wirkte doch durchscheinend. Eigentlich glich er eher einem Laubhaufen, der ab und zu Menschengestalt annahm. Trotzdem konnte sie seine hellbraunen Augen sehen. Sie leuchteten wie zwei Lichter zwischen den Blättern hervor.

»Tameran. Warum kann ich dich jetzt sehen? Träume ich wieder?«

»Noch nicht ganz, Tara. Du bist in der Zwischenwelt zwischen Wachsein und Traum. In diese Zwischenwelt bin ich geschlüpft.«

»Tameran! Es ist schrecklich! Die Nordländer wollen Armillarion zurückholen!«

»Ich weiß.«

»Wird es ihnen gelingen?«

Die Blätter raschelten hell, sodass es fast wie ein Seufzer klang.

»Die Nordländer sind findig. Das waren sie schon immer. Ihnen ist alles zuzutrauen!«

Tara schluckte. Sie wagte kaum, das Unvorstellbare auszusprechen. »Aber was geschieht, wenn es ihnen gelingt?«

»Beschädigt man Fagus' Wurzeln, dann wird er absterben. Dann wird die Magie aus Nelumbiya verschwinden. Eure Zeichen werden verlöschen und die Verbindungen werden vergehen. Nelumbiya wird ein Land wie jedes andere. Und ihr werdet wie alle anderen. Auch du wirst dich verändern. Dandelion wird wieder ein Löwenzahn wie alle anderen auch. Ihr werdet euch nicht mehr unterhalten können. Du wirst den Wind nicht mehr lesen können.«

»Die Verbindungen werden vergehen?«

»Sollte es so kommen, dann seid ihr die letzten Pflanzenmagier. Nach euch wird es niemanden mehr geben.«

Tara schwieg und starrte an Tameran vorbei in die Zweige der Kastanie. Ihr Herz zog sich zusammen, als ihr etwas einfiel. »Heißt es nicht so in dem Lied? Das Land wird untergehen?«

»Ja, so heißt es. Das Licht der Silbernen Wasser wird verlöschen. Alles wird ohne Glanz sein und ohne Glück. Die Schönheit wird vergehen und es wird nur noch eine vage Erinnerung an sie geben. So sagt das Lied.«

Tara schwieg einen Moment. Ein neuer Gedanke stieg in ihr auf. »Wer hat das Lied geschrieben? Warst du das?«

»Ich habe nur in Versform gebracht, was ich selbst vorfand.«

»Dann gibt es noch jemand anderen, der dieses Lied geschrieben hat?«

»Ja, es war sogar einer deiner Vorfahren. Dädalus Akanthus.«

»Ich erinnere mich. Ich war in seinem Haus.« Tara wischte sich eine Träne von ihrer Wange und sah den Zauberer, der aus den Blättern zusammengesetzt war, lange an. »Muss das, was in dem Lied vorhergesagt wurde, denn auch stimmen?«

Und wieder raschelten die Blätter. Diesmal klang es wie ein Lachen und Tara horchte verwundert auf.

»Nein, das muss es nicht. Nur die Vergangenheit ist geschehen und wir können sie nicht ändern. Die Gegenwart und die Zukunft dagegen sind immer offen. Sie hängen davon ab, wie wir handeln. Du kannst dieses Lied umschreiben, Tara!«

»Aber wie soll ich das tun?«

»Neben Armillarion gibt es noch eine andere Kraft in Nelumbiya. Ein geheimer Zauber, der älter ist als der Pilz. Ich habe nie herausgefunden, wie man sie beschwören kann.«

Tara horchte auf. »Was ist das für eine Kraft?«

»Ich habe mein Leben lang nach ihr gesucht, sie aber nicht gefunden. Ich weiß nur so viel: Du kannst sie nicht allein nutzen. Ihr müsst mehrere sein und euch zusammentun. Es gab schon einmal so ein Ereignis, vor vielen Jahren, lange bevor ich geboren wurde.

Ein alter Zauber. Ein Zauber, der in den Pflanzen steckt, in jedem Baum, in jedem Strauch.«

»Aber was ist das für ein Zauber? Und wer soll sich zusammentun?«

Er lächelte sie an. »Du weißt es nicht, aber die Antwort auf diese Frage ist auf dem Weg zu dir.«

Tara spürte, wie ein Wind aufkam und die Blätter auseinandertrieb. Tameran löste sich auf. Die Blätter wurden in die Luft gewirbelt und flogen hoch. Höher und höher. Da schlug Tara die Augen auf.

Die Mondsichel stand am Himmel. Tamerans Blätter waren verschwunden.

Es war kalt und Tara fröstelte. Von was für einer Kraft hatte Tameran gesprochen? Wo würde sie die Lösung dieses Rätsels finden und wie konnte sie, Tara, etwas lösen, das Tameran sein ganzes Leben lang verschlossen geblieben war?

Da hörte sie das Wiehern von Pferden. Ein Schreck fuhr ihr durch die Glieder. »Dandelion? Was ist das?«

»Ich glaube, das sind die Pferde der Nordländer«, flüsterte der Löwenzahn zurück. Tara hörte Stimmen und rollte sich in der Kuhle zusammen. Die Stimmen stammten von zwei Männern, die sich zu streiten schienen. Zwischendurch hörte sie die Stimme einer Frau, die energisch dazwischenrief.

Die Nordländer blieben bei den Bäumen stehen. Taras Herz klopfte heftig. Sie konnten nicht mehr fliehen. Sie schmiegte sich an die Rinde, beugte ihren Kopf, um besser verstehen zu können, und in diesem Moment rutschte ihr Mantel nach unten. Sie konnte sehen, wie er sich zwischen den Zweigen verfing, und ihr entfuhr ein kaum unterdrückter Schrei. Die Stimmen verstummten.

»Da oben ist jemand!«, sagte ein Mann. »Teufel auch! Komm runter, wer auch immer du bist!«

24. Kapitel

Begegnung am Ringwald

Taras Herzschlag setzte für einen Moment aus. Sie hatten sie entdeckt!

Sie lehnte sich zitternd gegen den Stamm der Kastanie. Was sollte sie tun?

»Pass auf! Ich setzte dich ab, soweit meine Äste ragen. Ich halte sie auf und dann lauf, so schnell du kannst!«, flüsterten die Blätter der Kastanie.

Tara drückte ihre Wange gegen den Stamm. »Danke«, flüsterte sie.

Sie konnte den Pfad unter sich kaum erahnen. Der Mond war von einer Wolke verdeckt, ohnehin war seine Sichel schmal und verbreitete kaum Licht. Aber Tara wusste vom letzten Mal, dass dieser Pfad in den großen Ringwald führte und dort wäre sie sicher. Die finsteren Bäume waren zwar meistens schlecht gelaunt und misstrauisch, aber sie würden sie beschützen.

Sie sah zu der Krone der Kastanie und musste an die Weiden denken, die von den Nordleuten umgehackt wurden. »Ich habe Angst, dass sie dich verletzen«, flüsterte sie.

»Mach dir keine Sorgen. Ich werde mich zu wehren wissen«, wisperten die Blätter und strichen Tara über den Kopf. »Halte dich gut fest!«

Tara umschlang den Ast mit beiden Armen und dann ging alles sehr schnell. Der Baum schüttelte sich heftig und warf die stacheligen Kastanien ab, die nach unten prasselten. Tara hörte Fluchen und Rufe. Ihre Verfolger waren abgelenkt. Zugleich bewegte sich der Ast unter ihr. Sie flog mit ihm hoch durch die Luft, klammerte sich, so gut sie konnte, an ihm fest und dann, als der Boden näher kam, ließ sie sich hinuntergleiten. Sie kam auf dem weichen Gras auf, strich noch einmal über den Ast und rannte, so schnell sie konnte, den abschüssigen Pfad hinab.

Erst nach einer Weile wagte sie, sich umzudrehen. Niemand folgte ihr. Wahrscheinlich hatten ihre Verfolger in dem Durcheinander weder gehört noch gesehen, dass die Kastanie sie auf dem Pfad abgesetzt hatte.

Schneller, schneller, nur weg von hier! Büsche und Gräser streiften sie auf ihrem Weg. Sie hörte ihren Atem, der keuchend und stoßweise ging. Ihre Verfolger hatten Pferde, also musste sie eine große Entfernung zwischen sich und sie bringen, um den Ringwald vor ihnen zu erreichen. Nach einer guten Weile gelangte sie zum Saum des Waldes. Hier ragten die Bäume vor ihr auf wie eine dunkle Mauer. Gleich hätte sie es geschafft. Die Bäume dort würden sie mit ihrem undurchdringlichen Laub beschützen.

Doch … war da Hufgetrappel hinter ihr? Taras Herz pochte. Sie versuchte, schneller zu laufen, aber ihre Beine waren müde und schwer. Der Wald vor ihr kam näher. Würde sie es schaffen, ihn zu erreichen, bevor die Reiter sie überholten? Es war nicht mehr weit, doch die Hufe waren nun deutlich zu hören. Vielleicht könnten die Bäume ihre Äste ausstrecken und sie zu sich holen. »Helft mir!«, rief Tara den Baumriesen zu. »Helft mir!«

Sie sah, wie sich eine große Eiche vom Rand des Ringwalds nach vorne beugte. Sie hörte die Hufe hinter sich. Ein Klappern, noch eines.

Doch zu spät! Einer der Reiter hatte sie überholt und blieb ein paar Meter vor ihr stehen. Tara sah sich um. Sie konnte nicht mehr fliehen. Was blieb ihr dann anderes übrig, als zu kämpfen? Sie hob einen Ast vom Boden auf und taxierte ihr Gegenüber. Merkwürdig! Der Reiter und sein Pferd waren ungewöhnlich klein. Sah man genau hin, so war das Pferd nicht größer als ein Pony. Ein Pony? Tara rieb sich die Augen. Auf dem Pferd saß auch keiner der gefürchteten Nordleute. Nein, eher ein Kind. Die Wolke schob sich von der Mondsichel und in dem blassen Licht sah Tara nun auch das Gesicht dieses Kindes. Sie war so überrascht, dass ihr der Mund offen stehen blieb. Von allen Wesen über und unter der Erde hätte sie das am allerwenigsten erwartet. Sie ließ ihren Arm sinken. Der Ast fiel zu Boden.

»Merle?«

»Ja, ich bin es!«, sagte die wohlvertraute Stimme. »Stell dir vor, ich kann jetzt reiten!«

Träumte sie? Sie musste träumen, es gab eigentlich keine andere Erklärung. »Bist … bist du echt?«

»So echt wie du.«

»Aber wie … ich meine … was … was machst du hier?«

Merle deutete auf den Rucksack auf ihrem Rücken, in dem sich etwas Großes, Viereckiges abzeichnete.

»Ich bringe dir das Buch, Tara!«

Es wurde ein glückliches Wiedersehen in der Dunkelheit. Hinter Tara tauchten Chiara, Chiron und Niv auf ihren Pferden auf. Sie sahen müde und schmutzig aus, aber auch ungeheuer erleichtert, Tara zu sehen.

Chiara nahm sie lange in den Arm. Dann musterte sie sie ernst. »Wieso bist du allein hier? Wo sind die anderen?«

»Sie sind einen anderen Weg gegangen. Dandelion und ich sind zur Mündung der Silbernen Wasser geflogen. Wir wollten sehen, wie viele Schiffe die Nordländer haben. Die anderen sind auf dem Weg nach Arbor zum Weltenbaum.«

»Arbor«, flüsterte Chiron. »Die berühmte alte Stadt! Wie in den Liedern.«

»Ist Cassian wohlauf?«, unterbrach ihn Chiara.

Tara nickte. »Als ich ihn verließ, ging ihm gut!«

Chiara stieß erleichtert Luft aus.

»Aber wie seid ihr hierhergekommen?«, fragte Tara. »Und wieso ist Merle bei euch?«

Chiara sah sich um. »Es gibt viel zu berichten, aber wir sollten das besser abseits des Wegs tun.«

Tara nickte. »Ja, lasst uns in den Ringwald gehen.«

»Bist du dir sicher?«, fragte Niv und blickte misstrauisch auf die Baumriesen vor ihm. »Ich will nich' schon wieder mit Steinen beworfen werden.«

»Das waren Kastanien«, verbesserte ihn Merle. »Der Baum vorhin war nämlich eine Kastanie.«

»Wenn du das sagst«, brummte Niv.

»Es ist nicht gefährlich, das verspreche ich euch«, erklärte Tara. »Ich war schon einmal hier!« Sie ging ein paar Schritte vorwärts auf die Eiche zu. Die Eiche streckte einen Ast nach ihr aus und Dandelion legte seinen Blütenkopf darauf. Ein helles Licht ging von ihm aus. Die anderen sahen stumm vor Staunen zu. Dandelions Licht erleuchtete die Wasseradern des Baumes und fuhr in jeden Zweig und jedes Blatt. Schließlich öffnete der Baum den Weg und bot ihnen einen Durchschlupf.

»Kommt! Der Ringwald lässt euch ein«, sagte Dandelion.

Wenig später saßen sie alle in einer weichen bemoosten Mulde unter den Bäumen. Der Mond war nicht mehr zu sehen, aber an manchen Stellen leuchteten die Büsche oder das Moos, es gab Lichtspuren im Wald, die sich schnell fortpflanzten, und die Luft war erfüllt von Gesprächen und Gemurmel. Niv und Chiron blickten immer wieder sorgenvoll nach oben, wo die Bäume ein dichtes dunkles Blätterdach bildeten. Ab und zu rauschte der Wind in den Zweigen und die Blätter kommentierten, was gesprochen wurde. Sie gaben ein »Ach« oder »Oh« von sich. Manchmal auch ein leises Lachen, so wie jetzt, als Merle von dem trüben Glückstrunk erzählte, den sie den beiden Wachen verkauft hatte.

»Die Münzen habe ich natürlich mitgenommen«, schloss sie.

»Und mir dann eine an den Kopf geworfen!«, brummte Niv.

»Aber wir hatten wirklich Glück. Der Nebel war so dicht, dass wir ungesehen aus der Stadt fliehen konnten«, berichtete Chiron weiter. »Wir ritten den ganzen Tag und die halbe Nacht, bis wir zu Tamerans Insel kamen.«

»Ich habe Quercus gesehen. Gefällt«, sagte Chiara und ihre Stirn zog sich in Falten. Die Bäume über ihnen rauschten voller Wut und Trauer und Tara schluckte. Quercus. Die große Eiche. Er war der erste Baum gewesen, den sie gesehen hatte. Nie würde sie ihn vergessen.

»Es war immer noch so dichter Nebel, dass die Nordleute uns nicht entdecken konnten. Wir haben einen ihrer komischen Türme aus der Ferne gesehen und sind dann schnell weitergezogen. Bis wir schließlich hier landeten. Bei dir!«, sagte Merle. Tara betrachtete sie erstaunt. Sie wirkte größer und selbstbewusster und saß ganz selbstverständlich zwischen Niv und Chiara mit Tamerans Buch auf dem Schoß.

»Ich glaube nicht, dass es Zufall ist, dass wir uns begegnet sind«, sagte Chiron. »Es scheint gerade so, als müssten wir hier sein.«

»Es ist das Buch«, erklärte Merle. »Das Buch weist uns den Weg.«

»Wie meinst du das?«, fragte Tara.

Merle biss sich auf die Lippen. »Es ist, als ob es zu mir spricht.

Ich blättere die Seiten um und ich höre eine Stimme. Nein. Eher so etwas wie Gedanken, die sich in meinem Kopf formen, und ich habe das Gefühl, ich habe sie selbst gedacht, obwohl sie wahrscheinlich von woanders herkommen.«

Chiron nickte. »Ich glaube, zwischen diesen Seiten steckt viel mehr Magie, als wir ahnen. Diese Stimme hat uns sicher hierhergeführt. Und nur Merle kann sie hören.«

Tara blickte zu Merle und sie sah zurück. Etwas blitzte in ihren Augen auf.

Tara dachte daran, dass sie Merle immer unterschätzt hatte, weil sie so jung und klein war. Sie seufzte. »Ich wünschte, dieses Buch könnte uns auch irgendwie gegen die Nordleute helfen. Ich war im alten Hafen von Kros und es sieht nicht gut aus.«

»Wie meinst du das?«, fragte Chiron leise.

»Es sind so viele. Ich habe mindestens zwanzig Schiffe gezählt. Und auf einem Schiff habe ich gehört, wie Kajetan sich mit Hakoon, dem Herrscher der Nordleute, unterhielt.«

»Kajetan!«, entfuhr es Chiara. »Du hast ihn bei den Nordleuten gesehen? Dann haben sie ihn gefangen genommen?«

»Nein. Er war freiwillig bei ihnen. Er macht nämlich mit den Nordleuten gemeinsame Sache.«

Chiara ließ eine plötzliche Erkenntnis zusammenzucken. »Verflucht! Das war also der Grund, warum er mich ins Gefängnis werfen ließ!«

Tara nickte. »Er wollte nicht, dass Ornata bereit ist, wenn die Nordländer kommen. Er will nämlich selbst dort die Macht übernehmen. Und Phillipus, der mit uns gekommen ist, steht auch auf seiner Seite. Er ist ein Verräter genau wie Kajetan.« Oh, wie weh es tat, das auszusprechen! Aber es stimmte.

»Und dieser Phillipus ist bei den anderen?«

»Ich fürchte ja.«

»Das ist nicht gut. Gar nicht gut!« Über Chiaras Gesicht zog ein dunkler Schatten. Tara fragte sich, ob sie wusste, was das Lotuszeichen bei Cassian bedeutete und dass Hakoon nach Cassian suchen ließ. Aber sie beschloss, das Chiara später unter vier Augen zu erzählen. Sie wollte ihr im Moment nicht noch mehr Sorgen bereiten.

»Aber was haben die Nordleute vor?« Chiron sah Tara an. »Sie werden gegen Ornata ziehen, oder?«

»Ornata ist ihnen gar nicht so wichtig. Sie sind hier, um Armillarion zu heben.«

»Aber er würde sie zerstören. Von allen Lebewesen konnte nur Askiel gegen den Pilz bestehen. Jeden anderen hätte er vernichtet«, wandte Chiron ein.

Chiara sah düster aus. »Nicht, wenn sie jemanden haben, der den Pilz beherrschen kann.«

»Aber Askiel ist tot.«

»Sie müssen einen anderen Plan haben«, sagte Tara und sah zu Chiara, die aber ihren Blick nicht erwiderte, sondern nur auf den Boden starrte.

Tara seufzte. »Ich habe sie gesehen. Es sind viele und sie haben Maschinen dabei, die sie zusammenbauen, und sie wollen nach Nelumbiya ziehen, sobald die Nacht vorbei ist.«

»Das heißt, wir haben nur noch diese Nacht, um uns vorzubereiten?«

Tara nickte. »Ja, das haben wir.«

Merle starrte vor sich hin. »Ich weiß, wohin wir gehen müssen. Das Buch hat mir gesagt, dass wir eine bestimmte Spur verfolgen sollen.«

»Was für eine Spur?«, fragte Tara.

Merle strich über den grünen Einband des Buches und sah zu ihr hoch. »Wir müssen nach Arbor zum Haus von Dädalus Akanthus.«

25. Kapitel

Arbor

Der Wald hatte sich verändert, seit Tara ihn das letzte Mal betreten hatte. Die Bäume standen immer noch dicht an dicht und ihre Blätter sperrten das Licht des Himmels aus. Kein Mond und keine Sterne waren zu sehen. Aber trotzdem war es nicht dunkel. Lichter glitten von Baum zu Baum. Zwischen den Wurzeln auf dem Boden zuckten kleine Blitze. Das Moos leuchtete grünlich und die Blätter und runden Früchte der Büsche glühten rötlich. Die Bäume machten Platz für Tara und ihre Freunde. Sie wiesen ihnen den Weg, indem der Pfad, den sie geschaffen hatten, golden leuchtete. Stimmen begleiteten sie. Der ganze Wald vibrierte vor Aufruhr und Aufregung.

Dandelion verbreitete die Kunde von den Nordmännern zwischen den Bäumen und den Sträuchern, zwischen den Ulmen, den Eichen, dem Ahorn und den geschmeidigen Linden. Es war ein Rascheln und Brausen in dem Wald, eine Unruhe, die alle ergriffen hatte.

Chiara, Niv und Chiron stolperten mehr durch den Wald, als dass sie gingen. Doch Merle lief aufrecht und sah aus wie eine kleine Waldkönigin. Ab und zu hob ein Ast sie hoch, wirbelte sie herum und setzte sie dann wieder ab. Lichter tanzten zwischen den Bäumen wie Glühwürmchenschwärme.

»Sie sind aufgeregt«, berichtete Dandelion. »Die Bäume haben gehört, was morgen früh geschehen wird. Sie machen sich bereit zu kämpfen.«

Die Wurzeln unter ihnen wurden immer breiter und waren schließlich fast wie Hügel. Tara legte die Hand auf sie und spürte, wie eine geheimnisvolle Kraft sie durchfloss. Es waren die gewaltigen Wurzeln des Weltenbaums.

»Ist es noch weit bis Arbor?«, fragte Chiron.

»Nur noch ein paar Vogelbeersträucher, eine Lichtung, zwei Ulmen, drei Eichen und die Reihe der Linden«, erklärte Dandelion. »Folgt dieser großen Wurzel!«

Sie liefen neben einer oberirdischen Wurzel entlang. Wie eine Schlange, die sich in die Erde bohrte und dann ein paar Meter weiter wieder auftauchte, war die Wurzel mal mehr und mal weniger gut zu sehen. Schließlich wurde es vor ihnen heller. Die Mondsichel verbreitete ihren schwachen Schein auf einer Lichtung.

»Hol mich der Seeteufel!«, murmelte Niv und starrte nach oben. Auch Chiron und Chiara standen nebeneinander und staunten. Zum ersten Mal erkannte Tara die Ähnlichkeit zwischen ihnen. Sie hatten beide lockige dunkle Haare. Chiara war groß und hager, während Chiron kleiner und stämmig war. Wie ein Baum mit zwei Ästen, von denen der eine lang und schmal in die Luft ragte und der andere kleiner und knubbelig war. Dann drehte sich auch Tara um und blickte auf den Stamm des Weltenbaums, der sich vor ihnen in die Luft erhob. Weit, weit über ihnen war der erste Ast zu sehen, auf dem wieder andere Bäume wuchsen, und so ging es weiter und weiter, bis sich das Geäst im Himmel verlor.

Merle stieß einen langen Seufzer aus.

»Da staunste, was?«, fragte Niv und stupste sie an.

»Nein«, sagte Merle schlicht.

»Wie *Nein?!*«

»Er ist genauso, wie ich ihn mir vorgestellt habe«, erklärte Merle ernst. »So ist er in Tamerans Buch gezeichnet.«

»Und hier unter Fagus ist Arbor? Die Stadt aus den Liedern?«, fragte Chiron.

Tara nickte und deutete auf die verfallenen Häuser vor sich. Es waren runde Steinbauten, die von den Wurzeln des Weltenbaums gestützt wurden. Die Wurzeln hatten von ihnen Besitz ergriffen. Sie wuchsen in die Häuser hinein, bildeten die Fenster und die Türen. Schlingpflanzen bedeckten die Dächer, Gras wucherte auf den Wegen. Dazwischen konnte man noch Steine sehen. Die Häuser waren anders als die Häuser in Ornata, von denen die meisten hoch und kantig waren. Hier war alles rund und bildete zusammen mit den Wurzeln eine Einheit. Manche der Wurzeln des Weltenbaums schlugen große Brücken zwischen den Häusern. Andere umschlangen sie wie Außentreppen.

Und zwischen all den eingefallenen Häusern, auf einem Dach und vom Mond beschienen, saß eine graue Gestalt. Erst als sie sich erhob, konnte Tara erkennen, wer es war.

»Da sitzt die Prinzessin«, rief Niv.

»Tara! Chiron! Chiara!« Helena kletterte von dem runden Dach herunter und umarmte die Freunde. Dann tauchten auch noch Merle und Niv aus dem Schatten auf und Helena begrüßte die beiden voller Verwunderung.

Die Freunde erfuhren, dass Helena schon bei Anbruch der Dämmerung Arbor erreicht hatte. Die Silbergrassteppe hatte sie mitgenommen und sie war am späten Nachmittag durch den Ringwald gelaufen. Auch sie hatte die Aufregung unter den Bäumen gespürt. Sie war hierhergekommen, um Tara zu treffen, und war nun erstaunt und erleichtert, dass alle anderen auch gekommen waren.

Chiara blickte sie an. »Wo … wo ist Cassian?!«

»Und wo ist Semur?«, fragte Tara.

Helenas Gesicht verdüsterte sich. »Semur und ich haben Cassian verloren«, sagte sie leise. »Wir waren auf dem Weg zur Silbergrassteppe und kamen gerade aus den Bergen. Nachdem wir eine kurze Rast gemacht hatten, war er verschwunden.«

Chiara stand da und schwieg. Für einen Moment sah es so aus, als wäre das Licht aus dem Wald gezogen und die Dunkelheit würde alles überschatten.

»Ist er etwa bei Phillipus?«, fragte Tara atemlos. »Phillipus ist nämlich ...«

»Ich weiß, wer Phillipus ist«, unterbrach sie Helena und ihre Stimme klang bitter und kalt. »Er hatte eine Scheibe dabei und hat mit ihr Lichtsignale gegeben.« Sie zog die Papierrolle aus der Tasche ihres Kleides. »Hier, das haben wir unter seinen Sachen gefunden! Es sind Buchstaben mit Lichtzeichen.«

Tara nahm die Papierrolle. Sie konnte Buchstaben erkennen sowie Punkte und Striche. »Dann hat er damit den Nordleuten unsere Standorte verraten?« Sie knüllte vor Empörung das Papier zusammen. Phillipus' Verrat war sogar noch schlimmer, als sie ihn sich vorgestellt hatte.

»Wo ist er jetzt?«, fragte Chiara.

Helena zuckte mit den Achseln. »Das weiß ich nicht. Ich fürchte, er ist zu den Nordleuten übergelaufen.«

»Und was ist mit Semur?«, wollte Tara wissen.

»Semur durchquert die Silbergrassteppe und sucht nach einer Spur von Cassian. Ich habe mich aufgemacht, dich hier zu treffen und dir alles zu berichten.« Helena blickte die anderen an. »Ich bin so froh, dass ihr auch hier seid, wenngleich ich nicht weiß, wie ihr hierhergekommen seid.«

»Das ist eine Geschichte, die ein anderes Mal erzählt werden muss«, sagte Chiron.

»Ich bin mir sicher, dass du das einmal tun wirst«, sagte Helena und brachte sogar so etwas wie ein Lächeln zustande. Trotzdem sah Tara, wie ihr die Tränen über die Wangen liefen. Überhaupt ... Tara schluckte. Helena sah anders aus. Die Efeuranken in ihrem

Haar hingen traurig herunter. Jetzt wusste Tara auch, was sie beunruhigte. Helena hatte ihre Selbstsicherheit verloren. Sie sah verängstigt aus. Als sie Helena ansah, spürte sie, wie auch ihr Mut sank. »Auf dem Weg bin ich auf einen der Bäume geklettert, um mir eine Übersicht zu verschaffen. Dann habe ich die Nordländer gesehen. Es sind so viele!«, flüsterte Helena. »Ich weiß nicht, wie wir das schaffen sollen. Sie haben schon die Grenzen Nelumbiyas überschritten.«

»Und sie bringen nichts als Leiden, abgehackt sind schon die Weiden!«, flüsterte Hedera und ringelte sich um Helenas Hand.

»Ich weiß«, sagte Tara. »Hakoon, ihr Anführer, sagt, dass sie morgen früh angreifen wollen.«

»Morgen früh?« Helena sah zutiefst erschrocken aus.

Sie schwiegen alle eine Weile. Ein leichter Wind kam auf und wehte die Stimmen und Gespräche der Pflanzen des Ringwalds zu ihnen. Helenas Zeichen glühte und Hedera richtete sich auf. »Wir müssen versuchen, uns zu wehren, und den Weg hierher erschweren, alle Pflanzen das hier sagen und sich in den Kampf bald wagen!«

Tara nickte. »Wir konnten nicht verhindern, dass sie in Nelumbiya einfallen, aber wir können vielleicht verhindern, dass sie durch den Ringwald kommen.«

»Ihr habt recht«, sagte Chiara. »Und dazu brauchen wir alle, die wir kriegen können. Ob Mensch oder Pflanze. Die Nacht ist noch lang und wir schmieden einen Plan.«

»Einen Plan?«, murmelte Chiron und sah betreten zu seiner Laute, die er unter ein Haus gestellt hatte. »Ich kann vielleicht ein Lied über einen Kampf schreiben, aber ich kann nicht an einem teilnehmen. Ich … ich bin gar nicht so gut in diesen Dingen.«

Niv zog seine massigen Schultern hoch und sah zu ihm herab »Ich auch nicht, wenn ich ehrlich bin.«

Helena trat zwischen sie und sah sie an. »Auch ich habe nicht gelernt zu kämpfen, aber wir können Nelumbiya nicht den Nordländern ausliefern. Wir müssen uns wehren.« Wie zur Bestätigung schoss Hedera nun in die Höhe, ringelte sich in der Luft, leuchtete wie ein grünlicher Komet und wand sich dann wieder um Helenas Arm. »Das Efeu, die Eichen, die Ahornbäume, die Hagebuttensträucher, die Brennnesseln haben auch noch nie gekämpft«, sagte Tara nachdenklich.

»Bei den Brennnesseln bin ich mir nicht so sicher«, wandte Chiron ein.

Die anderen sahen sich an. »Dann sind es also fünf Menschen zusammen mit den Pflanzen gegen die ganze Armee der Nordländer.«

»Und gegen ihre Maschinen«, fügte Tara hinzu.

»Vergiss Semur nicht!«

»Ich hoffe, er kommt noch zur rechten Zeit.«

Tara nickte. »Und ich hoffe, dass er Cassian findet.« Er *musste* Cassian einfach finden!

Chiara blickte sie für einen Moment an. Ihre Augen waren dunkel und Tränen schimmerten darin. »Sie kommen von Westen. Zwei von uns sollten zur westlichen Grenze des Ringwalds gehen.«

»Ich könnte zusammen mit den Bäumen und Hedera eine Mauer bilden«, schlug Helena vor.

Chiara nickte. »Ich komme mit dir.«

»Niv und Chiron, ihr bleibt zusammen und versucht, sie weiter südlich abzuwehren. Ich schätze, sie werden von mehreren Punkten aus angreifen.«

Chiron sah auf die Häuser und schüttelte sich. »Ich werde mein Bestes geben«, murmelte er.

»Teufel, ich auch!«, sagte Niv und spuckte auf den Boden.

»Und was soll ich tun?«, fragte Tara. Hatte Chiara sie etwa vergessen?

»Du musst mir helfen, das Haus des Dädalus Akanthus zu finden«, erklärte Merle. »Du warst doch schon mal da.«

Tara starrte sie an. »Merle! Wir haben jetzt wirklich keine Zeit, uns irgendwelche Häuser anzusehen.«

»Ich muss es aber finden«, sagte Merle. »Es ist der einzige Grund, warum ich hier bin.«

Tara starrte Merle verwirrt an. »Merle, wir müssen kämpfen. Was willst du in einem Haus?« Sie sah Chiara an. »Ich komme mit dir und Helena und wir verteidigen die Grenzen des Ringwalds.«

Chiara schüttelte den Kopf. »Geh mit Merle! Sucht dieses Haus! Wir sind so wenige, dass uns das Kämpfen allein nicht retten kann. Was wir jetzt brauchen, ist ein Wunder.«

26. Kapitel

Bei den Wurzeln

Arbor erwies sich als viel größer, als Tara es in Erinnerung hatte. Es gab unzählige runde Häuser mit ovalen Türen, die sich alle ähnelten. Das Haus des Dädalus war ein wenig größer gewesen als die anderen – so weit konnte Tara sich erinnern – und es hatte ein wenig abseits gestanden, doch es kam ihr vor, wie die Nadel in einem Heuhaufen zu suchen.

Es war Merle, die es schließlich fand.

»Da ist es! Schau nur!«

Tara sah auf die Akanthusblätter über dem Eingang. Richtig! Jetzt fiel es ihr auch wieder ein. Die Tür war nicht oval wie bei den meisten anderen Häusern, sondern kreisrund. Und in diesen Kreis war etwas geschnitzt. Ein großer Baum, der selbst wie ein Kreis aussah. Seine Äste umschlangen die Wurzeln und bildeten ein Geflecht, das wiederum die Begrenzung der Tür darstellte.

»Das ist ja das Zeichen des Weltenbaums«, rief Merle.

Tara drückte gegen das Türblatt und die Tür öffnete sich mit einem Quietschen. Innen war es zunächst dunkel, dann erhellte Dandelion den Raum mit seinem Schein. Wie beim letzten Mal überkam Tara ein kurzer Schauder. Dies war das Haus ihrer Vorfahren. Auch Askiel war in diesem Haus aufgewachsen.

»Und wonach suchen wir jetzt genau?«, fragte sie Merle.

»Das weiß ich nicht.« Merle machte ein paar vorsichtige Schritte und ihre Stimme klang zum ersten Mal unsicher. »Ich weiß, dass ich hierherkommen sollte, aber ich habe keine Ahnung, nach was ich suchen soll.«

Tara seufzte und ging zu den runden Fenstern, die von alten knorrigen Wurzeln zugewachsen waren. Überhaupt sah das ganze Haus so aus, als befände es sich im Inneren einer Wurzel. Die Wände waren mit Wurzelgeflecht bedeckt und die wenigen Einrichtungsgegenstände, die es noch gab, ein Tisch und zwei Stühle, waren von Wurzelenden umschlungen, die sich um jedes einzelne Tisch- und Stuhlbein gewickelt hatten.

»Wenn es hier jemals etwas zu finden gab, ist es verfallen, Merle«, sagte Tara. »Das Haus ist seit Hunderten von Jahren verlassen und die Wurzeln des Weltenbaums haben es sich wiedergeholt.«

Merle sah sich neugierig um. Sie drehte die Stühle hin und her, blickte unter den Tisch, nahm zwei staubbedeckte Kupferkessel von der Feuerstelle und stand dann ratlos inmitten des runden Zimmers.

»Ich glaube, bis auf Askiel waren meine Vorfahren ziemlich langweilig«, bemerkte Tara schließlich.

»Askiel ist hier aufgewachsen?«, fragte Merle.

Tara nickte. »Er hieß auch Akanthus, hatte aber das Pfeilzeichen.«

»So wie du.«

»Ja, so wie ich es hatte.«

»Die Lösung bei den Zeichen liegt«, murmelte Merle.

»Was sagst du da?«

»Das stand in dem verborgenen Gedicht in Tamerans Buch. So was wie:

Wenn das Licht die Nacht besiegt
Die Lösung bei den Zeichen liegt.«

In die darauffolgende Stille hinein hörten sie plötzlich ein Knacken und Ächzen.

»Was war das?«, fragte Merle erschrocken.

Tara blickte sich um. »Da, schau, die Wurzeln!« Die Wurzeln, die über den Wänden lagen, bewegten sich. Langsam, ganz langsam gaben sie den Blick frei auf einen Spalt im Boden. Es war, als hätte der Weltenbaum ihnen eine Nachricht geschickt.

Tara sah nach unten. Hier war ein tiefes Loch, von dem eine Leiter in die unbekannte Dunkelheit führte.

Merle trat aufgeregt zu Tara. »Vielleicht waren deine Vorfahren doch nicht so langweilig«, murmelte sie. Sie drängte sich an Tara vorbei und kletterte flink die Leiter hinunter. Bald konnte Tara sie nicht mehr erkennen. Sie hörte nur noch ein lautes *Krack!*

»Merle, was ist passiert?«

»Pass auf! Eine der Sprossen ist morsch«, kam es von unten zurück.

»Hast du dir wehgetan?«

»Nein, ich … ich glaube nicht.«

Tara kletterte Merle nach.

»Hast du eine Ahnung, was dort unten sein könnte?«, fragte sie Dandelion.

»Ich bin genauso ahnungslos wie du«, flüsterte der. »Aber ich sag dir eins: Papyruszeichen sind geheimnisvoll. Sie wissen viel, aber sind sehr verschlossen!«

»Meinst du damit Merle?«

Doch der Löwenzahn antwortete ihr nicht, sondern hatte sich bereits auf ihrer Schulter eingerollt, wie immer, wenn es irgendwo nach unten ging und dunkel wurde.

Die Leiter führte weiter und weiter in die Tiefe. Als Tara endlich festen Boden unter den Füßen hatte, entrollte sich Dandelion wieder zaghaft und verwandelte sich in seine Schirmchen, die ihnen Licht spendeten.

Tara blickte sie sich erstaunt um. Der Raum, in dem sie sich befand, war viel größer und höher als das Zimmer oben. Und er war voller Bücher! Das also war des Rätsels Lösung. Hier, weit unterhalb der Erde, hatte Dädalus eine Bibliothek eingerichtet. Sie sah allerdings überhaupt nicht so aus wie die Bibliothek im Schloss von Ornata. Sie teilte sich in zwei gleich große Räume, die durch ein paar Stufen miteinander verbunden waren. Die Regale waren schief und krumm und auch die Bücher standen nicht ordentlich in Reihen. Die Wände bestanden aus dicken Wurzeln, in denen die Bücher wie eingewachsen waren. Manche von ihnen waren mit Moos überwuchert, an anderen Stellen wuchsen leuchtende Pilze aus der Wand, deren Schein sich zu Dandelions sanftem Strahlen gesellte. In einem großen Regal lagerten neben dicken Folianten auch unzählige beschriebene Papierrollen. Es sah alles so aus, als würde es bald verfallen. Tara zog eine Rolle aus dem Archiv. Es war eine alte Landkarte, die nur noch zur Hälfte sichtbar war.

Vorsichtig strich sie über die Wurzeln, die sich unter ihrer Berührung bewegten. Merle stand inzwischen in einer Ecke, wo sich ein hoher Tisch mit einem Tintenfass befand. Sie schraubte das Tintenfässchen auf und fuhr mit dem Finger hinein. »Ausgetrocknet!« Ehrfürchtig betrachtete sie ein beschriebenes Stück Papier daneben. »Diese Zeilen muss Dädalus geschrieben haben! Ich möchte wetten, Tamerans Buch ist auch hier entstanden.« Wie zum Beweis zog sie das Buch aus dem Rucksack und legte es neben die Schriftrolle.

»Wieso sollte Tameran sein Buch hier verfasst haben? Er hat doch erst viele Jahre später gelebt«, fragte Tara.

»Ich meine nicht Tameran. Ich meine den, der dieses Buch angefangen hat.«

Tara schüttelte verwirrt den Kopf. »Angefangen?«

»Es gibt zwei Handschriften in dem Buch. Eine von Tameran und

eine andere.« Merle schlug das Buch auf und zeigte Tara die Seite, auf der die Akanthuspflanze abgebildet war, sodass auch Tara die hohe spitze Schrift sehen konnte, die sich von den runden Buchstaben Tamerans stark unterschied.

»Ich habe viel darüber nachgedacht und ich glaube, dass Dädalus das Buch begonnen hat. Und zwar mit einer Geheimschrift. Er hat dort Dinge aufgeschrieben, die nicht für alle sichtbar sein sollten. Tameran hat es weitergeführt. Seine Schrift war klar zu sehen. Nur in besonderen Momenten allerdings kann man sehen, was Dädalus geschrieben hat.«

»Du meinst, es war ursprünglich Dädalus' Buch?«

Merle nickte.

»Aber … wonach suchen wir denn nun?«, wiederholte Tara ihre Frage von vorhin und ließ den Blick über die vielen Reihen der Rollen und Bücher schweifen. »Was könnte es sein?«

»Ich weiß es nicht«, sagte Merle. »Irgendetwas mit den Zeichen.«

»Ich habe von Tameran geträumt und er sagte etwas von einer Urkraft«, murmelte Tara. »Aber er sagte mir, dass er in all seinen Studien keine Hinweise darauf gefunden hatte, was es damit auf sich hatte.«

Merle biss sich auf die Lippe. »Schau du dir die Bücher auf der rechten Seite an. Ich nehme die linke.«

Sie arbeiteten sich eine lange Zeit durch die Bücherberge. Tara spürte eine zappelnde Ungeduld. Sollten sie nicht schon längst wieder oben sein und den anderen helfen, einen Plan zu schmieden? Stattdessen standen sie hier in einer unterirdischen Bibliothek und stöberten in alten Büchern! Sie sah aus den Augenwinkeln, wie Merle aufmerksam ein Buch nach dem anderen herauszog und durchblätterte. Sie machte das ungefähr doppelt so schnell wie Tara, die immer noch lange brauchte, um die geschwungenen Buchstaben der Titel zu entziffern. Merle konnte viel schneller lesen als Tara, obwohl sie jünger war, was wahrscheinlich an ihrem

Papyruszeichen lag. Sie vertiefte sich gerade in ein Buch mit dem Namen *Wasserpflanzen,* aber auch dort war nichts zu finden. Kein Hinweis auf irgendeine Urkraft. Wie sollte sie auch etwas finden, nach dem Tameran sein Leben lang vergeblich gesucht hatte?

»Merle, ich glaube, das hat hier keinen Sinn. Wir wissen ja gar nicht, nach was wir suchen sollen. Wir können hier noch Stunden verbringen, ohne etwas zu finden. Dann wird es hell und die Nordländer greifen an. Wir haben dann überhaupt nichts ...«

Merle antwortete ihr nicht. Tara hörte nur, wie sie eine Seite umblätterte.

»... wir haben dann überhaupt nichts getan und die anderen müssen ...«

Merle blätterte eine weitere Seite um.

»Merle! Hörst du mir überhaupt zu?!«

Merle sagte immer noch nichts. Dann hörte Tara, wie sie einen Triumphschrei ausstieß.

»Ich glaube, ich hab da was!«, sagte sie aufgeregt. »Hier gibt es eine Erzählung. Hier in *Die Geschichte Nelumbiyas von Dädalus Akanthus.* Dädalus schreibt in dem Vorwort, dass man manchmal zurückblicken muss, um nach vorne sehen zu können.«

Merle hatte ein Stück Baumrinde zwischen die Seiten geklemmt und schlug das Buch nun an einer anderen Stelle auf. »Hör zu! Hier steht, dass es schon einmal einen Angriff auf Nelumbiya gab. Das war, lange bevor Tameran, Askiel oder noch jemand lebte, den wir kennen.«

»Ja, und?«

Merle holte tief Luft. »Dieser Angriff wurde von vier Kindern zurückgeschlagen.«

»Von vier Kindern?« Tara horchte auf.

»Dädalus hat es genau aufgeschrieben. Ich lese es dir vor.«

»Die Leute von der Insel der Winde standen an den Grenzen und die Schlacht tobte. Ich hatte drei Freunde ...«

»Wer ist *ich?*«

Merle sah zu Tara hoch. »Ich glaube, Dädalus meint hier sich selbst. Es ist seine eigene Geschichte.«

»Ach so.« Tara nickte.

»Also die Freunde waren … *ein Junge namens Darealan Ahornblatt, der ohne ein Zeichen auf die Welt gekommen war und es erst später geschenkt bekommen hatte. (Er wurde später ein großer Musiker.) Ein Mädchen namens Elinor Apfelblüte, in deren Familie die Zeichen immer von der Mutter auf die Tochter vererbt wurden. Und ein weiteres Mädchen, die auf den Namen Salazena Azalea hörte und die ein Zeichen besaß, obwohl ihre Eltern Zeichenlose waren und nicht zu dem Adel der Pflanzenmagier gehörten. Wir vier waren eine seltsame Mischung aus Außenseitern. Doch wir verstanden uns gut, obwohl ich zugeben muss, dass ich die anderen immer beneidete.*

Wir Kinder blieben in der Stadt und sahen zu, wie sich unsere Eltern und die anderen Erwachsenen aufmachten, die Menschen von der Insel der Winde zu vertreiben. Die Angreifer kamen nicht allein. Sie hatten ihre Winde als ihre Verbündeten mitgebracht. Und sie versuchten, uns zu schwächen mit Hagel und Blitzschlag, mit Stürmen, die die Bäume entwurzelten und uns in Angst und Schrecken versetzten. Die Schlacht der vier Winde tobte lange, ohne dass eine Seite den Sieg errang.

Wir Kinder aber saßen in Arbor fest und fürchteten uns. Zugleich verzweifelten wir, da wir nichts tun konnten. Ich gehörte – wie alle anderen, die so waren wie ich – zum Weltenbaum. Wie immer, wenn ich nicht weiterwusste, fragte ich ihn nun um Rat. Der Wasserspiegel zeigte mir, wie meine Freunde und ich die Urkraft beschworen. Und so wusste ich, dass nur wir vier …« Merle beugte sich nach vorne. »Das kann ich jetzt schlecht lesen. Ich glaube, es heißt soviel wie … *das Land schützen und für immer verändern konnten.*«

»Es brauchte vier Kinder, um das Land zu schützen«, murmelte Tara. »Aber wie haben sie das angestellt?«

Merle blätterte die Seiten um. »Hier steht nicht alles. Manche Seiten sind schon so verrottet, dass man nichts mehr lesen kann.« Sie beugte sich über die Seiten und kniff die Augen zusammen. »Dädalus schreibt, dass sie alle in der größten Gefahr an ihre Wurzeln gedacht haben und dass die Wurzeln ihnen geholfen haben.«

Tara schüttelte den Kopf. »Was meinte er damit?«

Merle zuckte mit den Achseln. »Hier steht noch etwas über Wurzeln, aber ich kann es nicht lesen. Aber hier … hier ist etwas gezeichnet.« Aufgeregt deutete Merle auf die Seite. Tara blickte ihr über die Schulter.

Da war tatsächlich etwas. Ein Kreis, in dessen Mitte ein Baum war.

»Das ist das Zeichen des Weltenbaums … Mist!«

»Was ist?«

»Hier fehlt eine halbe Seite. Sie sieht so aus, als hätte sie jemand zerrissen.«

Merle biss sich auf die Lippe. »Aber da ist etwas. Das ist vielleicht wichtig. Hier steht: Man braucht vier Elemente, um die Urkraft zu entfesseln.«

»Und was soll das sein, diese Urkraft?«

»Das, was schon immer da war. Der Ursprung von allem.«

»Der Ursprung von allem«, flüsterte Tara. Was mochte das sein?

Merle zuckte mit den Achseln. »Warte, hier steht etwas: *Diese vier müssen zum Ursprung gehen. Über der Mitte von allem.* Dann wird sich genau dieses Zeichen zeigen und die Urkraft wird befreit.«

»Über der Mitte von allem?«

»Ja, so steht es hier …« Merle ließ das Buch sinken und dachte angestrengt nach. Eine steile Falte bildete sich auf ihrer Stirn.

»Es waren vier Kinder. Und jedes der Kinder hatte eine bestimmte Eigenschaft … eine Eigenschaft, die aus ihren Wurzeln kam.«

»Aus ihren Wurzeln?« Tara kratzte sich am Kopf.

Merle starrte vor sich hin. »Vielleicht meint Dädalus Dinge, die sie geerbt haben. Vielleicht meint er mit ihren Wurzeln ihre Eltern. Und da waren alle vier anders.«

Tara sah sich in der Bibliothek um. Ihr war so, als könnten die Bücher mit ihr sprechen, als würde das gesammelte Papier ihr eine Geschichte erzählen, an deren Ende sie ihre Eltern wiederfinden würde.

»Tara?«

Tara schreckte aus ihren Gedanken hoch. »Entschuldige! Wie … was meinst du mit *anders?«*

Merle blickte wieder in das Buch. »Sie waren anders als die anderen Pflanzenmagier. Also, es gab einen, der ein Zeichen geschenkt bekommen hatte, es gab eine, die das Zeichen nur von einem Elternteil bekam, es gab eine, die ein Zeichen hatte, obwohl ihre Eltern Zeichenlose waren.«

»Und es gab Dädalus.«

»Sie haben es nur zusammen geschafft, weil jeder so unterschiedlich war. Vielleicht ist das der Schlüssel.«

»Du meinst, es ist die Verbindung dieser Kinder, die ihnen zu ihrem Sieg verholfen hat?« Taras Herz klopfte plötzlich heftig. »Meinst du, wir könnten das wiederholen?«

Merle nickte. »Vielleicht! Vielleicht ist es das, was das Buch mir die ganze Zeit sagen will …«

»Warte!«, murmelte Tara. »Vier Kinder und jedes ist anders. Also … ich habe das Zeichen von Tameran geschenkt bekommen so wie Darealan. Helena hat es von ihrer Mutter vererbt bekommen wie Elinor.«

»Semur hat ein Zeichen, aber seine Eltern haben keines«, ergänzte Merle.

»Genau wie Salazena«, pflichtete Tara ihr bei. Ihre Aufregung wuchs.

»Aber wer ist der Vierte?«, fragte Merle leise.

»Es gibt nur noch zwei Zeichenträger. Dich und Cassian!«, stellte Tara fest.

»Aber wir sind keine Pflanzenmagier.«

»Ihr könnt aber welche werden, denn ihr habt das Zeichen!«

Merle starrte Tara an.

»Einer von euch beiden muss etwas mit Dädalus gemein haben«, schloss Tara.

»Sag noch mal. Was genau war das Besondere an Dädalus Akanthus? Was war er für ein Pflanzenmagier? Er hat sich mit dem Akanthus verbunden, oder?«

»Äh …« Merles Augen überflogen die weiteren Zeilen, dann entfuhr ihr ein überraschter Ausruf. »Er war gar kein Pflanzenmagier!«

»Was?«

»Hier steht, dass er die anderen beneidete. Und später schreibt er, dass er kein Zeichen hatte.«

»Er hatte *kein* Zeichen?!«, fragte Tara.

»Ja, obwohl alle seine Vorfahren eines hatten.« Merles Stimme schwankte und sie klang ein wenig enttäuscht.

Es traf Tara wie ein Blitzschlag und sie zuckte unwillkürlich zusammen.

»Was ist, Tara?«, fragte Merle besorgt.

»Er hatte kein Zeichen! Aber seine Eltern hatten eines!« Taras Knie zitterten. »Das ist unmöglich, ganz und gar unmöglich«, flüsterte sie.

»Was? Was ist unmöglich?«

»Es gibt jemanden …«, murmelte Tara. »Es gibt jemanden, auf den genau das zutrifft.«

Merle starrte sie mit großen Augen an. »Wen?«

»Phillipus!«, antwortete Tara tonlos.

Teil 4

Das Zeichen des Weltenbaums

27. Kapitel

Am Weiher

Die Nacht schritt voran und die bleiche Mondsichel zog ihren Bogen. Tara hatte Merle in der Bibliothek zurückgelassen und war in den Weltenbaum geklettert. Sie war über die Wurzeln den gewaltigen Stamm hinaufgestiegen und lief nun über seine breiten Äste. Unter ihr wurde Arbor immer kleiner und kleiner. Die runden Häuser waren nur schwach als einzelne helle Kreise zu sehen.

Manchmal hielt Tara inne. Der Ast, auf dem sie sich befand, war zwar so breit wie eine Straße, aber trotzdem musste sie aufpassen, dass sie nicht daneben trat. Der Weltenbaum war so groß, dass er wie ein eigenes Land für sich war. Er war so groß, dass andere Bäume auf ihm wuchsen. Selbst in dem schwachen Mondlicht konnte Tara die Ahornbäume, Eichen und Akazien erkennen, die auf den mächtigen Ästen wuchsen. Das Wasser gurgelte hinter der Rinde. Der Wind rauschte in den unzähligen Blättern.

Ob Tara den Ort noch finden würde? Manchmal dachte sie schon, sie hätte entdeckt, was sie suchte. Doch dann war das, was so hell vor ihr aufblitzte, nichts weiter als ein Blatt im Mondlicht. Dann, nachdem sie schon dachte, es sei aussichtslos, kam sie zu einer Astgabelung. Sie war so besonders, dass Tara sie gleich erkannte. Zwei Äste wuchsen aus einem dritten Ast heraus und bildeten in ihrer Verzweigung eine Kuhle, die so aussah wie ein großes Becken. Und dieses Becken war mit Wasser gefüllt.

Taras Herz klopfte. Ja, hier war es. Sie war am Ziel. Vor ihr lag der Wasserspiegel. Hier in dem Wasser zwischen den Ästen hatte sie damals ihre Freunde sehen können, obwohl sie weit weg gewesen waren. Das Wasser zeigte ihr, was woanders in Nelumbiya geschah. Hier hatte sie das letzte Mal mit Askiel gesprochen, von hier aus war sie in die unbekannte Tiefe zwischen die Wurzeln des Weltenbaums gesprungen. Sie spürte, wie Dandelion auf ihrer Schulter schauderte, und sie strich ihm vorsichtig über die Blüte.

»Er liegt nun tief unter der Erde, nicht wahr?«, fragte er und sie wusste nicht, ob er an Askiel oder Armillarion oder an beide dachte.

»Ja, weit, weit unter den Wurzeln.«

»Das ist gut«, sagte Dandelion und die Fröhlichkeit kehrte in seine Stimme zurück. »Ich möchte ihn nämlich nicht noch einmal sehen.«

Tara schüttelte den Kopf. »Ich auch nicht.«

Dann wandte sie sich dem Wasserspiegel zu. Der Wind kräuselte die Oberfläche und sie starrte auf das Wasser, das unendlich tief zu sein schien. Die Wahrscheinlichkeit, dass ihr Plan gelingen würde, war gering, aber sie musste es versuchen. Es war ihre einzige Chance. Sie blickte in das dunkle Wasser und dachte an Semur. Es dauerte ein wenig, dann sah sie, dass er durch einen Birkenwald eilte. Sein Gesicht war blass und besorgt. »Semur«, flüsterte sie. Doch er hörte sie nicht und eilte weiter.

Tara fuhr mit der Hand über das Wasser. »Zeig mir Cassian!«

Erst war der Spiegel schwarz, doch dann sah sie Cassian von hinten. Sein langes lockiges Haar ringelte sich um seinen runden Kopf. »Cassian«, rief sie. Doch er drehte sich nicht um. Er war allein, aber sie konnte nicht sehen, wo er sich befand. »Er lebt«, sagte Dandelion und Tara wischte sich die Tränen aus den Augen. »Ja, er lebt«, flüsterte sie zurück.

Dann holte sie tief Luft und lenkte alle ihre Gedanken auf Phillipus.

**

Phillipus wälzte sich unruhig auf seinem Feldbett hin und her. An Einschlafen war nicht zu denken. Nach Kajetans Besuch hatte man ihm die Hände nicht wieder gebunden und er wurde nicht mehr bewacht. Kajetan hatte ihn angewiesen, die Nacht hier zu verbringen und am nächsten Morgen loszuziehen und zu versuchen, Cassian aufzuspüren.

Es graute Phillipus davor, allein durch Nelumbiya zu streifen. Jeder Baum, jeder Strauch, jeder Grashalm würde ihn verfluchen. In diesem Land hielt ihn jeder für einen Verräter. Und noch sträubte sich alles in ihm bei dem Gedanken, dass die Nordländer das Land einnehmen würden. Er hatte gemerkt, dass die Armee im Laufe des Abends immer größer wurde. Jedes Mal, wenn er die schweren Stoffbahnen zurückgeschlagen und aus dem Zelt geblickt hatte, waren weitere Soldaten angekommen. Jetzt saßen die Männer um die großen Lagerfeuer, lachten und tranken. Phillipus hatte gesehen, wie sie die Äste der Uferweiden abgehackt und sie in das gefräßige Feuer geworfen hatten. Ihm war, als hätte er jeden Axthieb selbst gespürt.

Kajetan hatte er seit ihrem Gespräch nicht mehr gesehen. Er war mit anderen Nordländern, vermutlich den Anführern, in einem der Zelte verschwunden. Phillipus vermutete, dass sie, sobald sie Nelumbiya erobert hätten, mit einem Teil des Heeres nach Ornata aufbrechen und dort die Stadt einnehmen würden. Kajetan würde Herrscher von Ornata werden. Und alle, die nicht an seiner Seite standen, würden an die Nordländer ausgeliefert werden. Phillipus wollte gar nicht darüber nachdenken. Aber sobald er versuchte zu schlafen, stiegen Bilder in ihm auf. Semur, Tara und Helena und auch Cassian, wie sie in der Dunkelheit eines Bergwerks arbeiteten. Es waren schreckliche Bilder und Phillipus spürte mit einer plötzlichen Gewissheit, dass sie alle dort elend zugrunde gehen würden. Vor allem Semur, der nicht lange unter der Erde sein konnte.

Die Schatten der Soldaten zogen draußen an der Zeltwand vorbei. Phillipus hörte ihre Stimmen und das harte Auftreten ihrer Stiefel. Er war so unruhig wie selten zuvor. Er würde nicht schlafen können. Keine Minute.

Was war eigentlich in der Kiste, die neben der Zeltwand stand? Er stand auf und es gelang ihm, sie einen Spalt weit zu öffnen. Als er hineinlugte, huschte zum ersten Mal seit Tagen ein Lächeln über sein Gesicht. In der Kiste befanden sich Bronzescheiben. Es waren seine Scheiben. Ja, am unteren Rand war sein Zeichen. Der Kreis. Als seine Finger über die Einkerbung fuhren, spürte er so etwas wie Stolz. Auch wenn er nirgendwo hingehörte, er konnte schöne Dinge erschaffen. Aber ach, das nutzte ihm in diesem Moment wenig! Zumal die schönen Dinge nun von den Nordländern für ihren Krieg benutzt wurden. Es wäre viel besser, wenn er selbst sie nutzen könnte. Das war ein plötzlicher Gedanke, der in ihm aufstieg, aber er wusste nicht recht, wohin er führte.

Er war durstig und wollte etwas Wasser aus dem Krug trinken, den man ihm hiergelassen hatte. Doch der Krug war leer.

Niemand sah, wie Phillipus das Zelt verließ, um Wasser zu suchen. Außerhalb des Lagers kam er an einigen Weidenbäumen vorbei, die von den Äxten der Nordmänner verschont geblieben waren. Der Nachtwind fuhr durch ihre Zweige und ihre Blätter raschelten traurig und wütend. Phillipus ging an den Lagerfeuern vorbei zu dem sprudelnden Bach, dessen Rauschen er schon die ganze Zeit gehört hatte. Das Wasser staute sich in einem dunklen Teich. Die Mondsichel spiegelte sich auf der Oberfläche und Phillipus sah für einen Moment seinen eigenen Schatten. Als er sich über das Wasser beugte, konnte er sein Gesicht sehen. Er hatte tiefe Ringe unter den Augen und er sah verängstigt aus.

Er tauchte den Krug tief in das kalte Wasser, als plötzlich ein anderes Gesicht neben seinem auftauchte. Ein heller weißer Fleck, umrahmt von wilden Haaren. Phillipus zuckte zusammen und drehte sich um. War Tara etwa hinter ihm? Doch dort waren nur Büsche.

»Pscht, Phillipus! Ich bin hier«, kam es aus dem Weiher.

Das war Taras Stimme! Verwirrt blickte Phillipus über die Wasseroberfläche.

»Tara?!«

»Hier im Wasser. Ich stehe vor einem Wasserspiegel. So wie du.«

»Wo bist du?«

»Nicht hier, sondern weit weg. Ich warte schon lange darauf, dass du mit Wasser in Berührung kommst. Ich habe gehofft, mit dir sprechen zu können.«

Phillipus sah auf Taras Gesicht. Das war sicher einer dieser seltsamen Zauber Nelumbiyas.

Hinter Phillipus liefen zwei Soldaten vorbei. Phillipus duckte sich, doch die Soldaten bemerkten ihn nicht. Er wartete, bis die Schritte der Soldaten verklungen waren.

»Und wo bist du wirklich?«, fragte er.

»Das werde ich dir nicht sagen.«

»Verstehe!«

»Und du?«, fragte Tara. »Wo bist du?«

Phillipus deutete hinter sich, wo der Schein der Lagerfeuer die Nacht erhellte. »Ich bin in einem Lager der Nordländer. Unweit der Silbernen Wasser.«

»Haben die Soldaten also auch im Süden die Grenze nach Nelumbiya durchbrochen?«

Phillipus nickte.

Tara musterte ihn aufmerksam. »Und du wirst also auf ihrer Seite kämpfen«, stellte sie fest. Oder war es mehr eine Frage?

»Warum bist du dir da so sicher?«, fragte Phillipus.

»Immerhin hast du ihnen Nachrichten gesendet. Du hast so getan, als wärst du mit uns befreundet, dabei hat Kajetan dich als Spitzel losgeschickt.«

Phillipus schwieg eine Weile. »Du musst mich hassen!«, stieß er schließlich hervor.

Zu seiner großen Überraschung zögerte Tara. »Ich habe vorhin gedacht, dass ich das tue, aber jetzt, wo ich dich sehe, weiß ich es nicht mehr. Warum hast du das getan? Warum hast du die Signale gegeben?«

»Kajetan hat mir versprochen, dass ich die Gießerei zurückbekomme.«

»Die Gießerei deiner Eltern?«

»Ich dachte … ich dachte, das wäre ich meinen Eltern schuldig. Ich könnte damit wiedergutmachen, was Kajetan getan hat.«

»Und dafür solltest du uns verraten?«

Phillipus sagte lange nichts, dann nickte er.

Tara seufzte. »Du kannst wirklich gut schauspielern. Ich dachte tatsächlich, du wärst einer von uns.«

»Ich … ich habe nicht nur so getan, als ob ich euch mögen würde. Ich wollte immer mit euch befreundet sein.« Phillipus senkte den Kopf. »Ich … mir ist nur klar, dass ich nie zu euch gehören würde …«

»Wieso nicht?«

»Verstehst du das nicht? Ihr habt ein Zeichen und ich habe keins. Ich würde immer anders sein als ihr. Weniger … weniger wert.«

»Phillipus! Ich hatte den Pfeil! Das war auf eine bestimmte Weise noch schlimmer, als gar kein Zeichen zu haben.«

»Aber du warst auserwählt. Du warst irgendwie besonders. Ich bin einfach ein Niemand. Ein Zeichenloser!«

Tara atmete einmal kurz durch. »Ja, ich war etwas Besonderes! Genau wie Askiel.«

»Was meinst du damit?«

»Askiel hatte den Pfeil. Er war todunglücklich. Er wollte genauso sein wie die anderen, aber sein Zeichen war so ungewöhnlich, dass er das Gefühl hatte, dass es ihn von allen trennte. Er zog sich zurück und hatte bald keine Freunde mehr. Und weil er so traurig war, dachte er, es könnte ihn trösten, besser zu sein als alle anderen. Wenn ihn schon keiner mochte, so sollten ihn alle bewundern und beneiden. Er wollte sich mit Fagus, dem Weltenbaum, verbinden, aber der Baum hat ihn abgewiesen. Daraufhin ging er in die dunkle Höhle unter Fagus' Wurzeln und verband sich mit Armillarion. Und damit wurde er so mächtig, wie er sich das immer gewünscht hatte.«

»Warum erzählst du mir das alles?«

Tara suchte nach Worten. »Weil Askiel damit unglücklich wurde. Du hast seine Augen nicht gesehen. Er sah einsam aus. Furchtbar einsam.«

Phillipus zuckte mit den Achseln. »Er war so, weil er eben dieses Zeichen hatte. Das hat ihn einsam gemacht. Ich kann das gut verstehen.«

Tara schüttelte den Kopf. »Nein, Phillipus, es ist nicht das Zeichen. Es ist das, was er aus dem Zeichen gemacht hat. Askiel hätte sich auch *nicht* mit Armillarion verbinden können. Er hätte das Pfeilzeichen haben und es einfach nicht nutzen können. Er hätte sich anders entscheiden können. Wir können uns immer anders entscheiden.«

Das Wasser kräuselte sich. Tara war nicht mehr zu sehen. Phillipus dachte über ihre Worte nach. Dann tauchte Taras helles Gesicht langsam wieder auf.

»Tara, was war los?«

Tara sah verängstigt aus. »Hier bebt die Erde. Das müssen die

Nordländer sein.« Sie schluckte. »Wenn ich dir jetzt etwas sage, dann musst du schwören, dass du es nicht verrätst«, flüsterte sie.

Phillipus zögerte. Ein Schwur war eine wichtige Sache. Man durfte ihn nicht brechen, denn das würde lebenslanges Unglück nach sich ziehen. Doch Tara sah so verzweifelt aus, dass er ihr den Wunsch nicht abschlagen wollte. »Ich schwöre«, sagte Phillipus schließlich. Sein Mund fühlte sich trocken an.

»Es gibt vielleicht eine Möglichkeit, die Nordländer zu vertreiben. Vor langer Zeit wurde Nelumbiya schon einmal angegriffen. Und es gab vier Kinder, die die Gefahr abwehren konnten.«

»Bestimmt vier Pflanzenmagier«, murmelte Phillipus.

Tara schüttelte den Kopf. »Nein. Es waren drei Pflanzenmagier und ein Zeichenloser. Der Zeichenlose hieß Dädalus. Er wurde später ein großer Gelehrter und ein wichtiger Mann in Nelumbiya. Er hat das alles aufgeschrieben. Von ihm stammt das Lied über den Weltenbaum, das Helena gesungen hat, als wir nach Nelumbiya aufbrachen. Du erinnerst dich?«

»Ich erinnere mich gut«, gab er zu.

»Die vier Kinder jedenfalls kamen am Fuß des Weltenbaums zusammen. Und dort geschah etwas.«

»Was?«

»Ich weiß es nicht. Es hatte etwas mit einer Urkraft zu tun, die sie beschworen haben. Ich weiß nur, dass sie es zu viert geschafft haben. Phillipus, vielleicht können wir das wiederholen! Vielleicht braucht es vier von uns, um die Nordländer zurückzuschlagen. Was ich damit sagen will: Wir brauchen dich!«

Phillipus sah in Taras Gesicht. Hatte er sich verhört? »Ihr braucht mich?« Der Gedanke traf Phillipus mit einer Heftigkeit, die ihn selbst erstaunte.

»Ja, Phillipus!« Tara nickte.

»Und was soll ich deiner Meinung nach tun?« Phillipus' Stimme zitterte leicht.

»Du musst so schnell wie möglich zum Weltenbaum kommen. Wir können dort …«

Da fiel plötzlich ein Schatten über ihn.

»Vorsicht!«, rief Tara.

Phillipus erschrak und ließ den Krug ins Wasser plumpsen. Taras helles Gesicht verschwand in den Wellen.

»He, du! Was machst du da?«, fragte eine dunkle Stimme. Phillipus drehte sich um. Zwei Wachen standen hinter ihm. Sie trugen Helme, auf denen ein Schlangenkopf zu sehen war.

»Ich … ich hab den Krug verloren«, erklärte Phillipus, beugte sich über das Wasser und tat so, als würde er nach dem Krug fischen. Nach einer Weile zog er ihn umständlich heraus. Tara war zum Glück nicht mehr zu sehen. Er drehte sich zu den Wachen. »Kann ich nicht mal in Ruhe trinken?«

»Wir haben nur mitbekommen, dass jemand um das Lager schleicht.«

»Ich schleiche nicht! Ich habe nur Durst!«

Eine der Wachen baute sich drohend vor ihm auf. »Du kommst jetzt mit uns zurück!«

Phillipus fluchte leise und stand dann auf. Bevor er den beiden Wachen folgte, drehte er sich noch einmal um. Der Weiher glänzte dunkel in der Nacht. Die Zukunft sah plötzlich nicht mehr ganz so düster aus. Ein ferner Hoffnungsschimmer lag auf dem Wasser. Die Sterne und die Mondsichel spiegelten sich in der Wasseroberfläche und reflektierten das Licht, sodass es Phillipus für einen Moment direkt in die Augen traf. Phillipus starrte gebannt darauf und blickte dann hoch zum Mond. Eine Idee traf ihn wie ein Mondstrahl. Ein heller schneller Gedankenblitz.

Ja, das könnte gehen!

Und gerade als er sich einen Plan ausdachte, sah er etwas zwischen den Zweigen. Es sah fast aus wie ein Tier. Nein, Es war ein Mensch.

Eine kleine dunkle Gestalt, die sich in einer Senke versteckt hielt und ihn eindringlich anstarrte. Phillipus unterdrückte einen Ausruf. Dort saß Cassian. Er blickte ihn an und legte dann den Finger auf den Mund.

28. Kapitel

Das gebrochene Herz

Phillipus versuchte, seine Aufregung vor den Soldaten zu verbergen. Zugleich überlegte er fieberhaft, wie er wieder zu dem Weiher kommen könnte. Was machte Cassian hier? Warum begab er sich nur in solche Gefahr? Vielleicht könnte er auch noch einmal mit Tara sprechen. Sie brauchten ihn! Hatte sie das wirklich gesagt?

»He, warum läufst du so langsam?«, fragte ihn eine der Wachen.

Phillipus blieb stehen. »Ich glaube, ich habe meinen Krug vergessen!«

Es stimmte. Phillipus' Krug, mit dem er das Wasser geschöpft hatte, war am Weiher zurückgeblieben.

»Dann hast du eben keinen mehr«, knurrte die Wache.

»Dann habe ich aber nichts mehr zu trinken!«, protestierte Phillipus.

»Lass ihn zurückgehen!«, wandte sich die eine Wache an die andere. »Er ist ja kein Gefangener.«

»Aber er schleicht hier herum und macht uns noch ganz verrückt.«

»Ja, aber er gehört doch zu diesem Kajetan.«

»Mhmm«, brummte der andere. Dann drehte er sich zu Phillipus. »Hol deinen Krug«, sagte er laut. »Aber pass auf! Wenn du irgendjemanden siehst, dann gib uns Bescheid.«

»Das mache ich!« Phillipus atmete erleichtert aus und sah den beiden Wachen nach, wie sie in der Dunkelheit verschwanden.

Er lief den mit Weiden gesäumten Weg entlang und spitzte die Ohren.

»Cassian?«, flüsterte er in die Dunkelheit. »Cassian, bist du hier?«

Am Ufer des Weihers zwischen dem Schilf stand sein Krug. Wieder blickte er auf die Wasseroberfläche, doch er sah nur sein eigenes Spiegelbild. Er hätte Tara gerne noch ein paar Dinge gefragt. Ob es ihr gut ging zum Beispiel. Und ob Helena und Semur bei ihr waren. Wie sich diese geheimnisvolle Urkraft auswirken sollte. Doch ihr Gesicht blieb verschwunden. Die Wasseroberfläche war schwarz wie eine blank polierte Scheibe.

Da hörte er ein Knacken. Phillipus zuckte zusammen und drehte sich um. Cassian stand hinter ihm und starrte ihn mit seinen hellen Augen an.

»Cassian!« Phillipus ging einen Schritt auf ihn zu und umarmte ihn. »Was machst du hier? Du hast ja gar keine Ahnung, wie gefährlich es hier für dich ist!«

Cassian deutete auf Phillipus und dann auf sich und machte mit Zeige- und Mittelfinger das Zeichen für Gehen.

»Du bist mir gefolgt?«

Cassian nickte.

»Die ganze Zeit?«

Cassian nickte wieder.

»Aber warum?

Cassian sah Phillipus lange an, dann vollführte mit seinen beiden Händen eine große Kreisbewegung.

»Die Scheibe?« Phillipus schluckte. »Du … du bist mir wegen der Scheibe gefolgt?«

Cassian drehte seine Hände hin und her und wiegte den Kopf.

»Aber wieso dann?«, fragte Phillipus.

Cassian zögerte, dann legte er die Hand an sein Herz, deutete auf Phillipus und machte dann mit den beiden Händen eine Geste, als würde das Herz brechen, woraufhin er energisch den Kopf schüttelte.

Mit einem Mal schossen Phillipus Tränen in die Augen. »Du bist hier, weil du nicht willst, dass mein Herz bricht?!«

Cassian nickte und lächelte. Dann streckte er die Hand aus und legte Phillipus' Hand in die seine.

Phillipus wischte sich die Tränen weg. Er sah Cassian vor sich, der nicht wollte, dass er allein und unglücklich blieb. Cassian konnte das nicht wissen, aber nun fühlte es sich wirklich so an, als ob sein Herz brechen würde. Er dachte an Kajetan und seinen Auftrag und er verfluchte sich, dass er ihm jemals zugestimmt hatte.

»Cassian, wir müssen schnell weg von hier. Ich weiß nicht warum, aber Kajetan sucht dich! Er glaubt, dass dein Zeichen irgendetwas mit dem Pilz zu tun hat.«

Cassian sah Phillipus an. Angst war in seinem Gesicht zu lesen. Dann deutete er auf das Lotuszeichen an seinem Arm und zuckte mit den Achseln.

»Du weißt es nicht?«

Cassian schüttelte den Kopf.

Phillipus seufzte. »Jedenfalls müssen wir hier weg. Ich habe gerade mit Tara gesprochen und sie sagt, dass wir uns am Weltenbaum treffen sollen.«

Cassian deutete auf den Weiher und lächelte. Er hatte es gesehen, dachte Phillipus. Wahrscheinlich auch alles gehört. Und auch er blickte zu dem Weiher und dachte an die Idee, die ihn vorhin so plötzlich überfallen hatte. »Pass auf! Ich gehe in das Lager und muss noch etwas holen. Ich brauche etwas. Dringend! Du bleibst hier und rührst dich nicht. Versteck dich hinter diesen Büschen. Und komm nicht raus, bevor ich es dir sage, in Ordnung?«

Cassian nickte und ging hinter dem Holunderbusch in die Hocke. Die Zweige verkreuzten sich vor ihm, sodass er nicht mehr zu sehen war.

Phillipus machte sich auf den Rückweg. Im Lager angekommen sah er, wie Kajetan sein Zelt verließ und mit schweren Schritten zu einem der Feuer ging und sich neben einen Mann in einem aufwendig bestickten Schlangenmantel setzte. Er hatte ihn nicht bemerkt. Phillipus schlich in sein Zelt. Ja! Die Kiste war noch da! Er nahm vier der großen Scheiben heraus und steckte sie in seinen Rucksack zu der kleineren Scheibe. Der Rucksack platzte nun aus allen Nähten. Phillipus schnürte die Scheiben mit einem Seil zusammen und verband sie dann mit den Tragegurten. Das Ganze dauerte viel länger, als er gedacht hatte. Hoffentlich war Cassian in der Zwischenzeit nichts zugestoßen!

Der Rucksack war unglaublich schwer und er ging fast in die Knie, als er ihn sich auf den Rücken setzte. Vorsichtig schlich er aus dem Zelt. Kajetan war nun nicht mehr zu sehen. Phillipus ging langsam den Weg zurück und drehte sich immer wieder um, aber niemand schien ihm zu folgen. Schließlich kam er unbehelligt wieder an den Weiher.

»Cassian«, flüsterte er und trat an die Hecke mit den Holunderbüschen heran. »Wo bist du?«

Da hörte er plötzlich Schritte hinter sich und ein schweres Schnauben.

»Mit wem hast du da gerade gesprochen?«

Phillipus drehte sich um und erstarrte. Da war Kajetan! Er musste ihm doch gefolgt sein! Warum nur hatte er nicht besser achtgegeben?

»Ich habe gesehen, wie du wieder aus dem Lager geschlichen bist, und dann wollte ich doch mal sehen, was du vorhast.« Kajetan musterte ihn misstrauisch.

»Ich …«, begann Phillipus.

»Du kennst deinen Auftrag und ich hoffe, du hast ihn nicht vergessen.«

»Ich wollte nur …«

»Was treibst du dich hier herum? Du hast das letzte Mal schon versagt und ich rate dir, dich diesmal mehr anzustrengen. Deine Aufgabe ist, mir das Kind dieser Piratin zu bringen und nichts anderes. Und wenn du das nicht schaffst …«

Jetzt trat Kajetan nahe an Phillipus heran und starrte auf ihn hinab. »Dann kannst du gleich mit ihr zusammen im Gefängnis verrotten.«

In diesem Moment sprang etwas Dunkles aus den Büschen. Es war kein Tier. Es war Cassian, der sich auf Kajetan stürzte.

»Cassian! Nicht!«, rief Phillipus. Cassian trommelte mit seinen kleinen Fäusten voller Wut auf Kajetan ein. Doch der war erstaunlich schnell, warf Cassian zu Boden und verdrehte ihm die Arme auf dem Rücken.

»Da ist er ja!«, wandte sich Kajetan verblüfft an Phillipus. »Du wusstest, dass er hier war, oder?«

Phillipus sah auf Cassian, der am Boden lag, und überlegte fieberhaft. »Ja«, sagte er und spürte, dass seine Stimme seltsam hohl klang. »Das wollte ich dir doch die ganze Zeit über sagen. Ich wollte ihn gerade zu dir bringen.«

Cassian wandte den Kopf und sah ihn entsetzt an.

Kajetan hielt ihn fest. »Das ist gut, hervorragend! Gut gemacht, Phillipus! Wir müssen vorsichtig sein, ganz vorsichtig, die Nordländer dürfen ihn nicht entdecken. Wie gut, dass er nicht schreien kann. Gib mir deinen Gürtel, ich muss ihm die Hände fesseln.«

Phillipus nickte und löste den Gürtel seiner Tunika, während er zusah, wie Kajetan Cassians Kopf nach unten drückte.

»Du kannst jetzt wieder zurück nach Ornata gehen. Verrate niemandem etwas und warte dort auf mich. Dann wirst du reich belohnt werden.«

Phillipus stand mit dem Gürtel da und rührte sich nicht. »Ich bekomme also die Gießerei?«, fragte er leise.

»Wir sprechen darüber, wenn ich zurück bin.«

»Ich brauche auch Geld.«

Kajetan drückte den zappelnden Cassian weiter auf den Boden. »Geld?«, murmelte er. »Nun, du bekommst etwas, wenn wir uns in Ornata sehen. Aber du wirst belohnt werden, mach dir keine Sorgen.«

»Ich will einen Teil davon jetzt schon haben!«, beharrte Phillipus.

»Na schön«, presste Kajetan ärgerlich hervor. »Du bekommst drei Silbermünzen.«

»Vier! Und zwar sofort!«

»Du fängst an, mir schon wieder auf die Nerven zu gehen«, murmelte Kajetan. »Ich weiß nicht mal, ob in meinem Beutel noch genug Geld ist.«

»Dann kannst du ja einfach nachsehen«, sagte Phillipus. Seine Stimme zitterte ein wenig. »Ich binde dem Jungen inzwischen die Hände zusammen.«

Kajetan zögerte. »Du hast schon immer gedacht, dir steht mehr zu, als du wert bist.« Er seufzte. »Na gut, du bekommst deine Münzen. Halte den Jungen fest.«

Kajetan wartete, bis sich Phillipus neben Cassian kniete und ihn zu Boden drückte. Dann ließ er Cassian los, stand auf und kramte in seinem Beutel. »Wollen wir doch mal sehen …«

Phillipus beugte sich dicht über Cassian und flüsterte ihm so leise wie möglich ins Ohr. »Lauf zum Weltenbaum, so schnell du kannst!«

Cassian riss die Augen auf.

»Halt ihn gut fest!« Kajetan hatte nichts bemerkt. Er kramte immer noch in seinem Beutel. In diesem Moment ließ Phillipus Cassian los und stürzte sich mit aller Macht auf Kajetan.

»Was …?!« Kajetan ließ den Beutel fallen. Es gelang Phillipus, ihn auf den Boden zu schleudern. Doch Kajetan drehte sich schnell um und riss auch Phillipus nach unten.

»Verdammt! Cassian! Lauf!«, schrie Phillipus, während er sich gegen Kajetan wehrte.

Doch Cassian lief nicht weg. Genau wie Phillipus warf er sich gegen Kajetan. Der war völlig überrascht, es nun mit zwei Gegnern zu tun zu haben. Er drehte sich zu Cassian, um ihn zu überwältigen, was Phillipus nutzte, um ihn wieder auf den Boden zu werfen. Kajetan lag nun mit der Nase im Dreck und versuchte, sich zu befreien, was ihm nicht gelang, denn die beiden Jungen drückten ihn gemeinsam nach unten.

»Du machst einen Fehler«, zischte Kajetan. »Glaubst du wirklich, du und deine Freunde werdet die Armee der Nordländer aufhalten können?« Phillipus biss die Zähne zusammen und fesselte ihm mit seinem Gürtel die Hände auf dem Rücken.

»Das wirst du bereuen«, rief Kajetan. »Du elender Nichtsnutz. Ich habe dich die ganze Zeit durchgefüttert und das ist nun der Dank dafür? Ich hätte dich auch verhungern lassen können!«

»Das wäre mir immer noch lieber gewesen, als für dich zu arbeiten!«, presste Phillipus hervor.

Phillipus und Cassian schleppten Kajetan zu einer Weide. Unter den hängenden Zweigen lehnten sie ihn gegen den Stamm. Die biegsamen Weidenzweige schlangen sich mit Vergnügen und in hoher Geschwindigkeit um Kajetans Mitte. Bald war er ganz gefesselt.

»Was ist das für ein elender Zauber?«, keuchte er. »Ihr werdet die Ersten sein, die in den Minen der Nordländer schuften werden. Du und deine Freunde!«

Phillipus beugte sich zu Kajetan. »Du wirst der Erste sein, den sie in Ornata ins Gefängnis werfen werden. Dafür werde ich sorgen.« Kajetan sah ihn entsetzt an und Phillipus begriff zu seiner Verwunderung, dass Kajetan zum ersten Mal Angst vor ihm hatte. Wie oft hatte er sich das vorgestellt. Doch nun machte ihn das nicht froh, sondern eher wütend.

Sie verließen Kajetan, der wieder begann, wilde Flüche gegen sie auszustoßen. Doch nach wenigen Metern war schon nichts mehr von ihm zu hören. Die Weiden schirmten seine Stimme ab. Kajetan war bald ganz von den Weiden umschlungen. »Früher oder später werden die Nordländer ihn entdecken und bis dahin sollten wir über alle Berge sein!«, sagte Phillipus.

Cassian sah ihn an und umarmte ihn. Dann lächelte er breit und deutete nach Osten.

»Ja, wir müssen zum Weltenbaum«, stimmte ihm Phillipus zu. Er blickte noch ein letztes Mal zurück zu den Weidenbäumen, hinter denen Kajetan nun nicht mehr sichtbar war. Ihm war, als würde er eine ungeheure Last hinter sich lassen. Über ihm blinkten die Sterne und er fühlte sich mit einem Mal frei.

Sie schlichen unbehelligt zurück zum Lager und dort hinter den Zelten entlang. Nachdem sie das letzte Zelt hinter sich gelassen hatten, atmete Phillipus auf. Sie hatten es geschafft. »Ich muss mich kurz ausruhen«, sagte er und wollte gerade den schweren Rucksack ablegen, als er eine Stimme hörte. »Halt! Bleibt stehen! Wer auch immer ihr seid!«

Phillipus durchfuhr es wie ein Blitz. Hinter ihnen befanden sich die Soldaten der Nordländer. Sie trugen Fackeln und kamen rasch näher.

»Renn, Cassian!«, schrie er.

Er hetzte los, Cassian war dicht hinter ihm. Sie rannten einen Hügel hinunter, bald würden sie die Ebene erreichen. Dort konnten sie sich vielleicht in den Gräsern verstecken! Doch die Soldaten holten auf. Phillipus' Beine wurden schwerer und schwerer und er konnte kaum mehr die Last der Scheiben schultern. Er drehte sich im Laufen um. Es waren drei Soldaten und sie rückten immer wei-

ter auf. Phillipus war zum Heulen zumute. Er sah, wie auch Cassian mit den Tränen kämpfte. Es war alles vergebens!

Da begann der Boden unter ihnen zu rutschen. Phillipus sah, wie Cassian neben ihm strauchelte, dann fiel auch er.

29. Kapitel

Sonnenaufgang

Tara sah, wie Phillipus sich umwandte. Jemand schien hinter ihm zu sein. Dann warf er etwas in das Wasser. Tara konnte nur noch Kreise sehen, die sich auf dem Wasser ausbreiteten. Als das Wasser wieder ruhig war, war Phillipus' Bild verschwunden. Sie wartete noch eine Weile, ob er zurückkehren würde, doch die Wasseroberfläche blieb dunkel.

»Er hat nicht *Nein* gesagt«, murmelte Dandelion auf ihrer Schulter. Es sollte wohl tröstend klingen, aber Tara war durch Dandelions Worte plötzlich noch elender zumute. »Er hat aber auch nicht *Ja* gesagt«, erwiderte sie.

»Glaubst du, dass er kommen wird?«, fragte der Löwenzahn.

Tara schluckte ein paar Tränen hinunter. »Ich weiß es nicht«, flüsterte sie.

Ein Dröhnen schreckte sie auf und sie blickte zum Meer, das in der Ferne glitzerte. Dort leuchteten viele kleine Lichter. Sie sahen nicht aus wie die wilden Blitze des Ringwalds. Diese Lichter waren in großen wohlorganisierten Vierecken angeordnet, die sich gleichmäßig fortbewegten. Tara holte tief Luft. Das war das Heer der Nordländer. Es war riesig und es rollte unerbittlich auf den Ringwald zu.

»Selbst wenn Phillipus sich entschließt zu kommen«, sagte Tara, »dann ist es jetzt wahrscheinlich zu spät!«

Sie lehnte sich an den Ast des Weltenbaums. Fagus war ganz ruhig, unheimlich ruhig, aber sie konnte die Erschütterungen unten auf der Erde spüren. Sie warf noch einen Blick zum Wasserspiegel, dessen Oberfläche sich kräuselte. Nach und nach erschienen Bilder auf dem dunklen Wasser. Tara konnte die Soldaten aus der Nähe sehen. Sie trugen Helme, die mit Schlangenköpfen bemalt waren. Sie zogen Gerätschaften, die so ähnlich aussahen wie die Türme mit den Scheiben. Nur hatten diese Maschinen nun Räder und auf ihnen waren keine Scheiben montiert, sondern etwas großes Längliches, das sich bewegte.

Tara brauchte eine Weile, bis sie erkennen konnte, was es war. Das Ding, das in einem gleichmäßigen Takt wie ein Pendel hin- und herschwang, war eine große Sense. Die gebogene Schneide war so lang wie drei ausgestreckte Männer und mähte alles nieder, was sich ihr in den Weg stellte. Sträucher, Büsche, ja sogar kleine Bäume. Ihr Klang war wie ein hohes Sirren in der Luft. Es wurde überlagert von den Stiefeln der Nordländer, die mit einem Schlachtruf weitermarschierten. »Hei-ho, hei-ho.« Der Ruf gab ihnen den Takt vor. »Hei-ho, hei-ho.«

Es gab vielleicht zwanzig Soldaten, die das Gerät nach vorne zogen, und jeweils zehn, die die riesige Sense an den Seiten bedienten. Das Stampfen der Stiefel drang über die Ebene. Tara sah vom Wasserspiegel auf und in die Ferne. Es gab nicht nur eine Sense. Tara zählte und spürte, wie sich ihr dabei die Nackenhaare aufstellten. Es gab sieben davon. Sie stießen von allen Seiten auf den Ringwald vor und zogen eine Schneise der Verwüstung hinter sich her. Hinter den Sensen waren Bogenschützen mit furchterregend langen Pfeilen im Köcher. Tara schluckte. Diese Bogenschützen wurden nicht gegen die Pflanzen eingesetzt. Sie waren für Menschen bestimmt.

Doch die sieben Sensen und die Schützen hinter ihnen waren nicht das Einzige, das Tara sah und das sie verzweifeln ließ. Vom Meer her kam noch etwas anderes. Hinter den Sensen war noch ein größerer Apparat. Er war so groß wie ein Haus und wirkte wie ein riesiges schwerfälliges Tier, wie ein großer schillernder Käfer, der auf den Ringwald zukroch. Gezogen wurde der Käfer von acht großen schwarzen Pferden. Und da begriff Tara. Dieser Käfer würde alles niederwalzen. Die Sensen würden den Weg freimachen und diesen Käfer würden die Nordländer brauchen, um unter Fagus Wurzeln zu graben. Damit wollten sie also Armillarion holen! Es schien nicht mehr so unmöglich. Nein, wenn es ein Ding gab, das das zustande bringen konnte, dann war es diese Maschine.

Tara spürte einen Schmerz im Magen. Wer sollte die Soldaten aufhalten?

Wer sollte sich diesem Koloss entgegenstellen? »Sie werden uns besiegen, noch ehe der Tag zu Ende ist«, murmelte sie.

»Nein, das werden sie nicht. Verliere nicht den Glauben an die Pflanzen.«

Tara strich Dandelion über seine Blüte. »Was können wir schon ausrichten?«

»Mehr, als du denkst!«

Tara blickte nach oben. Dort war neben dem untergehenden Mond schon hell leuchtend der Morgenstern zu sehen. Der Himmel verfärbte sich im Osten, während er vom Westen her, wo die Nordländer anrückten, immer noch dunkel und schwarz war. »Was wohl Dädalus meinte, dass wir in der größten Gefahr an unsere Wurzeln denken sollten?«

Dandelion sah sie an. »Ich glaube, er meinte die, von denen wir abstammen.«

Tara schluckte. »Du meinst die Eltern?«

Dandelion nickte. Tara löste den Blick von dem anrückenden

Heer der Nordländer. Ihre Eltern! Wie sehr sie sich nach ihnen sehnte!

Mit einem Mal bewegte sich die Wasserfläche neben ihr. Tara sah zu den Zweigen des Weltenbaums hoch. Es war so, als würde ihr Fagus etwas sagen wollen. Das dunkle Wasser schwappte hin und her und als es sich wieder beruhigt hatte, sah Tara ein Bild. Es stieg aus der Tiefe des Wassers hervor, erst undeutlich, dann immer klarer. Es zeigte zwei Menschen, eine Frau mit roten Haaren und einen Mann mit dunklen Haaren. Sie hatten abgetragene Kleidung an, so als wären sie schon lange gewandert. Sie sahen sich an und hielten sich an den Händen. Dann begannen sie sich langsam zu verwandeln. Ihre Körper wurden zu Baumstämmen, ihre Arme zu Ästen, die sich verzweigten und aus denen Blätter herauswuchsen. Die Frau verwandelte sich in eine Kastanie, der Mann in eine Esche. Sie standen immer noch einander gegenüber, doch statt sich an den Händen zu halten, berührten sich die Äste in ihren Kronen. Tara sah es durch einen Schleier aus Tränen. Es waren die Esche und die Kastanie, bei der sie übernachtet hatte. Ihre verwandelten Eltern!

Tara blickte nach vorne. Die Heere der Nordländer schimmerten und verschwanden vor ihren Augen. Ihr Herz klopfte laut. Immer hatte sie nach ihren Eltern gesucht, dabei hatte sie sie schon gefunden. *Zweig und Blüte sind sie, Wurzel und Stamm.* Hatte das nicht der Lotus gesagt? *Sie haben sich selbst verloren.* Wahrscheinlich waren sie schon so lange eine Pflanze, dass sie sich nicht mehr daran erinnern konnten, wie es war, ein Mensch zu sein. Ein Schmerz kroch in Tara hoch. *Konnten sie sich noch an sie erinnern?*

»Sind das deine Eltern?«, fragte Dandelion.

Tara wischte sich die Tränen aus den Augen. »Ja, das sind sie.«

»Sie gehören nun zu den Bäumen«, sagte Dandelion leise. »Sie gehören nun zu dem Land.«

Tara nickte. Dann durchzuckte sie eine jähe Erkenntnis. »Wir müssen sie retten! Die großen Sensen der Nordländer werden sie fällen!«

»Dann haben wir keine Zeit mehr zu verlieren«, sagte Dandelion entschlossen. »Verwandle dich!«

Tara strich dem Löwenzahn über die Blüte. Dandelion hatte recht. Sie musste sich verwandeln. Jetzt! Diesmal musste sie es schaffen!

Sie stand auf, schloss die Augen und wartete. Sie hörte ihren schnellen Atem und richtete ihre Gedanken auf Dandelion. Wieder sah sie die Schirmchen, die ein seltsam gezacktes Muster bildeten. Wieder flimmerten sie. Tara blinzelte und blickte in den Wasserspiegel. Ihr bleiches Gesicht veränderte sich. Waren es die Wellen auf dem Wasser? Nein, es war sie selbst. Sie begann, sich wieder in Schirmchen aufzulösen, die sich nun im dunklen Wasser spiegelten.

Ja! Sie konnte es! Es klappte!

Und da war auch wieder das gleiche federleichte Gefühl, das sie schon beim letzten Mal gehabt hatte. Wie schön war es, ein Löwenzahn zu sein! Es war ein kurzer froher Moment inmitten der Gefahr und Tara fragte sich, ob es der letzte glückliche Gedanke sein würde, den sie hatte. Fort! Ein leichter Morgenwind nahm sie mit und sie wurde von ihm nach oben gezogen.

Tara sah, dass der Ringwald gleichmäßig den Weltenbaum umschloss. Der Weltenbaum war eingebettet zwischen die Wipfel der Laubbäume. Sie ließ sich über die Blätter treiben. Blutrot ging die Sonne hinter den Bergen des Ringwalds auf. Doch diesmal gab es kein Vogelgezwitscher. Es gab kein Blätterrauschen. Der Ringwald war still. So als würde er den Atem anhalten. Auch seine Lichter waren erloschen.

In einiger Entfernung standen die sieben Sensen, die nun in der aufgehenden Sonne glühten. Sie hatten den alten Wald von drei Seiten her in die Zange genommen. Hinter ihnen wartete wie ein dunkles Ungeheuer der schwarze Käfer. Die Pferde standen still und schnaubten. Ihr Atem hing weiß in der Morgenluft.

Die Nordländer hatten sich aufgeteilt. Sieben Gruppen bewegten die Sensengeräte, die nun wie hoch aufragende Insekten auf den Wald zukamen. Hinter den Maschinen standen Bogenschützen, bereit, jeden Widerstand von Menschen zu brechen. Eine achte Gruppe lief neben der großen Käfermaschine her, die von den Pferden gezogen wurde.

Ein gnädiger Wind trieb Tara an den Saum des Waldes. Dort konnte sie zwei kleine Figuren ausmachen. Helena und Chiara befanden sich in den Wipfeln einer großen Eiche. Sie blickten auf das Heer unter sich. Helena hatte die Hände ausgestreckt und wartete. Chiara formte einen Bogen aus einem biegsamen Zweig. Tara wusste nicht, ob sie die Löwenzahnschirmchen entdeckt hatten, aber sie wusste, dass sie ihnen nur helfen konnte, wenn sie das Heer rechtzeitig aufhielt. Dort, wo sie hinwollte. Hinmusste! Der Wind trieb sie weiter.

Dann war sie endlich am Ziel. Unter ihr waren die beiden Bäume, deren Kronen sich berührten. Die Kastanie und die Esche.

Eine der Sensen rollte genau auf sie zu. Aus der Nähe sah sie noch furchterregender aus. Die riesige scharfe Klinge blitzte rötlich in der aufgehenden Sonne. Silbergras, Büsche und kleine Bäume wurden niedergemäht. Die Sense arbeitete sich vor. Sie war langsamer bei den Büschen, einem Widerstand, den die Soldaten dann aber mit einer größeren Anstrengung brachen. Sie zogen einmal auf die eine Seite, dann auf die andere und je mehr sie die Ebene vor sich abmähten, desto schneller schien die Sense zu schwingen. »Hei-ho!« Der Ruf gab den Rhythmus vor. Hinter sich zogen sie eine Schneise der Verwüstung. Gemähtes Gras und zerschnittene Äste regneten zu Boden. Tara spürte die Panik und die Verzweiflung der Pflanzen Nelumbiyas.

Die Sense war unaufhaltsam in Richtung Ringwald unterwegs.

Und zwischen ihr und dem Wald standen die Kastanie und die Esche. Taras verwandelte Eltern.

Die Erde bebte. Und da hörte Tara die leise Stimme der Kastanie. »Bleib nicht hier!«, flüsterte sie. »Flieg! Flieg weg! Rette dich!«

Ein Stein spritzte hoch und traf die Kastanie an einem Ast. Er schlug eine Wunde in die Rinde. Taras Schirmchen stoben nach oben und zitterten im Wind. Warum nur hatte sie nicht die Kraft, die Helena und Semur hatten? Sie konnte zwar fliegen, aber sie konnte nicht kämpfen! Was sollte sie tun?

»Flieg, Tara! Flieg!« War das Dandelions Stimme? Ein scharfer Wind trieb sie hoch. Ja, sie würde fliegen, dachte Tara grimmig. Und wie sie fliegen würde!

Sie ließ sich von einer kräftigen Bö nach unten tragen auf die Nordländer zu, die die Sense bewegten. Der Wind gehorchte ihr. Die Schirmchen flogen in die Gesichter der Nordländer. Einer der Soldaten ließ die Stange los, die die Sense führte, und schlug sich die Hände vor das Gesicht. »Verdammt!«, rief er aus. »Ein Mückenschwarm!« Ermutigt flog Tara wieder einen Angriff, diesmal auf der anderen Seite, die Schirmchen flogen in die Augen der Soldaten. Einmal. Zweimal. Die Soldaten ließen die Stangen los, rieben sich die Augen, der Rhythmus ging verloren. Die Sense stoppte. Tara blieb in der Luft stehen. Sie hatte tatsächlich die todbringende Maschine aufgehalten.

Sie machte sich gerade daran, wieder einen Angriff zu fliegen, als sie spürte, wie ihre Kräfte nachließen. Sie konnte nicht mehr alle Schirmchen beherrschen. Sie flog in die Krone der Kastanie und mit letzter Kraft verwandelte sie sich wieder zurück in ihre Menschengestalt. Hier war sie in den Ästen der Kastanie. Weit über der Erde. Ihre Kraft und ihr Zauber waren verbraucht. Sie spürte den Ast unter sich, die warme Rinde, das Wasser, das durch den Stamm floss. Tara liefen die Tränen über die Wangen. Sie blickte auf die Sensen vor sich. Die tödlichen Geräte setzten sich langsam wieder in Bewegung. Die silbernen Klingen schnitten durch die Luft, wie die Messer, mit denen die Feldarbeiter in Ornata den Mais ernteten.

Nur waren diese Messer hier größer, so viel größer.

Tara würde nichts mehr tun können. Sie klammerte sich an dem Stamm fest.

Dandelion lag auf ihrer Schulter. Sie schloss die Augen und sie sah Bilder, die ihr von dem Baum geschickt wurden. Sie sah sich selbst, wie sie von einem Mann und einer Frau nach oben geworfen wurde. Sie lachten sie an. Sie sah sich selbst, wie sie sich in der Höhle unter dem Weltenbaum mit Dandelion verband, und plötzlich wusste sie, dass sie für immer zu diesem Land gehörte. Sie gehörte zu Nelumbiya, so wie die beiden Bäume, die einst ihre Eltern gewesen waren und die hier ihre Wurzeln hatten. Sie klammerte sich fest. Gleich würde die Sense auf sie herunterfahren, nur noch ein paar Sekunden, ein kurzer Atemzug, gleich …

30. Kapitel

Morgenstern

Phillipus lag mit dem Gesicht nach unten auf der Erde. Alles rutschte. Der Boden war plötzlich lebendig geworden und zog ihn mit sich mit. Wo waren die Wachen? Hatte er nicht eben noch ihre Schritte und ihre Rufe gehört? Phillipus blickte nach rechts und sah, wie Cassian von ihm weggezogen wurde.

»Gib mir deine Hand!«, rief er. Cassian streckte seine Finger nach ihm aus und Phillipus packte seine Hand. »Halt dich fest! Halt dich fest!«

Was war das? Die Erde zog sie fort, schneller und schneller, zwischen ihnen waren Grashalme, die silbrig schimmerten. Ein Wispern ging durch das Gras, ein Murmeln. Dann wurden die Halme höher und das Tempo nahm zu. Phillipus konnte kaum noch Atem holen. Das Gras verfing sich in seinen Haaren und riss ihn mit sich mit. Er war nun nicht mehr auf der Erde, sondern zwischen, über, unter den Halmen. Er hielt Cassians Hand, der genauso wie er durch das Gras flog. Es kratzte, es scheuerte, manchmal schlug er auf dem Boden auf, dann nahmen ihn die Halme wieder hoch und ein rauer Wind pfiff um ihn herum. Schließlich, er wusste nicht, wie lange er mit dem Gras geflogen war, fiel er auf die Erde. Der wilde Ritt war vorbei. Cassian sah Phillipus mit großen Augen an.

Was würde nun geschehen? Wo waren sie? Vorsichtig hob Phillipus den Kopf. Vor ihm standen zwei nackte und schmutzige Füße.

Sie gehörten Semur.

Phillipus setzte sich benommen auf. Semur hatte die Arme ausgestreckt und sein Zeichen auf dem Arm glühte. Auch sein Haar glänzte silbern, genau wie die Ähren vor ihm. Er beherrschte das Gras. Es wogte hoch, wenn er die Arme hob, und die Halme senkten sich, wenn er die Arme wieder fallen ließ. War es Semur gewesen, der die Erde zum Rutschen gebracht hatte? Hatte er sie mit dem Gras hierhergebracht?

Jetzt ließ Semur langsam die Arme sinken. Das Gras wurde wieder zu einer ebenen Fläche und das Murmeln und Wispern verstummte. Semurs Zeichen verglühte und er sah wieder ganz normal aus. So wie der Semur, den Phillipus kennengelernt hatte, und nicht wie der mächtige Pflanzenmagier, als der er sich eben entpuppt hatte.

Er schloss Cassian in die Arme. »Bin ich froh, dass ich dich gefunden habe!«, rief er. »Ich habe mir solche Sorgen gemacht.«

Cassian sah zu ihm hoch. Sein Haar war zerzaust, sein Gesicht schmutzig und seine Knie von Kratzern und Schürfwunden übersät.

»Das ist immer so, wenn man zum ersten Mal mit der Silbergrassteppe reist«, sagte Semur entschuldigend. »Beim nächsten Mal darfst du dich nicht mehr gegen die Nephori wehren. Du musst dich einfach mitnehmen lassen.«

Cassian lächelte und machte eine Geste, als würde ihm das alles nichts ausmachen. Dann deutete er auf das Gras und auf Semurs Arme.

Semur nickte. »Ich habe gesehen, dass du vor den Wachen geflohen bist, und dann habe ich das Silbergras nach dir ausgeschickt.«

Phillipus spürte nun, wie seine eigenen Kratzer zu brennen anfingen. Auch er hatte einiges abbekommen. Er sah zu Semur und zwischen beiden herrschte ein langer peinlicher Moment der Stille.

»Mir war nicht klar, dass du auch dabei bist«, sagte Semur schließlich.

Phillipus biss sich auf die Lippe. Er schämte sich. Er stand vor Semur, zerkratzt und geschlagen, und spürte, wie ihm das Blut ins Gesicht schoss. Was sollte er sagen? Sollte er sich entschuldigen? Aber wie? Der Rucksack mit dem ganzen Gewicht der Scheiben drückte gegen seinen Rücken und er setzte ihn ab.

»Was ist dadrin?«, fragte Semur, der ihn nicht aus den Augen ließ. »Sieht schwer aus.«

»Scheiben«, antwortete Phillipus und schluckte. »Ich habe sie vom Lager der Nordländer mitgenommen.«

Semurs Augenbrauen zogen sich zusammen. »Brauchst du die, um ihnen Lichtzeichen zu geben?«

Phillipus holte tief Luft und wollte schon anfangen zu sprechen, als Cassian ihm zuvorkam. Er zog Semur am Ärmel und gestikulierte aufgeregt. Er deutete auf sich und dann auf Phillipus, schüttelte sich selbst die Hände, umarmte Phillipus und sah dann fragend zu Semur.

Der kratzte sich am Kopf. »Ich hab jetzt nicht alles verstanden, aber ich glaube, Cassian will sagen, dass du nicht vorhast, wieder Lichtzeichen zu senden.«

Phillipus schüttelte den Kopf. »Nein, das habe ich nicht vor. Ganz sicher nicht.«

»Hmm.« Semur musterte ihn lange. »Das heißt, du hast dich anders entschieden? Ich meine, auf welcher Seite bist du eigentlich?«

»Auf eurer Seite«, sagte Phillipus erst leise und merkte dann, wie seine Stimme immer fester und klarer wurde. »Ich bin auf eurer Seite! Das … das war ich eigentlich schon immer. Ich habe es nur nicht gewusst.« Tränen traten ihm in die Augen. Ja, er war auf ihrer Seite, ganz und gar.

Semur sah ihn lange an, dann zog sich der Anflug eines Lächelns über sein Gesicht. »Irgendwie habe ich mir das auch immer gedacht. Ich konnte nicht glauben, dass du ein Verräter bist.«

Phillipus schluckte. »Doch. Ich habe euch verraten. Ich bin euch nachgeschlichen, ich habe so getan, als wäre ich euer Freund, und zur gleichen Zeit habe ich den Nordländern gezeigt, wo ihr seid.« Er senkte den Kopf. »Es tut mir leid.«

Sie schwiegen eine Weile. Die Sterne verblassten und der Himmel wurde hell. Nur ein großer Stern stand noch tief am Horizont. »Was passiert ist, ist nicht mehr zu ändern, aber was passieren wird, können wir noch ändern. Oder?«, sagte Semur leise.

Phillipus sah zu dem Stern, dann merkte er plötzlich, wie er vor seinen Augen verschwamm, und er wischte sich die Tränen weg. Er bemerkte, dass Semur ihm die Hand hinhielt. Froh, unendlich froh, schlug er ein. Cassian neben ihm machte einen kleinen freudigen Luftsprung.

Semur deutete auf Phillipus' Rucksack, der zwischen ihnen auf der Erde lag. »Aber warum hast du diese Scheiben mitgeschleppt? Was hast du mit ihnen vor?«

Phillipus antwortete ihm nicht. Gedankenverloren blickte er auf die Silbergrassteppe, die wie ein großes Meer vor ihnen lag. In der Ferne ragte Fagus hoch auf. Ein Dröhnen drang von dort zu ihnen. Die Armee der Nordländer marschierte. Sie hatten nicht mehr viel Zeit.

»Kann uns das Silbergras schnell zum Weltenbaum bringen?«

Semur nickte. »Ja, das kann es!«

»Wie lange wird es dauern?«

»Vielleicht eineinhalb Stunden, vielleicht weniger …«

»Dann haben wir vielleicht noch genug Zeit zum Bauen.«

»Bauen?«

Phillipus deutete nach Osten auf die Berge. »Wir müssen beim Ringwald sein, noch ehe die Sonne im Zenit steht.«

»Was meinst du mit Zenit?«

»Die Sonne darf nicht senkrecht stehen. Sie … sie muss so schräg sein wie am Vormittag.«

Semur blickte ihn neugierig an. »Was hast du vor?«

Phillipus sah auf den Rucksack und dann wieder nach Osten. »Ich will die Nordländer mit ihren eigenen Waffen schlagen!«

31. Kapitel

Die zweite Sonne

Die Reise durch die Silbergrassteppe ging diesmal noch schneller als zuvor.

Phillipus kam jedoch mit weit weniger Kratzern davon. Er dachte daran, was Semur ihm gesagt hatte, und versuchte, sich nicht gegen die Nephori zu wehren.

Er ließ sich von den Halmen mitziehen. War mal über, mal zwischen, mal unter ihnen, warf sich in die Ähren, die ihn tatsächlich trugen. Es war wie Schwimmen in einem Fluss – die Strömung zog ihn mit. Allerdings mit dem Unterschied, dass das Wasser die Ähren waren, und die waren kratzig und schürften ihn auf. Und doch fing Phillipus an, die Reise zu genießen. Es war fast so, als wäre er der Wind, der durch die Ebene schnitt, er war schneller, als er je zuvor gewesen war, und kam seinem Ziel immer näher.

Am Ende der Silbergrassteppe ließen ihn die Ähren auf den Boden purzeln.

Phillipus sah, wie die anderen sich aufrappelten, Cassian zog sich lächelnd eine Ähre aus seinen dunklen Haaren. Er selbst stand auf und spürte zum ersten Mal wieder das Gewicht der Scheiben, die er auf dem Rücken trug.

Sie befanden sich nicht weit weg vom Ringwald, der wie eine

Mauer vor ihnen aufragte. Semur sah erschrocken nach Westen. Phillipus folgte seinem Blick und erstarrte. Die Armee der Nordländer hielt auf sie zu. Aber es war nicht nur die Armee: Phillipus stockte der Atem. Dort in der Ferne waren riesige Maschinen, die aussahen wie Heuschrecken. Es waren große Sensen, die das Gras, die Sträucher und die Bäume vor sich niedermähten. Für einen Moment und wider Willen spürte er Bewunderung in sich aufsteigen. Welche unglaublichen Maschinen die Nordländer bauen konnten!

Er sah nach oben. Eine Wolke hatte sich gerade vor die Sonne geschoben. Es war zum Glück keine große Wolke, ansonsten war der Himmel klar. Phillipus atmete auf. »Noch ist es ja ein schöner Tag«, sagte er erleichtert.

»Ein … ein *schöner* Tag?«, fragte Semur entgeistert.

Phillipus nickte. Er sah in den Himmel und dann auf die Armee, die sich wie eine Schar wohlgeordneter Ameisen von mehreren Seiten auf den Ringwald zubewegte. »Wenn sie am Ringwald sind, steht die Sonne gut. Aber wir müssen uns mit dem Bauen beeilen.«

Semur blickte ihn verwirrt an. »Was hast du vor?«

Phillipus antwortete nicht, sondern setzte den Rucksack ab und holte die Scheiben daraus hervor. Die vier großen Scheiben, die er aus dem Zelt gestohlen hatte, ordnete er in einem Kreis an. Die kleinere, die er aus der Gießerei mitgenommen hatte, legte er in die Mitte.

»Das sieht aus wie eine Blüte«, stellte Semur fest. Cassian lief um das neu erschaffene Gebilde herum, sah in jede Scheibe und freute sich an der Spiegelung seines Gesichts.

Phillipus trat einen Schritt zurück. »Jetzt müssen wir sie nur noch miteinander verbinden. Das wird nicht so einfach, denn alle Scheiben müssen zueinander beweglich sein.«

Semur kratzte sich am Kopf. »Ich habe ein Seil dabei, aber ich glaube nicht, dass wir damit weiterkommen.«

Cassian, der aufmerksam zugehört hatte, kam zu ihnen. Er strich über die Scheiben, dann zog er Semur und Phillipus am Ärmel und lief mit ihnen zu einem alten Weidenbaum, der nicht weit weg von ihnen stand. Er klopfte behutsam auf den Stamm und lehnte dann seinen Kopf dagegen. Der Ast der Weide neigte sich ihm zu und legte ihm einen Zweig auf die Schulter. Cassian lächelte und drückte seine Stirn weiter gegen die Rinde. Phillipus sah ihm gespannt zu. So sprach Cassian also mit den Pflanzen!

Es vergingen ein paar Sekunden. Dann reckte sich die Weide und ächzte.

Cassian nickte und klopfte der Weide auf die Rinde. Dann bedeutete er den anderen, die Scheiben zu holen. Sie legten die Scheiben unterhalb des Baumes auf den Boden. Die Weide schlang ihre biegsamen Ruten um die kleinste Scheibe. Dann nahm sie die zweite Scheibe, fügte sie der ersten hinzu und so verfuhr sie mit allen anderen Scheiben. Es dauerte eine Weile und es war erstaunlich zuzusehen. Die Weide webte ihr Geflecht. Ihre Zweige waren biegsam und doch fest. Cassian lehnte immer wieder seinen Kopf gegen den Stamm und sah zu Phillipus, der ihm sagte, wie er die Scheiben anordnen wollte.

Als sie fertig waren, nickte Cassian ernst, zog ein Messer hervor und schnitt die Zweige ab. Dann nahm er eine Trinkflasche von seinem Gürtel und sprenkelte ein wenig Wasser auf die Schnittstellen am Stamm. Manche von ihnen verholzten, aus anderen wuchsen neue Zweige nach, die Cassian sanft über die Haare fuhren.

Phillipus sah zufrieden auf den neu entstandenen großen Spiegel, der aus fünf kleineren Scheiben bestand. Er stellte sich in die Mitte und sah seine Spiegelung. Fünfmal Phillipus. Cassian gesellte sich neben ihn und betrachtete sich entzückt von allen Seiten. Semur starrte auf sein Spiegelbild und plötzlich hellten sich seine Züge auf. »Du willst das als Waffe nutzen, oder? Gegen die Nordländer!«

»Hast du schon einmal mit einem Brennglas Feuer gemacht?«, fragte Phillipus.

Semur schüttelte den Kopf. »Nein, aber ich habe es einmal gesehen. Das Sonnenlicht kann Löcher in Papier brennen. Es ist wie Zauberei!«

»Es kommt darauf an, die Strahlen zu bündeln. Du musst das Licht der Sonne einfangen und verstärken. Und hier!« Phillipus drehte zwei der Scheiben gegeneinander. »Wenn ... wenn wir die Spiegel richtig zueinander bewegen, können wir das Sonnenlicht am besten lenken.«

Semur blickte in die Ferne, von wo das Stampfen der Armee der Nordländer zu hören war. »Damit können wir sie vertreiben, richtig?«

Phillipus folgte seinem Blick. »Ich hoffe es!« Er kniff die Augen zusammen. »Seht ihr dort die beiden Bäume? Die Kastanie und die Esche?«

Die anderen nickten.

»Dort greift eine der Sensen an.«

Phillipus schob den großen Spiegel nach vorne. »Wir müssen den Spiegel näher heranbringen und dann versuchen wir es.«

Sie schleppten zu dritt den großen Spiegel über die Ebene. Jetzt konnten sie auch sehen, wie aussichtslos die Lage war. Sieben Sensen griffen von allen Seiten den Ringwald an. Phillipus' Herz klopfte. Es lag nun alles an ihm! Die Sonne brannte herunter. Dann schob sich wieder eine kleine Wolke davor. Phillipus brachte den Spiegel in Position. »Ich warte, bis sich die Wolke bewegt, dann versuchen wir es!«

Sie hielten den Atem an und blickten auf die Wolke.

Die verzog sich quälend langsam. Vorsichtig drehte Phillipus die Spiegel in den richtigen Winkel zueinander, bis ein einzelner Lichtstrahl von dem Spiegel ausging, den er nun in den Himmel richtete. »Rührt euch nicht! Ihr dürft auf keinen Fall dazwischenkommen! Der Strahl würde euch verbrennen.« Dann drehte er den Spiegel zurück nach unten. »Jetzt!«

Ein heller Lichtstrahl ging von dem Spiegel aus und traf frontal auf die Sensenmaschine, die wie eine helle Flamme aufleuchtete.

Die Nordländer hielten inne. Die Sense stand still.

»Phillipus, es funktioniert!«, rief Semur neben ihm. »Du … du bist ein Genie!«

»Noch ist sie nicht zerstört«, murmelte Phillipus und richtete den Strahl jetzt direkt auf die Verbindung der Sense mit den Stangen. Das Räderwerk stoppte und dann stieg Rauch aus den Säulen auf. Die Seile kokelten an, dröselten sich auf und rissen. Das gab der Maschine den Rest.

**

Selbst hinter den geschlossenen Augenlidern konnte Tara den hellen Strahl erkennen. Dann hörte sie Schreie und wie etwas krachend zu Boden stürzte.

»Schau hoch«, flüsterte die Stimme der Kastanie und die Blätter fuhren ihr wie Finger durch das Haar. »Fürchte dich nicht!«

Jetzt erst wagte Tara, den Kopf zu heben. Sie blinzelte. Die riesige Sense hatte nur ein paar Meter vor den Bäumen angehalten. Das Sensenblatt steckte etliche Fuß tief in der Erde. Die Nordländer, die eben noch die Maschine bedient hatten, versuchten, die brennenden Seile zu löschen, indem sie mit ihren Schlangenmänteln auf die Flammen schlugen. Doch sie wurden von einem Strahl verfolgt, der mal dahin und mal dorthin wanderte. Schließlich ließen sie das Gerät einfach liegen und rannten fort.

Was war passiert, dachte Tara verwirrt, von woher kam der Strahl?

Sie rieb sich die Augen.

Konnte das sein?

Im Westen war eine zweite Sonne aufgegangen.

Tara schützte mit der Hand ihre Augen. Es war die zweite Sonne, die den Strahl lenkte, und diese zweite Sonne wurde immer größer und heller. Sie bewegte sich direkt auf sie zu. Dann erlosch das Licht plötzlich. So als hätte jemand die Sonne zur Seite gedreht. *Aber wer konnte eine Sonne zur Seite drehen?*

Jetzt, da sie nicht mehr geblendet war, konnte Tara klarer sehen. Das, was sie für die zweite Sonne gehalten hatte, bestand aus fünf Scheiben, die miteinander verbunden waren und die von drei Gestalten getragen wurden. Tara schnappte nach Luft, als sie erkannte, wer es war.

»Das sind meine Freunde!«, rief sie. »Sie haben uns gerettet!«

»Geh zu ihnen!«, flüsterten die Zweige der Kastanie. Der Ast, auf dem Tara saß, beugte sich nach unten und Tara rutschte zu Boden. Die Kastanienblätter über ihr raschelten. »Lauf mit ihnen in den Ringwald und … und vergiss … uns nicht.«

Tara schüttelte den Kopf. »Ich werde euch nicht vergessen, ganz sicher nicht!« Der Ast gab ihr einen zärtlichen Schubs, dann lief sie den dreien entgegen. »Semur, Cassian, Phillipus!« Wie anders sie aussahen! Zerkratzt und mit zerschlissener Kleidung, so als ob sie einen langen Weg zurückgelegt hätten. Endlich konnten sie Tara auch erkennen. »Tara!«, rief Semur von Weitem und eilte auf sie zu. Die Freunde umarmten sich.

»Cassian! Da bist du ja!« Tara nahm den Jungen in die Arme. »Ich habe mir solche Sorgen gemacht!«

Phillipus stand ein wenig abseits und Tara sah, wie er sich verlegen den Kopf kratzte. Schließlich umarmten auch sie sich. »Cassian ist mir gefolgt und Semur hat uns gerettet. Und dann … dann habe ich das hier gebaut.« Er deutete auf den Spiegel.

»Das ist deine Erfindung?«, staunte Tara und betrachtete den Spiegel von allen Seiten.

Phillipus nickte. »Es ist mir eingefallen, nachdem ich mit dir gesprochen habe.«

»Und es funktioniert!«, rief Semur und schlug Phillipus auf die Schulter, woraufhin der ein bisschen rot wurde.

»Ich bin froh, dass du wieder bei uns bist«, erklärte Tara und sie merkte, wie auch ihr ein Stein vom Herzen fiel. »Ich meine, *richtig* bei uns bist.«

»Ich bin auch froh«, murmelte Phillipus.

»Was ist mit Helena?«, fragte Semur und blickte sich besorgt um.

Tara deutete hinter sich. »Sie verteidigt mit den anderen den Ringwald.«

»Mit welchen *anderen?«*

»Chiara und Chiron sind hier und Niv, der Bootsmann.«

Cassian sah Tara mit großen Augen an. Tara lächelte. »Ja, deine Mutter ist hier! Sie sind alle zusammen mit Merle gekommen.«

»Mit *Merle* ...?!«, fragte Semur verwirrt.

»Keine Angst. Merle ist sicher in Arbor ...«

Semur fuhr sich über seine Haare, wo die Nephori in alle Richtungen abstanden. »Aber wie ...?«

»Das erzähle ich euch später!«, sagte Tara und zeigte auf eine Sensenmaschine, die auf den Ringwald zusteuerte. »Erst mal müssen wir die hier aufhalten. Bevor sie zu den anderen kommt.«

Phillipus blickte in ihre Richtung. »Ja, es sind noch sechs dieser hässlichen Dinger übrig.« Er sah hoch in den Himmel und dann auf die Ebene. »Und ich glaube, die da vorne kriege ich von hier! Geht besser aus dem Weg!«

Tara trat ein paar Schritte zurück und beobachtete, wie Phillipus die Scheiben des großen Spiegels in einem richtigen Winkel zueinander bog. Dann überprüfte er den Stand der Sonne, fing mit dem Spiegel deren Strahlen ein und richtete die Scheiben auf die Sensenmaschine, die unaufhaltsam auf die Bäume zusteuerte. Der Strahl irrte kurz umher und fand dann den höchsten Punkt der Konstruktion, dort wo das Sensenblatt aufgehängt war. Wieder krachte das Metall herunter. Tara und die anderen jubelten, als die Sense zu Boden stürzte und die Nordländer in alle Richtungen davonstoben.

Das Gleiche gelang Phillipus noch mit einer anderen Maschine.

Dann legte ihm Tara die Hand auf die Schulter. »Phillipus! Schnell! Wir müssen die Sense erwischen, die sich der großen Eiche am Ringwald nähert. Dort habe ich Chiara und Helena zuletzt gesehen!«

Phillipus nickte und versuchte, seinen Spiegel wieder nach der Sonne auszurichten. Wieder bog er die Spiegel zueinander, wieder blickte er nach oben und sah auf die Ebene. Doch dann zögerte er.

»Was ist?«, fragte Tara.

»Von hier aus steht die Sonne zu hoch«, erklärte Phillipus.

Tara blickte nach oben. Ja, die Sonne war gewandert. Man konnte den Strahl von dort, wo sie standen, nicht mehr auf die Sense richten.

»Wir müssen näher kommen und uns auf die andere Seite stellen«, schloss Phillipus nach kurzer Überlegung.

Tara blickte in die Ferne. »Das heißt, wir müssen an den Soldaten vorbei zum Waldrand.«

»Das ist gefährlich«, wandte Semur ein. »Seht euch nur die Bogenschützen an!«

Tara biss sich auf die Lippe. Semur hatte recht. Hinter der Sense liefen vielleicht zwanzig Soldaten. In ihren Köchern steckten lange Pfeile. Sie beobachteten die Kinder aus der Ferne und nun da sie sahen, dass von dem Spiegel gerade keine Gefahr ausging, knieten sie nieder und legten ihre Bögen an. Tara zuckte zusammen. »Duckt euch!«, schrie sie.

Sie warfen sich zu Boden. Die Pfeile schwirrten durch die Luft und blieben nur ein paar Meter vor ihnen im Boden stecken. »Das war knapp«, murmelte Phillipus und behielt die Schützen im Auge. Er hantierte wieder mit dem Spiegel und es gelang ihm, einen

Strahl über ihre Köpfe hinwegzuschicken. Die Soldaten suchten hinter der Maschine Schutz.

»Jetzt!«, schrie Phillipus. Die Kinder rannten mit dem Spiegel nach vorn, umrundeten die Sense und blieben in einigem Abstand vor ihr stehen. Inzwischen hatten die Schützen wieder angelegt und spannten ihre Bögen. Doch die Sonne stand gut und Phillipus richtete den Spiegel wieder aus. Ein brennender Lichtstrahl fraß sich durch das Metall der Maschine. Sie knickte ein und stürzte um. Zur gleichen Zeit hatten die Pfeile die Bögen verlassen und surrten über ihnen. Wieder warfen sich die Freunde zu Boden. Doch diesmal erreichten sie die Pfeile und blieben mit einem pfeifenden Geräusch neben ihnen in der Erde stecken. Tara wagte es, kurz nach oben zu blicken. Jetzt, endlich, rannten auch die Bogenschützen weg.

Taras Herz klopfte, während sie ihren Körper abtastete. Sie war unverletzt geblieben. Semur und Cassian waren ebenfalls wieder auf den Beinen. Zu dritt stürzten sie zu Phillipus, der auf dem Boden lag. Phillipus rappelte sich langsam hoch und hüllte sich in seinen Mantel. »Alles gut«, sagte er leise.

»Du hast sie erwischt!«, rief Semur und Cassian machte einen kleinen Freudentanz.

»Ja, wir haben fünf erwischt!« Phillipus fuhr sich mit dem Ärmel über sein Gesicht, das ungewöhnlich blass aussah. »Aber es sind immer noch zwei übrig! Sie müssen noch ein bisschen näher kommen, dann haben wir sie.«

Sie blickten auf die Ebene vor sich. Die Bogenschützen formierten sich wieder und die anderen Soldaten schoben die beiden letzten Sensen auf den Ringwald zu. Die Schützen waren noch zu weit weg, um zu schießen, aber sie kamen näher. Hinter ihnen bewegte sich das riesige Gerät, das einem Käfer glich.

Phillipus bog die Scheiben gegeneinander.

»Jetzt wäre es gut!«, rief Semur.

In diesem Moment kamen die Wolken, eine weiße undurchdringliche Wolkendecke, die die Sonne verschwinden ließ. Phillipus ließ den Spiegel sinken.

»So ein Mist«, rief Semur.

32. Kapitel

LICHTBRINGER

Sie rannten. Der Wind zerzauste ihre Haare.

Es war ein Gewitterwind, einer, der große Dinge ankündigte. Fast so ein Wind, wie Tara ihn damals am Fenster des Palasts gespürt hatte. Seitdem waren nur ein paar Tage vergangen, aber es schien ihr eine Ewigkeit her zu sein. Der Wind trieb die Wolken über den Himmel, die die Sonne verdunkelten.

»Glaubst du, es wird noch einmal hell?«, japste Semur neben ihr.

Tara war zu sehr außer Atem, um zu antworten. Sie schüttelte nur den Kopf und drehte sich im Laufen um. Dort sammelten sich die Nordländer zu einem erneuten Angriff und stellten sich in einer geraden Reihe auf. Sie zogen ihre Pfeile aus dem Köcher und knieten nieder.

»Passt auf!«, rief Semur verzweifelt.

Mit einem unheimlichen Geräusch schnellten die Pfeile von Hunderten von Sehnen. Und wieder schwirrten die Pfeile durch die Luft …

Tara duckte sich und legte die Arme um ihren Kopf. Sie sah, wie sich Semur über Cassian warf. Da hörte das Schwirren plötzlich auf. Tara sah sich um. Die Pfeile waren vom Himmel verschwunden. Sie waren in einer Efeuwand stecken geblieben, die wie aus dem Nichts emporgeschossen war.

»Helena!«, rief Tara. Tatsächlich, da war sie! Helena stand winzig klein auf einem Ast der Eiche, ihr Zeichen leuchtete so hell, dass es Tara selbst von hier aus sehen konnte. Aus Helenas Händen schossen unzählige Ranken, die eine riesige grüne Wand bildeten. Helena führte die Wand wie einen Schild, der einmal hierhin, dann dorthin wanderte und den Schwarm der Pfeile aufhielt. Das alles sah Tara, während sie selbst um ihr Leben lief. Die anderen spurteten neben ihr her, Phillipus als Letzter. Er hielt sich die Seite, strauchelte immer wieder und wurde dann von Semur mitgezogen.

Sie schafften es mit letzter Kraft in den Schutz der Bäume am Saum des Ringwalds. Die Eichen schoben ihre Äste vor sie und wehrten alle Angreifer ab. Dann verschloss eine rasch wachsende Rosenhecke den Waldsaum. Derart lange Dornen hatte Tara noch nie gesehen. Sie wirkten fast wie Dolche. Das Dickicht hatte sie umfangen. Hier war es im Gegensatz zu der Ebene kühl und dunkel und die Rufe der Nordländer waren nur noch gedämpft zu hören.

»Da kommen die Nordländer nie durch!«, keuchte Semur, beugte sich nach vorne und stützte die Hände auf die Knie.

»Mit den Sensen schon«, bemerkte Phillipus. Er schleifte den großen Spiegel in den Schatten der Bäume und ließ sich dann auf das Moos fallen. Sein Gesicht wirkte grau.

»Geht es dir wirklich gut?«, fragte Tara besorgt.

»Ja«, sagte er schnell und richtete sich wieder auf. »Nur … nur das Wetter hat sich gegen uns verschworen. Und es tut mir leid, dass ich nicht alle Sensen erwischt habe!«

»Du konntest die Nordländer immerhin aufhalten«, sagte Tara und schüttelte den Kopf. *Und du hast meine Eltern gerettet,* wollte sie noch hinzufügen. Aber das würde sie ihm zu einem anderen

Zeitpunkt erzählen. »Fünf von ihnen zu erwischen, war schon ein Erfolg!«, sagte sie stattdessen. Sie sah auf den großen Spiegel, der am Eichenstamm lehnte. Die Blätter der Baumkrone spiegelten sich in ihm und darüber der graue Himmel, über den Wolken zogen. Am Rand einer jeden Scheibe war ein Kreis zu sehen.

»Warum haben diese Scheiben so ein Zeichen?«, fragte sie erstaunt.

»Oh.« Phillipus wischte sich über die Stirn. »Das habe ich mir so ausgedacht.«

»Du? Wieso du?«

Über Phillipus' blasses Gesicht zog sich plötzlich eine leichte Röte. »Ich dachte, das wüsstet ihr. Die Scheiben sind von mir. Ich habe sie gegossen. Und ich dachte mir immer, wenn ich kein Zeichen habe, dann mache ich mir eben selbst eines.«

»Und das ist der Kreis«, sagte Tara gedankenverloren.

Phillipus nickte. »Ja, er passt gut zu den Scheiben.«

An einer langen Ranke ließ sich Helena von der Eiche herunter. Sie sah völlig zerzaust aus. Ihre goldenen Haare waren verfilzt und ihr aufwendig besticktes Kleid war überall eingerissen. Hedera war wie immer um ihren Kopf geschlungen, aber sie hatte Blätter verloren und war an manchen Stellen gelb geworden. Neben Helena tauchte aus der grünen Dunkelheit Chiara auf. Sie hatte einige Pfeile der Nordländer eingesteckt. Ein biegsamer Ast hatte sich zu einem Bogen verformt, von dem sie die Pfeile wieder in die Gegenrichtung schickte. Auch sie sah zerkratzt und erschöpft aus. Ihre Augen hellten sich aber auf, als sie Cassian entdeckte. Der rannte auf seine Mutter zu, die ihn mit Küssen bedeckte.

»Danke, dass du Cassian zurückgebracht hast«, sagte sie zu Semur.

»Oh«, antwortete der und kratzte sich am Kopf. »Es war eigentlich Phillipus, der ihn gerettet hat.«

»Du?« Chiara wandte sich um und musterte Phillipus mit zusammengezogenen Augenbrauen. Cassian stellte sich vor sie und nickte heftig. Dann gestikulierten sie so schnell miteinander, dass nicht einmal Tara verstand, was sie besprachen.

Chiara sah schließlich auf und fixierte Phillipus. »Du hast also diesen Spiegel erfunden?«

Phillipus nickte.

»Das ist eine ziemlich schlaue Erfindung!«, sagte Chiara anerkennend.

Phillipus verneigte sich.

»Und du gehörst jetzt zu uns?«

»Das tat er schon immer!«, sagte Tara.

»Na, dann bin ich ja froh!« Ein Anflug von einem Lächeln zeigte sich auf Chiaras Gesicht. »Es wäre kein gutes Gefühl, dich auf der anderen Seite zu wissen.«

Der Wind fuhr durch die Kronen der Bäume. Die Blätter raschelten.

Dandelion richtete sich auf Taras Schulter auf. »Die Bäume haben auch schon einen neuen Namen für ihn! Nicht mehr *Phillipus Zeichenloser,* sondern *Phillipus Lichtbringer* soll er heißen.«

Tara sah zu dem dichten Blätterdach und dann wieder zu Phillipus. *»Lichtbringer!* Das klingt gut, findest du nicht?«

»Ich weiß nicht«, sagte Phillipus verlegen.

»Es ist ab jetzt dein Name, ob du willst oder nicht«, sagte Dandelion bestimmt.

Die anderen lachten. Es war ein kurzer Moment der Freude, aber Tara spürte, wie angespannt der ganze Ringwald war. Die Bäume, die Sträucher und selbst das Moos vibrierten vor Aufregung. Sie hörte, wie draußen die Nordländer gegen die Hecke anrannten. Messerklingen pfiffen durch die Luft. Sie versuchten sicher, so die Dornenhecke zu durchdringen. Wie lange es wohl dauerte, bis die letzten beiden Sensenmaschinen hier waren? Sie würden Platz schaffen für den großen Käfer, der alles niederwalzen und zerstören würde. Noch hielt die Dornenhecke stand. Aber für wie lange?

»Wo sind eigentlich Chiron und Niv?«, fragte Tara.

»Weiter westlich. Niv hat eine Steinschleuder gebaut, mit der sie die Nordländer vertreiben wollen«, erklärte Chiara. »Aber was ist mit Merle? Habt ihr das Haus gefunden?«

Tara nickte. »Merle hat die Pferde dorthin gebracht und wartet auf uns. Und wir haben wirklich etwas entdeckt.«

Die anderen sahen sie neugierig an.

»Im Haus von Dädalus Akanthus gibt es eine verborgene Bibliothek. Dort lag ein Buch, das Dädalus geschrieben hat und in dem etwas von einem alten Zauber stand. Dädalus nannte diesen Zauber die *Urkraft*. Damit wurden schon einmal die Feinde Nelumbiyas in die Flucht geschlagen.«

»Die Urkraft?«, murmelte Helena. »Was soll das sein?«

»Ich weiß es nicht«, sagte Tara. »Darüber konnten wir nichts mehr lesen. Die Blätter waren verrottet. Aber das Wichtigste kommt noch: Damals waren es vier Kinder, die diesen Zauber erwecken konnten. Es waren drei Pflanzenmagier und ein Zeichenloser. Genau wie wir! Versteht ihr? Vielleicht schaffen wir es auch, diese Urkraft wieder zu beschwören.«

Semur sah sie skeptisch an. »Es könnte auch einfach nur eine Geschichte sein, oder?«

Tara schüttelte den Kopf. »Es klang nicht wie ein Märchen. Es klang so, als ob das wirklich geschehen wäre.«

»Man sagt, die Urkraft ist das, was schon immer da war«, schaltete sich Dandelion ein. »Etwas, ohne das wir Pflanzen nicht leben können.«

»Die Sonne?«, überlegte Semur.

Dandelion ließ seinen Blütenkopf hängen. »Das ist möglich, aber ich weiß es nicht.«

Semur fuhr sich über die Haare. »Mal angenommen, es gibt

diese Urkraft wirklich. Was auch immer das ist. Wo in Nelumbiya können wir sie finden?«

Tara überlegte. Was hatte Merle ihr vorgelesen? »In dem Buch stand: *über der Mitte. Der Mitte von allem.*«

»Hmm, über der Mitte von allem«, murmelte Helena. Hedera ringelte sich um ihre Schulter.

»Vielleicht in der Krone von Fagus?«, schlug Semur vor.

Helena schüttelte den Kopf. »Das wäre zu einfach. Dann würde es heißen, *in der Krone des Weltenbaums.* Nein, ich glaube, es ist woanders.« Sie strich über die Blätter der Efeuranke. »Solltest du etwas wissen, will ich das nicht missen!«

Hedera kroch weiter über Helenas Arm und ihre Blätter bewegten sich sanft. »Armillarion ist die Mitte von allem. Weit ist er unter den Weltenbaum gefallen.«

»Das ist es! Die Höhle!«, rief Tara. »Erinnert ihr euch an diese Öffnung? Dort, wo wir herausgekommen sind, nachdem Armillarion verschüttet wurde?«

»Ich erinnere mich ziemlich gut«, sagte Semur schaudernd.

»Wenn das die Mitte ist, dann müssen wir dorthin.«

Semur sah sie entsetzt an. »Du meinst wirklich, wir müssen zurück in die Höhle!?«

»Keine Sorge«, sagte Tara. »Dädalus schrieb *über* der Mitte.«

»Aber was soll da sein?«

»Das werden wir erfahren, wenn wir dort sind.«

Ein lautes Tosen unterbrach sie, dann hörten sie viele Schritte. Etwas fiel mit einem Krachen zu Boden. Tara schluckte. Es klang nach einem gefällten Baum. »Die erste Verteidigungslinie der Pflanzen ist gefallen«, sagte Chiara düster. »Geht, ihr vier, findet diese Urkraft! Ich bleibe hier und werde versuchen, die Armee zusammen mit Niv und Chiron aufzuhalten. Das ist das Einzige, was wir noch tun können.« Leise wandte sie sich an Tara: »Du musst es schaffen! Es ist unsere letzte Chance!«

»Wie weit ist es bis zu dem Eingang?«, fragte Phillipus.

»Zu Fuß sind es zwei Stunden. Mindestens«, sagte Helena. Kaum hatte sie das gesagt, erhob sich ein Rauschen in den Blättern.

»Ich glaube, ihr geht nicht zu Fuß«, stellte Dandelion fest.

Sie sahen sich überrascht an. Mit einem Ächzen neigten sich die Äste der großen Eiche zu ihnen und hoben sie einen nach dem anderen hoch.

33. Kapitel

Stamm, Wurzel, Blatt und Kreis

Die wilden Bäume trugen sie durch den Ringwald. Die Freunde klammerten sich an die Äste von Eichen, Ahornbäumen, Ulmen, Eschen und Buchen. Kaum fanden sie bei dem einen sicheren Halt, setzte der sie schon bei dem Ast des anderen Baums ab. Das alles geschah schnell und hoch in den Wipfeln. Tara sah, wie Phillipus mit weit aufgerissenen Augen nach unten blickte. Einmal rutschte er ab, doch ein anderer Ast fing ihn auf, kurz bevor er über einer Lichtung mit Brennnesseln abzustürzen drohte. Weiter und weiter ging es. Tara konnte nicht sagen, wie lange es gedauert hatte, doch schließlich stand sie mit zitternden Knien wieder auf dem Waldboden.

Die anderen folgten dicht hinter ihr. Helena hüpfte mit einem eleganten Sprung vom letzten Ast einer Buche. Semur baumelte an dem schlanken Stamm einer Birke und machte einen langen Satz nach unten. Phillipus, der nun wirklich sehr blass aussah, wurde von einer fürsorglichen Ulme eher getragen und sanft auf dem bemoosten Boden abgesetzt.

Erstaunt blickte sich Tara um. Der Ringwald lag hinter ihnen und vor ihnen ragte Fagus' riesiger Stamm in die Höhe. Daneben war die Höhle zu sehen, aus der sie gekommen waren, nachdem sie Askiel besiegt hatten. Der Eingang wirkte wie ein Maul, durch das man in die lichtlose Tiefe unterhalb von Nelumbiya gelangte. Tara sah hinein und fühlte eine seltsame Anziehung. War das, weil sich Armillarion darin befand? Und während sie noch darüber nachdachte, trug ihr der Wind ein Echo vieler Stimmen zu. Tara legte den Kopf in den Nacken. Die Stimmen stammten von einem Hügel oberhalb des Höhleneingangs. Und sie kamen ihr bekannt vor.

Sie erklommen den Hügel und fanden sich auf einer Lichtung wieder. Erstaunt blickte sich Tara um. »Das ist der Rat der Farne!«

Ja, sie waren im Reich der Farne. Lange grüne Wedel, die mindestens so groß waren wie sie selbst, wuchsen vor ihnen aus dem Boden. Oben berührten sich ihre Spitzen. An ihren Unterseiten befanden sich unzählige kleine Punkte, die in einem milden weißen Licht schimmerten. *Das war also über der Mitte von allem!*

»Das sieht aus wie das Portal des Schlosses in Ornata!«, bemerkte Helena.

Tara folgte ihrem Blick. Helena hatte recht. Die Farne mit den Wedeln, die sich oben berührten, sahen aus wie die Umfassung der Eingangstür des Palasts. Hier wie dort waren sie der Eingang zu einer anderen Welt.

»Was sind das für Pflanzen?«, fragte Semur und nahm eine der Blattspitzen in die Hand, die sich daraufhin sofort entrollte.

»Sie sind zusammen mit Armillarion die ältesten Wesen in Nelumbiya«, erklärte Tara.

»Vergiss nicht den Lotus in den Sümpfen!«, wandte Dandelion auf ihrer Schulter ein.

»Den vergesse ich nie!«, sagte Tara und strich dem Löwenzahn über den Blütenkopf. Dann stellte sie sich unter die langen Wedel, die vom Wind hin und her bewegt wurden. Ein sanftes Dröhnen empfing sie. Sie empfand Ehrfurcht und fast ein bisschen Angst.

»Farne! Ich bin wieder da!«, rief sie dann aber mutig.

»Pfeilträgerin…erin…in…«, flüsterten die Farne mit ihren vielen Stimmen. »Willkommen…men…en. Was ist dein Begehr…ehr…er…r?«

Tara holte tief Luft. »Sagt mir, wie ich die Urkraft nutzen kann! So wie das Dädalus und seine Freunde schon vor uns getan haben.«

Sie wartete eine Weile und dachte schon, die Farne hätten auch keine Ahnung und alle Anstrengung wäre umsonst gewesen. Doch dann antworteten ihr die vielen Stimmen. »Die Urkraft ist überall…all…ll. Du lebst mit ihr von Anfang an…n.«

»Aber wie kann ich sie nutzen?«

»Allein wirst du es nicht können…önnen…nen…n. Vier Menschen müsst ihr sein…ein…n. Verschieden und doch gleich…leich…eich…ch!«

Tara kratzte sich am Kopf. »Das verstehe ich nicht. Wie kann man verschieden sein und doch gleich?«

»Unterschiedlich seid ihr an den Wurzeln…urzeln…zeln…n, aber gleich von eurer Macht…acht…t!«

»Wir sind vier! Helena Schattenblatt, Semur Silbergras, Phillipus …« Tara holte tief Luft. »Phillipus Lichtbringer und ich. Wir sind verschieden an den Wurzeln, also von wo wir herkommen. Bis auf Phillipus hat jeder sein Zeichen auf eine andere Art bekommen.«

»Phillipus Lichtbringer…bringer…ringer…inger…ger«, echoten die Farne. »Einen weiten Weg ist er gegangen und viele werden ihm folgen…olgen…gen…en.«

Phillipus zögerte, dann trat er einen Schritt nach vorne und verneigte sich.

Helena räusperte sich. »Und wir sind alle gleich. Keiner von uns steht über oder unter dem anderen.« Sie sah Phillipus lange an. »Ich wollte, dass du das weißt«, sagte sie leise zu ihm.

»Groß ist die Macht der Pflanzenmagier und groß das Unglück, das die Zeichen brachten…achten…ten…en«, flüsterten die Farne. »Doch klein seid ihr alle für die Urkraft…kraft…aft…t.«

Phillipus sah wie gebannt auf die Wedel. »Was ist die Urkraft?«

»Vor allem anderen sie existiert…istiert…tiert…ert… Aus ihr ist alles entstanden und entsteht alles…lles…es…

Sie geht, wohin sie will…ill…

Schwach und mächtig…ächtig…tig…ig…

Weich und hart, langsam und schnell…nell…ell…

Alles kommt und geht mit ihr…ihr…r…«

»Könnt ihr uns zu ihr führen?«, fragte Tara.

Die Farne lachten ein vielstimmiges Gelächter. »Sie ist schon lange hier…ier…er.«

Dann bogen sich die Wedel zur Seite und gaben den Blick frei.

Die Kinder gingen durch das Spalier der Farne und fanden sich vor einem Haufen bemooster Felsen wieder.

»Steine?«, fragte Semur verwirrt. »Sind Steine die Urkraft?« Er blickte zurück zu den Farnen, doch die hatten die Spitzen ihrer Blätter eingerollt und schwiegen.

Tara trat näher und sah, dass aus den Steinen ein kleines Rinnsal perlte. Es war eine winzige sprudelnde Quelle mit Wasser wie flüssigem Silber.

»Hier ist es also«, sagte sie und konnte kaum ihre Enttäuschung verbergen. Warum hatte sie alles hierhergelotst zu dieser winzigen Quelle? Dädalus' Buch, alle Hinweise, sogar die Farne. Hatte sie einfach alles falsch verstanden?

Auch Semur und Helena blickten sich betreten an. Nur Phillipus ging langsam zu dem Steinhaufen und hielt seinen Finger in den Strahl. Silberne Tropfen spritzten in die Höhe. »Es ist das Wasser«, sagte er nachdenklich. »Die Urkraft ist das Wasser. Das, was schon immer da war, was langsam ist und schnell, weich und mächtig.«

Tara sah ihn von der Seite an. Ihr Blick folgte dem schmalen Rinnsal. Es ergoss sich in ein Steinbecken, wo es sich sammelte, floss von dort weiter und versickerte schließlich zwischen dem Moos. Ja, es könnte das Wasser sein. Aber wie sollte sie es nutzen?

»Diese Wolken!«, flüsterte Dandelion auf ihrer Schulter. »Schau auf die Spiegelung. Das muss ein Wasserspiegel sein!«

Die Oberfläche des Beckens war kreisrund und der Wasserstrahl, der von oben auf sie traf, verursachte kleine Wellen. Tara winkte die anderen zu sich. Neugierig blickten sie alle vier hinein.

»Eigentlich müssten wir uns spiegeln«, rief Helena erstaunt aus. »Aber ich kann uns nicht sehen.«

»Wartet ein bisschen«, flüsterte Tara. Erst erschienen die Wolken in der Wasserfläche, dunkle und bedrohliche Wolken, die sich am Himmel zusammenballten. Den Wolken folgten …

»Die Sensen!«, rief Helena erschrocken aus. Tara hielt die Luft an. Ja, da waren die Sensen der Nordländer. Das heißt: die verbleibenden zwei. Sie standen an den Grenzen des Ringwalds und zerschnitten die Dornenhecke. Dahinter schlugen die Nordländer eine Bresche, um den großen Käfer in den Wald zu ziehen.

»Da ist Chiara!«, rief Semur aus.

Tara starrte auf das Wasser. Sie sah, wie Chiara mit ihrem Astbogen Pfeile verschoss. Neben ihr stand Cassian und reichte ihr die Pfeile. Und nicht weit von ihr Niv! Er schleppte große Steine an, die er mithilfe eines biegsamen Holunderbuschs auf die Nordländer schleuderte. Chiron half ihm, indem er den Baum mit wohlgesetzten Worten anfeuerte. Und da war …

»Merle!«, flüsterte Tara. Ja, Merle war dabei! Warum, oh warum war sie nicht in Arbor geblieben?

Merle schleuderte Beeren, befehligte das Springkraut und unzählige Brennnesseln, die vor den Nordländern in die Höhe wuchsen. Und trotzdem …

»Sie sind so tapfer, aber sie haben keine Chance«, sagte Helena düster. »Die Nordländer sind zu viele.«

In diesem Moment verschwanden die Bilder und sie sahen nun tatsächlich sich selbst in der Spiegelung. Vier Kinder, die verzweifelt nach unten auf die Wasserfläche starrten.

»Was sollen wir nur tun?«, fragte Helena und drehte sich zu den Farnen. »So helft uns doch! Was sollen wir tun?«

Doch die Farne schwiegen.

Da bewegte sich wieder das Wasser und plötzlich war nur noch Semur zu sehen. Und eine Handfläche, die von unten auf die Wasseroberfläche zukam.

»Was ist das?« Semur beugte sich über den Wasserspiegel.

»Ich glaube, das Wasser will uns etwas sagen! Du sollst es mit deiner Hand berühren«, flüsterte Phillipus heiser.

Semur schwieg und sie alle sahen auf die geheimnisvolle Hand, die nun immer größer wurde. »Hier ist sie«, Semur legte vorsichtig seine eigene Hand auf die Wasserfläche. Das Wasser wurde dunkel. Dann schimmerte die Silbergrasähre hell auf dem Wasser.

»Das Wasser spiegelt dir dein Zeichen«, sagte Helena aufgeregt.

»Vielleicht sollte jeder seine Hand darauflegen«, sagte Semur. »Versuch du es mal!«

Er zog seine Hand zurück, doch sein Zeichen blieb. Helena trat vor. Langsam legte auch sie ihre Handfläche auf das Wasser. Jetzt war auch ihr Zeichen zu sehen. Die Efeuranke schien silbrig im Wasser auf. »Seht mal! Sie verformt sich!« Tatsächlich, die Blätter waren nun nicht mehr dreieckig, sondern rund und legten sich um Semurs Ähre herum.

»Das sieht nun aus wie ein Baum«, bemerkte Semur.

Tatsächlich, dachte Tara. Die Ähre sah aus wie der Stamm und die Blätter der Efeuranke waren das Laub. Was würde wohl geschehen, wenn sie ihre Hand auf das Wasser legte? Sie spreizte die Finger und führte langsam ihre Hand auf das Wasser. Es war kühl und zugleich spürte Tara ein seltsames Kribbeln auf ihrer Handfläche. Da erschien auch ihr Zeichen! Es schwamm unterhalb von Semurs Ährenzeichen.

»Und jetzt sieht es aus wie ein Baum mit Wurzeln«, murmelte sie und sah dann zu Phillipus, dessen blasses Gesicht auf der Wasseroberfläche erschien. Was würde passieren, wenn er die Hand auf das Wasser legte? Was würde der Wasserspiegel ihm zeigen?

Phillipus sah verwundert aus, aber auch fasziniert. Vorsichtig streckte er seine zitternde Hand aus, bis auch sie die Wasseroberfläche berührte. Alle hielten den Atem an.

Ein Kreis bildete sich um den Baum mit seinem Stamm, seinen Wurzeln und den Blättern. Phillipus zog die Hand zurück und sah sie mit einem breiten Lächeln an.

Das war es!, dachte Tara. Phillipus hatte kein Zeichen, aber er hatte sich selbst eines gegeben. Das Zeichen, das sich auf seinen Scheiben befand. Der Kreis! Und dieser Kreis legte sich nun um den Baum.

»Es ist komplett!«, stellte Semur fest.

Tara hielt die Luft an. Sie kannte das Zeichen, das nun auf den Wellen leuchtete.

Auf dem Wasserspiegel zeigte sich das Zeichen des Weltenbaums.

Sie sahen sich an. Keiner wagte, etwas zu sagen. Das Zeichen schaukelte silbern auf den Wasserwellen. Nichts passierte. Alles war merkwürdig still. Kein Tschilpen der Vögel, kein Gekrächze der Raben, kein Tuscheln und Murmeln der Blätter. Sogar der Kampflärm war verstummt. Es war fast so, als hätte alles aufgehört zu atmen.

Wind kam auf und brachte die Mäntel der Kinder und ihre Haare zum Flattern. Und mit dem Wind kam ein fernes Donnergrollen. Von dem Zeichen ging ein heller Strahl in den Himmel, der in den dunklen Wolken ein Wetterleuchten verursachte. Blitze zuckten. Donner grollte. Das Wasser kräuselte sich und das Zeichen löste sich in einzelne Lichtpunkte auf, die funkelnd auf dem Wasser tanzten. Es sah wunderschön aus, dachte Tara noch. Da spürte sie plötzlich, wie die Erde unter ihr schwankte. Ein heftiges Beben erschütterte das Land. Tara fiel zu Boden und krallte sich an den bemoosten Steinen fest. Sie konnte nicht sagen, wie lange das Beben dauerte, doch an dessen Ende brach mit einem Geräusch, das an ein lang gezogenes Knirschen erinnerte, der Fels vor ihr entzwei. Wo eben noch die kleine sprudelnde Quelle war, schoss nun mit einem gewaltigen Rauschen das Wasser hervor.

»Wir müssen weg hier!«, rief Semur. »Nach oben!«

Tara, Semur und Helena sprangen zur Seite. Semur nahm im letzten Augenblick noch Phillipus mit, der zu schwach wirkte, um zu laufen. Sie versuchten, dem Wasser auszuweichen, doch schon im nächsten Augenblick war es bei ihnen und riss sie mit. Es schäumte weiß, floss nach unten und nahm einzelne Gesteinsbrocken mit.

»Auf die Bäume! Wir müssen auf die Bäume!«, schrie Helena, die knietief im steigenden Wasser stand. Sie versuchte, eine Efeuranke zu schleudern. Doch Hedera glitt an dem riesigen Ahornbaum ab. In diesem Moment hob der Ahorn sie hoch. Vier Äste fischten die Kinder aus den tosenden Fluten und trugen sie in die Krone des Baumes. Tara klammerte sich pitschnass an dem Ast fest und sah schaudernd nach unten. Gewaltige Wassermassen schossen weiter aus dem geborstenen Felsen unter ihr. Sie verfolgte deren Lauf und erkannte, wie sie mit kleineren Flüsschen und Bächen des Ringwalds zu einem gewaltigen Strom zusammenflossen. Der Strom riss alles mit und er drängte unaufhaltsam an den Rand des Ringwalds.

Tara stellte sich auf die Zehenspitzen und bog die Zweige vor sich auseinander, um zu beobachten, wohin das Wasser weiter floss. Was sie sah, ließ ihr den Atem stocken. Das Wasser strömte aus dem Ringwald heraus in die Ebene. Es unterspülte die Sensen, die unter der Wucht zusammenknickten wie Spielzeug. Jetzt schlug das schäumende Wasser über dem großen Käfer zusammen und riss große Teile der Konstruktion ab. Tara sah, wie die Nordländer zu laufen begannen. Sie ließen die letzten beiden Sensen und den großen Käfer einfach stehen und rannten panisch in die Silbergrassteppe. Auch die schwarzen Pferde rissen sich los und galoppierten mit mächtigen Sprüngen davon.

»Sie fliehen«, rief Helena aufgeregt. »Sie fliehen zu ihren Schiffen!«

»Hoffentlich sind die anderen nicht verletzt!«, rief Semur.

»Die Bäume werden sie beschützen«, sagte Dandelion. Ja, hoffentlich!, dachte Tara. Hoffentlich saßen die anderen auch auf einem Baum und beobachteten den Rückzug der Nordländer. Sie blickte zu Phillipus, der sich auf einem Ast in der Nähe zusammenkauerte. »Phillipus! Wir haben es geschafft! Wir haben die Urkraft beschworen!«

Doch Phillipus antwortete nicht. Sein Gesicht war von ihr weggedreht und sie sah nur seine dunklen Haare.

»Phillipus!«, rief Tara noch einmal. Sie sprang zu ihm auf den Ast und stupste ihn vorsichtig an. »Phillipus?«

Seine Augen waren geschlossen. Tara drehte ihn vorsichtig auf den Rücken und schlug seinen Mantel zurück. Und da sah sie, was Phillipus die ganze Zeit über vor ihnen verborgen hatte.

»Semur! Helena!«, rief Tara mit einem gellenden Schrei.

Ein Pfeil steckte in Phillipus' rechter Seite.

34. Kapitel

Aqua Nelumbis

Helena schuf eine Matte aus Efeu zwischen zwei Ästen und sie betteten Phillipus vorsichtig hinein. Von unten musste es aussehen wie ein Nest, schoss es Tara durch den Kopf. Ein Nest zwischen Himmel und Erde, in dem vier zerzauste Vögel saßen. Unter ihnen rauschte das Wasser, oberhalb ließ ein heftiger Wind die Kronen der Bäume hin und her schwanken. Tara starrte auf Phillipus' Gesicht, aus dem nun alle Farbe gewichen war. Seine Brust hob und senkte sich. »Er lebt noch, oder?«, fragte Helena und ihre Stimme zitterte.

»Ja, er lebt noch!« Semur kniete neben seinem Freund und legte vorsichtig den Mantel über ihn, um ihn warm zu halten. Er nahm Phillipus' Hand in seine. »Seine Hand ist eiskalt.«

»Was sollen wir nur tun?«, fragte Tara.

»Im Moment können wir nicht weg.« Semur sah nach unten. Die Baumstämme standen im schäumenden Wasser.

»Wir bräuchten einen Verband oder Heilkräuter«, überlegte Tara. Oh, wie wenig sie wusste! Wahrscheinlich kannte sich Merle in diesen Dingen aus, aber sie selbst hatte keine Ahnung davon. Hätte sie nur Tamerans Buch aufmerksamer studiert, so wie Merle das getan hatte! Dann wüsste sie vielleicht, was Phillipus helfen könnte.

Semur starrte vor sich hin. »Cassian hatte einen Trank, der eine Weide heilte, nachdem er ihr ein paar Zweige abgeschnitten hatte. Vielleicht hilft dieser Trank auch Menschen.«

»Cassian ist mit Chiara am Rande des Ringwalds«, warf Tara ein. Sie blickte nach unten. Dort, wo vorher das Moos über die Wurzeln gewachsen war, wälzte sich nun das Wasser zwischen den Stämmen hindurch. Es rauschte und toste um sie herum.

»Die Bäume werden ihn holen«, sagte Dandelion. Er verwandelte sich in seine Schirmchen und ließ sich von dem Wind in die Zweige treiben. Dort begann es zu rauschen und zu flüstern.

Tara blickte über die bunten Wipfel der Bäume. Die Blätter des Ahorns begannen sich zu bewegen und gaben die Nachricht an die Erle weiter. Die Erle an die Buche, die Buche an die Eiche. Es sah aus wie ein Wind, der von Baum zu Baum ging, eine einzige Bö, die bis zum Ende des Ringwalds lief.

»Die Bäume werden Cassian zu uns bringen«, sagte Tara.

»Ich hoffe, sie kommen nicht zu spät«, flüsterte Helena. Vorsichtig betteten sie Phillipus' Kopf etwas höher. Sein Atem ging flach.

»Phillipus hat uns alle gerettet«, sagte Helena leise. »Erst mit seinen Scheiben und dann mit seinem Zeichen. Nie hätte ich das gedacht, als ich ihn zum ersten Mal gesehen habe. Ich dachte, er wäre jemand, der sich bei uns einschleichen wollte und der nicht zu uns gehörte, weil …«

»… weil er kein Zeichen hatte?«, fragte Semur.

Helena ließ den Kopf sinken. »Genau.«

Tara starrte auf Phillipus. Sein Brustkorb hob und senkte sich. Sie musste an Askiel denken und wie sehr er darunter gelitten hatte, dass er das Pfeilzeichen hatte. Sie dachte an sich selbst und wie sehr sie sich gewünscht hatte, dass sie genauso wäre wie Semur und Helena. Und sie dachte an Phillipus, der so unglücklich und verzweifelt darüber war, kein Zeichen zu haben, dass er bereit war, sie zu verraten. »Die Farne hatten recht. Die Zeichen haben viel Unglück gebracht. Immer schon. Die Menschen ohne ein Zeichen haben die mit dem Zeichen immer beneidet. Und selbst die Zeichenträger haben sich gegenseitig beneidet«, sagte Tara leise.

Semur blickte sie verwundert an. »Meinst du?«

Tara schluckte. »Ich zum Beispiel. Ich habe euch auch beneidet für alles, was ihr könnt.«

Helena schüttelte überrascht den Kopf. »Aber du warst doch diejenige, die so besonders war. Anders als alle anderen. Auserwählt.«

»Aber ... es ist überhaupt nicht toll, auserwählt zu sein! Hat es mir etwas genutzt? Hat das Askiel etwas genutzt? Askiel hat ganz Nelumbiya in Gefahr gebracht, weil er nicht wusste, was er mit seinem Pfeilzeichen machen sollte. Nur wegen Askiel haben die Pflanzenmenschen Nelumbiya verlassen.«

Helena nickte. »Ich weiß das alles. Und trotzdem war ich manchmal neidisch auf dein besonderes Zeichen.«

Tara sah sie voller Verblüffung an. »Du? Neidisch?«

Helena nickte.

Semur seufzte. »Vielleicht will man immer jemand anderer sein, als man ist, und man glaubt, die anderen haben es besser.«

»Geht es dir etwa auch so?«, fragte Tara.

Semur dachte lange nach. Dann schüttelte er den Kopf. »Nein, eigentlich nicht. Wisst ihr, ich bin eben, wer ich bin. Und ich kann gar nicht sagen, ob ich das nun gut oder schlecht finde.« Er sah wieder bekümmert zu Phillipus. »Aber ich würde mein Zeichen geben, wenn Phillipus dadurch gesund wird.«

»Ich will nicht, dass das alles wieder und wieder passiert«, sagte Helena. »Ich möchte, dass wir alle gleich sind. Nur wenn wir gleich sind, können wir auch mit den Pflanzen in Frieden leben.«

»Du meinst, wir sollen unsere Zeichen aufgeben?«, fragte Tara.

Helena schüttelte den Kopf. »Nein, Nelumbiya braucht die Pflanzenmagier. Aber alle anderen, die, die kein Zeichen haben, müssen auch hier leben können. Und keiner darf denken, dass er besser oder schlechter ist als der andere. Dass er über oder unter den anderen steht. Vielleicht müssen wir ...«

Sie brachte ihren Gedanken nicht zu Ende, denn in diesem Moment schob sich der Ast einer Eiche zwischen sie. Er trug Merle und Cassian, die beide behände in das Nest kletterten.

»Wir sind alle unverletzt!«, beschwichtigte Merle, als Tara sie mit einem erschrockenen Blick anstarrte. »Es hat geklappt, Tara! Die Nordländer fliehen! Ihr habt tatsächlich die Urkraft beschworen. So wie Salazena, Darealan und Dä...«

Ihr Blick fiel auf Phillipus und sie erstarrte. »Aber, was ... was ist mit ihm?«

»Ein Pfeil hat ihn in die rechte Schulter getroffen. Wir haben es erst jetzt gesehen. Er hat es die ganze Zeit versteckt«, erklärte Tara.

Cassian hatte sich inzwischen zu Phillipus gekniet. Tränen liefen über seine Wangen. »Er muss den Pfeil bei dem Angriff auf die Scheiben abbekommen haben«, sagte Semur.

Cassian nickte. Semur blickte Cassian an. »Dieser Trank, mit dem du die Weide geheilt hast. Meinst du, er funktioniert auch bei Menschen?«

Cassian holte die Trinkflasche von seinem Gürtel. Er biss sich auf die Lippe und zuckte mit den Schultern.

»Was ist das für Wasser?«, fragte Merle. »Wo hast du es her?«

Cassian wandte sich mit einer Geste an Tara. Er machte mit den Händen eine Wellenlinie, schob dann seinen Ärmel hoch und zeigte auf sein Zeichen.

»Er hat es aus dem Teich, wo der Lotus war. Es ist Wasser aus dem Herzen der Sümpfe«, übersetzte Tara.

»Aqua Nelumbis«, rief Merle aus. »Das Lotuswasser. Tameran hat darüber geschrieben. Dieses Wasser bringt das Leben zurück.«

»Bei Pflanzen *und* bei Menschen?«

Merle schluckte. »Genau weiß ich das nicht«, gab sie zu.

Sie sah zu Phillipus, der noch immer mühsam atmete. »Lasst

mich mal den Pfeil sehen … Ah, eine Seite ist abgebrochen. Das ist gut!«

»Wieso gut?«, flüsterte Semur.

»Dann können wir ihn leichter herausziehen!«

Die anderen blickten sie erschrocken an. »Ich habe gelesen, dass man den Pfeil herausholen kann, aber nur, wenn jemand die Wunde gleich darauf heilen kann«, sagte Merle. »Andernfalls ist das tödlich.«

»Und du glaubst, das Lotuswasser kann die Wunde sofort heilen?«

»Ich hoffe es!«, sagte Merle.

Cassian schraubte langsam die Flasche auf. Er zögerte, doch dann nickte er Merle zu. Tara überlegte, ob sie Merle bitten sollte, noch zu warten und ganz sicher zu gehen, dass Cassians Trank wirkte. Aber sie sagte nichts, denn Phillipus' Atem ging immer langsamer und flacher. Sie mussten es sofort riskieren.

»Gut, dann mache ich es. Jetzt!«, sagte Merle. Sie überprüfte den Sitz des Pfeils, holte einmal tief Luft und zog ihn dann mit einem schnellen und entschlossenen Ruck heraus.

Blut sprudelte aus der Wunde und Phillipus bewegte sich stöhnend.

»Oh nein!«, rief Helena. »Cassian, schnell!«

Cassian nahm seine Flasche und sprenkelte das Wasser auf die Wunde.

Das Blut quoll weiter. Sekunde um Sekunde. Taras Herz klopfte hart in ihrer Brust. Keiner sprach ein Wort. Das Rauschen des Wassers unter ihnen schwoll an.

Doch dann versiegte der Blutstrom und die Wunde verschloss sich vor ihren Augen. Phillipus nahm einen tiefen Atemzug und setzte sich auf. Die Farbe kehrte in sein Gesicht zurück. Verwirrt blickte er die anderen an. Cassian reichte ihm die Flasche und er nahm einen langen Schluck. Er schloss die Augen. Öffnete sie wieder und sah sich vorsichtig um. Er sah hoch zu dem Blätterdach und dann nach unten zu dem tosenden Wasser. Schließlich blickte er Cassian an, dessen gespannter Gesichtsausdruck nun einem vorsichtigen Lächeln wich.

»Haben … haben wir gewonnen?«, fragte er mit leiser Stimme.

Tara hatte das Gefühl, dass eine Tonnenlast von ihr abfiel. Sie lachte und weinte zugleich. »Ja«, rief sie und wischte sich die Tränen aus den Augen. »Wir haben gewonnen. Und wie wir gewonnen haben!«

35. Kapitel

Die fantastischen Abenteuer des Chiron Lautenschläger

Es dauerte einen Tag und eine Nacht, bis sich das Wasser zurückzog. Erst dann wagten sie sich wieder von dem Ahornbaum herunter. Cassians Lotuswasser hatte wahre Wunder bewirkt. Phillipus' Wunde hatte sich geschlossen und er sah wieder ganz gesund aus. Auch alle anderen hatten einen kleinen Schluck davon genommen. Es war kühl und wärmte doch von innen. Semur hatte noch Brot und Käse in seinem Rucksack, die erstaunlicherweise trocken geblieben waren. Sie hatten genug zu essen, um sich wieder zu stärken. Taras Kratzer heilten und sie spürte sofort neue Zuversicht. Cassian hatte noch eine zweite Flasche Aqua Nelumbis dabei und bedeutete ihnen, dass er sie für die Verletzungen der Erwachsenen aufheben wollte und auch für die Pflanzen, die von den Maschinen der Nordländer so schlimm zugerichtet worden waren.

Unten sprudelte die Quelle nun wieder zwischen den Steinen hervor. Sie war breiter als zuvor, die Felsen waren geborsten und der Wasserspiegel verschwunden. Über Nacht hatte sich ein neuer

Fluss in Nelumbiya gebildet. Er lief von der Quelle nach Westen, quer durch den Ringwald. An seinen Ufern wuchsen bereits neue Pflanzen. Schilf schob sich aus dem Boden und die Blätter der Lilien waren schon zu erkennen. Die Kinder folgten dem Gewässer durch den Ringwald, wo die Flut vereinzelt Bäume entwurzelt und Sträucher mitgerissen hatte. Der Boden war sumpfig und sie kamen langsam vorwärts. Cassian versorgte die Bäume mit dem Lotuswasser und unter den Wurzeln begannen neue Schösslinge zu sprießen.

Am Rand des Ringwalds, bei der großen Eiche, stießen sie schließlich auf Niv, Chiara und Chiron. Sie waren bis auf ein paar Abschürfungen unverletzt geblieben. Niv war so glücklich, alle heil wiederzusehen, dass er sogar ein paar Tränen vergoss. Chiara hatte den Abzug der Nordländer mit Helenas Teleskop verfolgt. Sie berichtete, dass sie auch Kajetan gesehen hatte, der von den Nordländern gefesselt auf eines der Schlangenschiffe gebracht wurde. Tara blickte Phillipus an, während Chiara das erzählte, und sie konnte ein grimmiges Lächeln auf seinem Gesicht entdecken.

Tara stieg mit Helena, Semur und Phillipus auf die große Eiche am Waldsaum. Von hier aus konnten sie sehen, dass der neue Fluss bis weit hinab zum Meer führte. Die Drachenschiffe der Nordländer hatten den Hafen verlassen und waren auch nicht mehr am Horizont zu sehen.

»Sie sind alle weg«, murmelte Semur und deutete auf die dunkelblaue Wasserlinie in der Ferne. »Nur ihre kaputten Maschinen haben sie hiergelassen.«

Taras Blick wanderte über die Ebene. Die Trümmer der Sensen lagen dort und wurden bereits von Pflanzen überwuchert. Der große Käfer steckte neben dem Fluss im Schlamm. Bäume waren gefällt worden und ihre Stämme lagen traurig am Rand des Ringwalds.

Phillipus sah nachdenklich auf die Überreste der Geräte.

»Wir müssen alles, was die Nordländer übrig gelassen haben, wegräumen«, sagte Helena neben ihm. »Am besten, wir graben alles ein, dann müssen wir es nicht mehr sehen!«

Phillipus schüttelte den Kopf. »Oh nein, wir werden es nutzen!«

Helena sah ihn verblüfft an.

»Wir bauen andere Maschinen aus den Teilen!«, sagte Phillipus. »Und am besten holen wir die Scheiben von den Türmen, die noch an den Silbernen Wassern stehen. Ich könnte noch mehr dieser Sonnenspiegel bauen. Selbst wenn die Nordländer noch einmal versuchen sollten, Armillarion zu heben, werden sie sich dann nicht mehr an Land trauen.«

Helena lachte. »Nein, nicht wenn wir diese Spiegel haben.«

Tara hörte ihnen nur mit halbem Ohr zu. Ihr Herz machte einen kleinen Sprung, denn sie hatte in der Ferne entdeckt, dass die Esche und die Kastanie unversehrt am Weg standen. Sie verabschiedete sich von den anderen, kletterte die Eiche hinunter und ging ganz allein den langen Weg zu den beiden Bäumen und setzte sich in ihren Schatten.

»Du bist wieder da!«, flüsterten die Blätter der Esche. Und die Blätter der Kastanie fuhren ihr sanft über das Gesicht. Tara lehnte ihren Kopf gegen den Stamm und hatte plötzlich das Gefühl, nach vielen Irrfahrten heimgekommen zu sein.

»Du wirst hierbleiben, oder?«, fragte Dandelion auf ihrer Schulter.

»Ja, Dandelion, ich bleibe hier«, sagte Tara und schloss die Augen.

Sie spürte, wie der Löwenzahn auf ihrer Schulter vor Freude hochhüpfte. »Ich halte das für eine wunderbare Idee«, flüsterte er ihr zu.

Die nächsten zwei Wochen arbeiteten sie unermüdlich von Sonnenauf- bis Sonnenuntergang. Cassian streifte durch den Wald

und versorgte verletzte Bäume mit seinem Lotuswasser. Chiron und Merle versuchten, die Bücher und Rollen aus der Bibliothek vor der Nässe und dem Schimmel zu retten, und richteten eine neue Bibliothek oberhalb der alten ein. Hier war es nicht so feucht und das Papier konnte trocknen. Sie sichteten und ordneten die Bücher neu. Die anderen begannen, mit Phillipus die Geräte der Nordländer nach Arbor zu transportieren. Hederas Ranken und die Bäume des Ringwalds waren ihnen dabei eine große Hilfe. In Arbor nahm Phillipus alles auseinander und sortierte es. Er lieh sich Papier von der Bibliothek und grübelte den ganzen Tag über Zeichnungen von neuen Maschinen, die er aus den alten bauen wollte.

Niv richtete zusammen mit Helena ein Haus ein, in dem sich die Gefährten aufhalten konnten. Sie fanden ein altes rundes Gebäude neben dem von Dädalus Akanthus. Dort gab es noch intakte Fenster und auch der Kamin funktionierte nach einigen Ausbesserungen wieder. Die Wurzeln des Weltenbaums stellten Möbel für sie her und nach einer Woche war es dort schon wohnlich.

Nachts wurde es nun so kalt, dass sie nicht mehr im Freien schlafen konnten. Und so zogen sie sich abends in das Haus zurück und erzählten sich Geschichten. Sie waren froh, dass Chiron dabei war, denn er spielte ihnen Lieder auf seiner Laute vor. Zu seinem und ihrer aller Glück war die Laute heil geblieben, obwohl er mit ihr zwei der Nordländer in die Flucht geschlagen hatte.

Und eines Abends – die rauen Winde pfiffen schon um das Haus und sie waren mit den meisten Aufräumarbeiten fertig – überlegten sie sich, wie die Zukunft aussehen sollte. Sie saßen im Schneidersitz vor dem großen Kamin, in dem Niv ein Feuer aus abgestorbenem Holz gemacht hatte. Die Flammen tanzten und verbreiteten eine wohlige Wärme.

»Ich werde nach Hause gehen«, sagte Helena. »Ich muss mit meinem Vater sprechen und ihm von Kajetans Verrat berichten.«

»Vor allem müssen wir aufpassen, dass er nicht zurückkommt«, sagte Semur nachdenklich.

»Der kommt nicht zurück«, sagte Phillipus mit fester Stimme. »Die Nordländer werden ihn in ihren Minen schuften lassen.«

»Man weiß ja nie«, warf Semur ein.

»Es geht nicht nur um Kajetan. Es gibt in Ornata auch andere, die sind wie er. Wir müssen verhindern, dass sie an die Macht kommen«, erklärte Helena. »Sonst wird alles, was wir im letzten Jahr erreicht haben, einfach wieder zunichtegemacht. Vor allem brauchen die Pflanzenmagier einen Sitz im großen Rat.«

Semur nickte. »Deshalb werde ich zusammen mit Helena gehen.« Er schluckte und sah die anderen an. »Und ich wäre gerne wieder bei meiner Familie.«

»Das kann ich gut verstehen!«, entfuhr es Tara.

»Was ist mit dir, Tara?«, fragte Semur.

Tara nahm einen tiefen Atemzug. »Ich werde hierbleiben. Ich gehöre hierher. Und wir müssen das Land schützen. Wer kann garantieren, dass die Nordländer nicht ein zweites Mal versuchen werden, Nelumbiya anzugreifen?«

»Keiner«, sagte Phillipus. »Und deswegen werde ich auch hierbleiben.«

»Was ist mit der Gießerei in Ornata?«, fragte Semur. »Sie steht ja nun leer, wenn Kajetan nicht zurückkommt. Eigentlich gehört sie dir.«

Ein schmerzlicher Ausdruck zog sich über Phillipus' Gesicht. »Ich werde mir hier selbst eine Gießerei aufbauen. Ich habe mir die Maschinen der Nordländer angesehen. Sie haben viele Teile, die ich nutzen kann. Und ich werde die Scheiben einsammeln. Mit ihnen können wir Nelumbiya verteidigen.«

Cassian strahlte und stieß Phillipus in die Seite. Dann sah er hoch zu seiner Mutter, die ihm zulächelte. »Wir bleiben auch hier. Das Schiff ist verloren und die Mannschaft in alle Winde zerstreut. Cassian ist hier am sichersten. Außerdem gefällt es mir hier. Nach meinem Schiff ist es der beste Ort auf Erden.«

»Und ich bin natürlich bei euch«, sagte Niv schnell. »Also, wenn ihr mich brauchen könnt«, fügte er hinzu.

»Wir können dich immer brauchen, Niv!«, sagte Chiara. »Das weißt du doch!«

Niv wurde ein bisschen rot.

»Was wirst du tun, Merle?«, fragte Tara. Sie blickte Merle an, die die ganze Zeit über schweigend in das Feuer gestarrt hatte.

»Es gefällt mir nicht, dass die einen in die eine und die anderen in die andere Richtung gehen«, sagte sie leise. »Und deshalb habe ich viel nachgedacht! Bis mir schließlich eine Idee kam.«

»Was für 'ne Idee?«, fragte Niv.

Merle sah sich um. »Wir könnten eine Schule gründen. Hier, in Arbor, unterhalb des Weltenbaums. Wir haben die Bücher. Wir haben das Wissen. Und wir haben die Pflanzenmagie! Wir sollten alle herbringen, die ein Zeichen haben, denn nur hier können sie sich mit ihren Pflanzen verbinden.« Sie sah zu Phillipus. »Und alle, die kein Zeichen haben, aber trotzdem die Pflanzen lieben.«

»Wir sollen hier eine Schule gründen?«, fragte Chiara.

»Ja, und Helena und Semur müssen die Kinder sicher hierher- und in den Ferien wieder zurückbringen. So sehen wir sie regelmäßig.«

»Das ist genial, Merle!« Helena nickte ihr anerkennend zu. »Auf diese Weise gibt es immer eine Verbindung zwischen den beiden Ländern. Nelumbiya ist geschützt und die Kinder können sich entscheiden, ob sie später in Ornata oder hier leben wollen.«

Alle schwiegen zufrieden und starrten ins Feuer. Wie klug Merle war, dachte Tara. Ihr wäre so etwas nie von selbst eingefallen.

Schließlich riss sie ein Räuspern aus ihren Gedanken.

»Ähem …«, begann Chiron. »Wollt ihr denn gar nicht wissen, wie ich mich entschieden habe?«

»Doch, doch natürlich!«, beeilte sich Tara zu sagen.

»Nun«, sagte Chiron, machte eine dramatische Pause und deutete auf die Mauern rundherum. »Theoretisch könnte ich ja schon hier leben. Ich müsste es mir natürlich etwas gemütlicher machen. Ich könnte meine Teppiche herbringen, die Musikinstrumente und die Bücher …« Er seufzte tief. »Aber letztlich kann ich das gar nicht selbst entscheiden, denn ich bin ein Gefangener der Musen!«

Acht Augenpaare starrten ihn verwirrt an.

Chiron schüttelte den Kopf. »Ich will damit sagen, dass ich mein Leben der Dichtkunst gewidmet habe, und hier … würde mir einfach mein Publikum fehlen.«

»Aber wir hören dir hier alle zu, Bruderherz«, sagte Chiara und legte die Stirn in Falten. »Ständig!«

»Ja, ja! Aber – verzeiht, dass ich so deutlich bin – ihr seid einfach zu wenige. Jeder muss erfahren, was hier passiert ist. Sonst sind unsere Taten verloren wie ein Hauch im Wind. Schließlich ist es erst meine Dichtkunst, die aus dem, was war, etwas macht, das bleibt.«

Es entstand eine längere Pause, in der jeder darüber nachdachte, was Chiron wohl damit meinte. Es war Merle, die als Erste etwas sagte.

»Meinst du, wie wenn man etwas zeichnet? Und dann hat man es festgehalten?«

Chiron nickte. »Genau so. Und wie beim Zeichnen kommt es auch beim Dichten auf die Perspektive an.« Er räusperte sich. »Das ist ein weiterer Grund zu gehen. Denn endlich habe ich die Gelegenheit, eine Geschichte aus der Heldenperspektive zu erzählen! Ich könnte tatsächlich einmal mit ›Ich‹ beginnen. Wie findet ihr das?«

»Mhmm.« Semur sah hoch. »Ich finde es gut, wenn die Geschichte mit ›ich‹ beginnt. Solange *du* das *Ich* bist!«

Tara musste grinsen.

»Äh ja«, sagte Chiron ein wenig verunsichert.

»Ja, und wenn man genau darüber nachdenkt, dann steckt ja auch das ›Ich‹ schon in Dichtung. Oder?«, fragte Tara und es gelang ihr, wieder ein ernstes Gesicht aufzusetzen.

Chiron starrte sie an. »Das ist mir noch gar nicht aufgefallen! Das ›Ich‹ in D*ich*tung!«

»Und … hättest du dann auch schon einen Namen für die Geschichte?«, fragte Merle dazwischen.

»Nun, ich dachte an so was wie: Die fantastischen Abenteuer des Chiron Lautenschläger – Im Zeichen des Weltenbaums.«

Die Freunde schauten sich an. Tara sah, dass auch die anderen Mühe hatten, ihr Lachen zu unterdrücken. Chiron schien das allerdings nicht zu bemerken.

»Aber, wisst ihr, was?«, fuhr er fort. »Ich bin eigentlich zu bescheiden dafür! Mir ist der Ruhm meiner Werke viel wichtiger als mein eigener. Ich möchte, dass man mich einmal als *Chiron, den Dichter* in Erinnerung behält! Das ist mir lieber als *Chiron, der Held!*« Chiron strich nachdenklich über seine Laute. »Obwohl mir natürlich bei rechtem Licht betrachtet beide Möglichkeiten offenstehen!«

»Ich finde, Chiron, der Held, klingt toll! Was meint ihr?« Tara drehte sich zu den anderen.

»Ja!«, pflichteten alle ihr bei. »Gute Idee! Die fantastischen Abenteuer des Chiron Lautenschläger! Klingt … irgendwie … fantastisch!«

Tara nickte. »So wie verdichtete Wahrheit!«

»Meint … meint ihr wirklich?« Chiron sah sie zweifelnd an, als ob er sich nun doch fragte, ob sie sich über ihn lustig machten. Dann hellte sich sein Gesicht auf. »Ich werde darüber nachdenken.«

»Wir sind schon sehr gespannt!«, sagte Helena und grinste.

Tara blickte in die Runde. Sie waren ausgelassen und alle beisammen. Eigentlich hätte sie diesen Moment gerne festgehalten. Sie konnte nicht zeichnen wie Merle und nicht dichten wie Chiron. Aber sie konnte sich erinnern. Und an diesen Abend würde sie sich immer erinnern.

Zwei Tage später waren Semur, Helena und Chiron reisefertig.

Chiron hatte seinen Rappen gesattelt und Semur und Helena ritten auf den beiden Treidelpferden. Chiron hatte zum Abschied ein Lied gespielt und die Töne hingen noch in der Luft zwischen den Blättern und in den Wipfeln der Bäume.

Cassian, Niv und Chiara winkten lange.

Auch Tara sah ihnen nach, als sie sich auf den Weg machten. Sie hörte ihre Stimmen noch, nachdem sie im Wald verschwunden waren. Helenas helle Stimme, dazwischen Chiron, der etwas erzählte, und Semur, der ab und zu einen Satz dazwischenbrummte. Sie wusste jetzt schon, dass sie sie vermissen würde. Was würde ihre Freunde in Ornata erwarten? Wie lange würde es dauern, bis sie wieder nach Nelumbiya zurückkamen?

»Die Sehnsucht findet immer einen Weg«, sagte Dandelion auf ihrer Schulter.

»Ja, da hast du wohl recht«, erwiderte Tara.

Sie blickte nach oben. Die Sonne schien zwischen den Blättern hindurch und der Himmel war klar. Die dunkle Wolke, mit der alles angefangen hatte, sie war verschwunden. Die Blätter des Weltenbaums leuchteten in Rot und Gold. Manchmal riss der Wind welche ab und sie segelten sanft auf Arbors runde Häuser. Ihre neue Heimat.

Auf der Tür zu Dädalus' Haus konnte sie das Zeichen des Weltenbaums erkennen. Wie viel Wissen sich in dieser Bibliothek angesammelt hatte! Vielleicht würde es ihnen eines Tages helfen, die verwandelten Menschen, die einst aus Ornata hatten fliehen müssen, aus ihrer Pflanzengestalt zurückzuholen. Vielleicht waren auch Phillipus' Eltern hier irgendwo.

Sie drehte sich um. Phillipus stand hinter ihr. Merle kam an ihre Seite und nahm ihre Hand. Wie froh sie war, dass ihre Freunde da waren!

»Es gibt viel zu tun«, sagte Tara. »Lasst uns anfangen!«

ENDE

Inhalt

Teil 1: Eine dunkle Wolke

Teil 2: Alles geht mit dem Wasser

Teil 3: Das Vermächtnis des Dädalus Akanthus

Teil 4: Im Zeichen des Weltenbaums

Katja Brandis

978-3-401-60606-4

Woodwalkers (1)

Carags Verwandlung

Auf den ersten Blick sieht Carag aus wie ein normaler Junge. Doch hinter seinen leuchtenden Augen verbirgt sich ein Geheimnis: Carag ist ein Puma-Gestaltwandler und lebt erst seit Kurzem in der Menschenwelt. Dieses neue Leben ist für ihn so fremd wie faszinierend.

978-3-401-60640-8

Woodwalkers – Die Rückkehr (1)

Das Vermächtnis der Wandler

Endlich wieder Schule! Als Carag nach den Sommerferien ins geheime Gestaltwandlerinternat Clearwater High zurückkehrt, erwarten den Pumajungen neben seinen besten Freunden Holly, Brandon & Co. auch jede Menge neue Gesichter. Carags Schwester Mia, die bisher nur als wilder Puma in den Bergen gelebt hat, geht nun in die Erstjahresklasse. Wird sie sich wohlfühlen?

978-3-401-60612-5

Seawalkers (1)

Gefährliche Gestalten

Für Tiago ist es ein Schock, als er herausfindet, dass er ein Gestaltwandler ist. Und was für einer: In seiner zweiten Gestalt als Tigerhai wird er sogar von seinen Mitschülern gefürchtet. Einzig das fröhliche Delfinmädchen Shari hat keine Angst vor ihm. Doch ihre Freundschaft wird bereits beim ersten großen Abenteuer, das sie an der Blue Reef High erwartet, auf die Probe gestellt.

Jeder Band:
Gebunden • Auch als Hörbuch bei Arena audio erhältlich • www.arena-verlag.de

Jede Staffel umfasst sechs Bände.

Arena

Anna Ruhe

Die Duftapotheke (1)
Ein Geheimnis liegt in der Luft

In der alten Villa riecht es seltsam – nach tausend Dingen gleichzeitig. Es ist das erste, was Luzie an ihrem neuen Zuhause auffällt. Aber die Gerüche führen nirgendwohin und der Schlüssel, den Luzie unter einer Bodendiele findet, passt in kein Schloss. Gibt es in der Villa etwa ein verstecktes Zimmer?

978-3-401-60308-7

Die Duftakademie (1)
Die Entdeckung der Talente

Auf diesen Tag hat Ella Fredericks lange gewartet: Endlich wird sie eine Schülerin an der Duftakademie! Endlich kann sie zeigen, wie talentiert sie im Umgang mit den magischen Düften ist. Doch tief in den verborgenen Wäldern der Schule lauern Gefahren. Denn ein mysteriöser Orden, der sich »Die Gruppe« nennt, will die Ausbildung zukünftiger Duftapotheker um jeden Preis verhindern.

978-3-401-60596-8

Ozeanis (1)
Mit Karacho in die Tiefe

Leevis Leben ist ein einziges Abenteuer. Zusammen mit seinen Freunden Kala und Enno nimmt er an den verbotenen Ozeanis-Wettrennen teil. Auf ihren Speed-Glydern rasen sie durch tiefe Gewässer und verworrene Höhlenlabyrinthe. Dabei werden sie von drei weiteren Teams verfolgt …

978-3-401-60625-5

Jeder Band: Gebunden • www.arena-verlag.de

Tanja Voosen

Die Hüter der flüsternden Schlüssel (1)
Verlorene Magie

Am ersten Schultag zum Nachsitzen verdonnert zu werden, hat Lenna Phips bisher noch nicht geschafft. Und sie hat wirklich schon so einige erste Schultage hinter sich. Dabei will sie endlich einfach nur irgendwo ankommen und ein normales Leben haben. Stattdessen stolpert sie vom Nachsitzen geradewegs ins Abenteuer: Lenna findet einen verzauberten Schlüssel, mit dem sie ins Magitorium gelangt – einem Ort voller Magie und Wunder

384 Seiten • Gebunden
ISBN 978-3-401-60751-1

Die Zuckermeister (1)
Der magische Pakt

An Magie und echte Wunder glauben? Für die Bewohner der Kleinstadt Belony selbstverständlich, nur Elina hält das alles für Unsinn. Bis ihrer nervigen Nachbarin Charlie eine Schokolade in die Hände fällt, die eine seltsame Wirkung hat. Plötzlich ist Elina sich sicher: Charlie wurde verzaubert! Hilfe bekommen die Mädchen ausgerechnet vom verschlossenen Robin. Er gehört zu einer Familie aus Süßigkeitenwerkern ...

276 Seiten • Taschenbuch
ISBN 978-3-401-51237-2
www.arena-verlag.de

Arena

Cressida Cowell

Der Atlas der Abenteuer

Die Zwillinge K2 und Izza haben geschworen, die magische Geschichte ihrer Familie strengstens geheim zu halten. Besonders vor ihren supernervigen Stiefgeschwistern Theo und Mabel, die sowieso schon misstrauisch sind. Das Einzige, worin sich alle vier einig sind: Sie lieben ihre kleine Schwester Annipeck über alles. Doch als Annipeck von einem Weltraumpiraten entführt wird, bleibt ihnen keine andere Wahl, als zusammenzuhalten. Mithilfe eines ganz besonderen Atlas reisen die Vier auf den fremden Planeten Excelsiar. Hier wimmelt es nur so vor menschenfressenden Pflanzen, fliegenden Städten und Raubtieren. Doch irgendwo dort ist auch Annipeck ...

344 Seiten • Gebunden
ISBN 978-3-401-60754-2

Mari Mancusi

New Dragon City

Seit vor fünf Jahren plötzlich Drachen die Menschen attackiert haben, hat sich die Welt des 12-jährigen Noah komplett verändert: Nun lebt er im völlig zerstörten New York City mit einer Gruppe Überlebender auf engem Raum zusammen, Lebensmittel sind knapp. Jederzeit lauert die Gefahr eines Drachenangriffs und einige Fanatiker bereiten Gegenschläge vor. Furcht und Aggression schaukeln sich immer weiter hoch. Doch dann trifft Noah auf ein junges Drachenmädchen – und zwischen den beiden entsteht eine verbotene Freundschaft. Kann Noah die drohende Katastrophe abwenden?

344 Seiten • Gebunden
ISBN 978-3-401-60744-3
www.arena-verlag.de

Alter Hafen von Kr
Schwarzwasser des Nordens
ORNATA
Nordtor/
Gefängnis
Kajetans Haus
Westtor
Osttor
EBENE VON PAU
Schwarzwasserfluss
DIE
GRAUE
BERGE
Felsenauge
Gorgonen-
sümpfe
Helenas
Versteck
Chirons
Haus
Großes Südtor
Alte
Steinbrücke
Kleines Südtor
Hadrians
Palast
Die
Silbernen
Quellen